U0753145

滕肖澜 著

上海文艺出版社

二十年前——其实只隔了二十年,便像是隔了几个世纪似的。岁月是有脚的,倏忽一下,便溜了过去。轻轻巧巧的,连个响儿也听不见。

那时,黄浦江以东还是个冷僻的地方。讲起来也算是上海,却更像是续弦进门时身后跟着的小拖油瓶,羞羞答答可怜巴巴,也不甚起眼。可有可无的,连点缀也算不上,更多的是无奈。浦东人管浦西叫"上海"。这声"上海",是带着些仰视的心绪,恭恭敬敬说的。仿佛那儿才算是真正的"上海"。"去上海裁件衣服"、"去上海吃喜酒"、"去上海走亲戚"、"去上海给小囡买几件像样的文具"……隔着一条江,十来公里的距离,便完全是两个世界了。

只有月光,既属于江这边,也属于江那边。

月光,柔柔地洒在黄浦江上,毫无保留地,一眼望去,成了千千万万个细碎的点,闪啊闪的。对岸,五光十色的霓虹灯和林林总总的高楼;这边,一排排矮房,零零落落的几处建筑。若不是间或响起的一声两声的敲梆声,几乎是要被人遗忘的。比起对岸的喧闹和张扬,浦东又像是个懂事的小媳妇,乖巧而安静地待着,伺立着。看似波澜不兴,却又是蓄势待发的。

渡轮在江上来来回回。码头上,铁丝网将自行车和人紧紧围在里头。"丁零——"!铁门一开,人和车便向船上疾奔。那边的来这边,这边的又要回那边去。每天都是这么来来去去的,一下也耽搁不得。

夜深人静时,外滩的钟声响起。当——当——当——!黄浦江这边和那边的人都能听见,稳稳的,一下又一下,像老人说着故事。有了年头,虽不够清澈,带着些许痰音。却听着稳稳当当的。这么听着听着,便安心了,睡着了。

第 一 章

一九八七年的暑假里,陈昆带女朋友回来住了半个月。陈昆在北京读研究生,一年只回来一两次。爸妈像接待外国贵宾那样,小心翼翼地侍候着,好吃好喝。

小两口走后没多久,爸妈就张罗着给陈也找对象。

陈也和陈昆是双胞胎兄弟,出生时只差了几分钟,可不管怎样,陈也是哥哥,弟弟都带女朋友回来见父母了,哥哥还没动静,总归有点说不过去。陈也的爸妈倒不像隔壁的王裁缝,两个女儿,非得等大的出嫁,小的才能出嫁。结果大的一直没男朋友,小的也只能拖着,耽搁了。陈也爸妈是想,陈也今年二十四岁,工作五年,弄堂里小伙子像他这么大的,差不多都有着落了。陈也相貌端正,工作稳定,是时候找个对象了。谈个一年半载,也该结婚了。

陈也爸妈一边托人到处物色,一边征求陈也的意见:
"说说,想找个什么样的?"

陈也埋头看英语书,没听见爸妈问他,一动不动。陈也爸爸走上前,"嗖"的一下,把他的书抽掉。他吓了一跳,抬起头,愕然地。

"干吗?"陈也问。

"问你话呢。死人一样。"陈也爸爸说。

陈也妈妈重复了一遍。"问你,想找个什么样的对象?"

陈也镜片后面的眼睛眨了眨。他说:"我还不想找对象。我还小。"

"不小了,"陈也妈妈说,"该找了。张跷脚的儿子跟你一样大,老婆都怀孕几个月了。老丁的儿子还比你小一岁,去年就领了结婚证。还有刘阿姨的儿子,喜酒还没办,儿媳妇肚子里已经有了——"

"我不想找,过两年行不行?"陈也打断母亲的话。

"不行,"陈也爸爸说,"你弟弟都有女朋友了,你就不急?"

陈也妈妈说:"你弟弟的女朋友还是大学生,长得秀秀气气——"

陈也眼睛朝上一翻,笑了出来:"秀气?你说她秀气?"

妈妈说:"我看着是蛮秀气。"

陈也说:"一张马脸。"

妈妈说:"胡说,人家明明是鹅蛋脸。"

陈也说:"还是平胸。"

陈也爸爸有些不高兴了。"你不要这样说你的弟媳妇。人家就算长得不好看,可人家是大学生啊。你有本事也找个大学生回来让我瞧瞧?你弟弟是研究生,所以能找个大学生。我看你,顶多找个技校生——"

陈也妈妈朝老伴使了个眼色。

陈也爸爸闭上嘴,不说了。陈也吞了口唾沫,把眼镜往上一推,从爸爸手里拿回书,又看了起来。

吃午饭时,陈也忽然说:"我要找个漂亮的。"

陈也妈妈在盛汤,把铁锅里的榨菜蛋花汤倒进蓝边碗里。陈也爸爸鱼刺卡在喉咙里,挑起一个老大的饭团,嚼也不嚼就吞了下去。陈也看他们好像没反应的样子,于是,又强调了一遍:

"我说,我要找个漂亮的。"

爸妈抬起头,朝他看。

陈也说:"你们硬要给我找对象,我没办法,谁都晓得我最孝顺,最听爸妈的话。爸妈让我找对象,我没有还价。我跟你们讲,我找对象没有别的条件,就是一条——漂亮,一定要漂亮。越漂亮越好。"

陈也的表姑妈给陈也介绍了一个姑娘,叫王小娟,二十一岁,中专生,在浦东新区政府里当文员。

陈也妈妈的同事给陈也介绍了一个姑娘,叫李招娣,二十二岁,小学毕业,皮鞋商店营业员。

陈也看了两人的照片,想也不想,手一指:"喏,这个。"

他说的是李招娣。照片上,李招娣撑着一把小花伞,笑眯眯地坐在船头上。她的马尾辫垂在一边,眼睛很大,脸圆圆的,笑起来有两个酒窝。另一个姑娘远没有她漂亮。王小娟梳着齐耳短发,朝天鼻,脸型也有点宽,她也在笑,但她笑起来呆呆板板,眼睛眯成了一条缝。

陈也爸妈偏向王小娟。他们说:"这个姑娘好,工作好,吃政府饭的,干部编制。"

陈也不喜欢。他说:"她长得不好看。"

爸爸说:"长得好看能当饭吃吗?"

妈妈说:"我们家娶媳妇不看重长相,要紧的是人品——"

陈也说:"照片上两个人又没说话,你晓得哪个人品好?"

妈妈说:"读书多,懂的道理肯定也多。"

陈也停了停,怪声怪气地说:"是吗——陈昆读的书比我多,可不见得比我懂道理。"

妈妈咳嗽一声,不说话了。

爸爸说:"你弟弟找个大学生,你找个小学生。现在你不在乎,将来两对夫妻碰了头,你心里可别有啥想法。"

陈也打了个呵欠。他懒洋洋地说:"我会有啥想法?反正我也找不到大学生,论学问论文凭是比不上了;我找个漂亮的,至少长相上占了上风。我可不能两头都输给他。"

陈也坐在浦东公园的长凳上,手里拿一份当天的《新民晚报》。他看表,五点一刻,离约好的时间过了一刻钟。他没有急躁,依然稳稳坐着,趁太阳没有完全下山,天还亮,他可以看一会儿报纸。

漂亮姑娘总归架子大些,换个难看的,她敢迟到吗?

陈也开始看报纸。他先看天气预报,晴,又是高温,36度。头条新闻是讲总书记赵紫阳会见某国的领导人,旁边是两人亲切握手的照片。陈也比较关心国际新闻,尤其是美国新闻。他看到一篇报道,说美国某地区今夏酷暑,气温达到40度,已经热死两百多个人了。还有一篇报道,说美国加州发生连环枪击事件,死亡十几个人,到现在还没有抓住凶手。

陈也看到这里,就皱起眉头,想:美国怎么回事啊,都乱成什么样了。

看完国际新闻,再看市内新闻。今早大雾,一艘轮渡在靠岸时发生意外,几名乘客跌到黄浦江里去了。陈也看了就很急。汽车厂在浦西,他每天上班都要坐轮渡到浦西,下班再坐轮渡回来。他是离不开轮渡的。看到轮渡出事,他就心惊肉跳。

这时,陈也闻到一股浓郁的香气。

他放下报纸,眼前站着一个穿白色连衣裙的姑娘。他愣了愣,有些不敢确定。她比照片上还要漂亮,像画上走下来的仙女。陈也脑海里一下子就蹦出"仙女"两个字。他从没见过这么漂亮的姑娘。

"请问,你是李招娣同志吗?"陈也有些紧张,咽了口唾沫。

"嗯,"姑娘瞟了一眼陈也手里的《新民晚报》,"你是陈也?"

"啊,对,我是陈也。"

李招娣没有再说话,在长凳上坐下,一把将高跟鞋脱了下来,拿在手里。

"碰到赤佬了!"她道,"刚买的鞋子就被踩断跟。倒霉!"

她手上一只鞋的鞋跟已经摇摇欲坠,只剩下一点连着。她干脆把鞋跟扯了下来,气呼呼地扔到老远。

陈也愣了愣,赔笑说:"鞋子质量不好。"

"就是嘛,才穿了两次。"她嘟着嘴。

"现在东西都这样。"陈也说。

"啊呀!"李招娣忽然叫起来,吓了陈也一跳。

"怎么了?"陈也问。

"我为什么要扔掉鞋跟呀?"她道,"回去拿万能胶黏一黏,还能穿的呀。"

陈也说:"没错。"

"我真是个傻瓜。"李招娣一指前面的草丛,"你去帮我捡回来。喏,就在那里。"

李招娣问陈也:"你弟弟在北京读大学?"

"嗯。"

"工作了吗?"

"没有,还在读研究生。"

"他将来会赚很多钱吗?"

"不晓得。"

"他长得和你像吗?"

"嗯。"

"真的一模一样?"

"嗯。"

"嘻嘻,别人会不会搞错?"

"不会。我眼睛下面有颗痣,他没有。"

"他有女朋友了吗?"

"嗯,"陈也说,"她女朋友是大学生。"

"哦,"李招娣又问,"他常回来吗?"

"不常回来。"

陈也想,这算怎么回事。她应该打听他的情况,而不是陈昆的。陈昆和她没关系。于是,陈也抢在她前头,说:"我在汽车厂当技术工,负责检查零件。"

李招娣说:"我晓得。我姆妈跟我说过了。"

"你妈还跟你说了些什么?"

"她说汽车厂效益不错,说你爷爷奶奶以前是地主,'文革'时被斗死了。你爸爸是浑堂里的扦脚师傅,你妈妈在丝厂上班。你还有个姐姐,在云南插队落户。"

"还有呢?"

"你有个双胞胎弟弟,本事老大的,这附近都出了名了。我姆妈一开始还以为要把我介绍给你弟弟呢,激动得要死,搞了半天原来是你。嘻嘻。"

"还有呢?"

"没了。我姆妈只告诉我这些,"李招娣说,"别的就等你告诉我了,要不然,我到这里来干什么?"

陈也一想不错,就道:"好,我告诉你,其实——"

李招娣插嘴道:"你工资单带来了没有?我关照过介绍人的。"

陈也说:"在这里。"

李招娣很仔细地看完了陈也的工资单,看了两遍,道:"刚才你想说什么,你说呀。"

陈也清清嗓子,说道:"我晓得你们都觉得我弟弟比我强,我告诉你,其实我念书一点儿也不比陈昆差,你看这个——"

陈也从口袋里掏出一张有些发黄的奖状,上写着:"陈也同学在全校作文竞赛中获得一等奖,特发此证,以资鼓励。"

李招娣拿过去看了看,又还给陈也。

陈也说下去:"你问问陈昆,他在高中得过奖没有?一次也没有。我告诉你,我没考上大学,是因为那个时候,我爸妈突然生病了,我要照顾他们。说来也巧,两人就像事先约好的,一二一,一块儿生病。陈昆比我厉害,那种时候,他居然还能静得下心来看书——"

李招娣打了个哈欠。露出牙龈肉和大板牙。

陈也说:"我又要做饭,又要到医院去陪夜,还要洗衣服收拾屋子。换了爱因斯坦也考不上大学。"

李招娣又打了个哈欠,眼泪也出来了。陈也看到她睫毛上湿湿的,像两把小扇子那样忽闪忽闪。

她脖子上戴着一根黄金项链,成色很好,应该是24K金。她穿的连衣裙是今年夏天很流行的款式,泡泡袖,腰间一根长长的带子,在身后绑个蝴蝶结。她涂了口红,嘴唇又亮又艳。

李招娣道:"读书好不好有什么关系呢,我倒不大在乎这些,文凭又不能当饭吃,是吧?现在要看谁的'分挺'。外面卖茶叶蛋的老太婆,钱赚得都比大学生多。"

陈也很高兴李招娣能这样想。他告诉她:"陈昆将来要么留校当老师,要么分到研究所,没什么钱的。"

李招娣点点头。

接着,陈也将自己的计划讲给她听:"我跟你讲,我预备考托福——"

"托福?"

"是啊,就是一种英语考试——我预备考托福,通过了就能去美国。在美国一边读书,一边打工。人家说,在那边洗盘子,一年下来就能买辆轿车。哪怕你没工作,政府一年补贴给你的钱,都有好几千美金。"

李招娣很感兴趣。她眨眨眼睛:"那我呢?"

陈也说:"你也跟过去呀。两个人一块儿洗盘子,一年可以买两辆轿车。"

"我又不会讲英语。"

"不会没关系,你跟在我后面,我当你的翻译。"

"我不会用刀叉。"

"那更简单了。我们不到外面吃,自己烧自己吃,高兴起来用刀叉,不高兴就用筷子,反正东西到嘴巴里一个味道。我最喜欢吃猪头肉和糯米黄酒,不过那边没有猪头肉,也没有糯米黄酒。那边最多的是炸鸡腿,比青菜还便宜,我们一天三顿吃炸鸡腿,怎么样?"

"嘻嘻,听上去像做梦一样。"

"不是做梦,等我把托福考出来,就不是做梦了。"

李招娣对陈也说:"我姆妈不同意我和你在一起。"

陈也问："为什么？"

李招娣说："我姆妈说，你爸爸整天在浑堂里帮人扦脚，一只手上肯定都是癣，脏兮兮的。我姆妈说，扦脚还不如帮人剃头，至少是上三路。"

陈也摇摇头，说："你妈不懂。其实扦脚比剃头档次高——你想，扦脚是跟客人面对面的，剃头只能站在客人后面，连客人的脸都见不到——老上海人都晓得，扦脚比剃头档次高多了。"

李招娣道："我姆妈说，你没钱又没出息，说我要是嫁给你，就是一朵鲜花插在了牛粪上。我姆妈还说，你眼睛下面这颗痣不好，一看就是倒霉相。你弟弟跟你长得一模一样，就是因为没有这颗痣，所以才会考上研究生。"

陈也听了，愣了一下，问："那你自己怎么想呢？"

李招娣咬着嘴唇，说："我倒是也无所谓——你不是说要带我到美国去享福吗？你虽然现在不怎么样，但只要你能带我去美国，那我也不算鲜花插在牛粪上——最多是插在小牛粪里。嘻嘻。"

陈也竖起大拇指："你这就叫有眼光，是个聪明的姑娘。"

李招娣嘿了一声："废话，我当然聪明了。"

陈也一只手抄过去，搂住她的腰。李招娣嘤咛一下，朝旁边一让，陈也用了劲，她没让开，没站稳，整个人倒在他怀里。陈也在她耳边轻声说："牛粪有啥不好——牛粪最肥，插在牛粪上，花才长得艳呢。"

他嘴上说着，手却一点不停，往李招娣胸口摸去。解她的纽扣。李招娣起初还有些抵抗，渐渐的，身子一点一点软下来。两人一起倒在了床上。

也不知过了多久，李招娣从床上爬起来，哭丧着脸，一句话也不说。

陈也奇怪了，问她："你怎么啦？刚才不是还蛮开心的吗，一直叫一直叫，把我耳朵都快叫聋了。"

李招娣嘟着嘴，皱眉朝他看："我该怎么办啊——这下糟糕了。"

陈也问:"怎么糟糕了?"

李招娣说:"怎么办呀——我已经和你睡过了,女人家被男人睡过,就不值钱了。怎么办呀——看样子我真的只能嫁给你了。我妈还让我跟你分手呢,这下可怎么办才好?"

陈也笑了。笑得很愉快。

"那你就嫁给我吧。我会对你很好的。你放心,你嫁给我,就会成为天底下最开心的女人。"

第 二 章

小陶的奶奶病了。陈也、毛头,还有三宝,一起到小陶家里去看他奶奶。

毛头、三宝和小陶都是陈也的技校同学。毕业后,毛头在卷烟厂当车工,三宝在肥皂厂机电车间,小陶在街道当办事员。小陶的父母很早就去世了,他是奶奶带大的。小陶奶奶待人很好,以前陈也他们读书的时候,常常到小陶家去玩,小陶奶奶烧菜肉大馄饨给他们吃,还有桂花糖年糕和猫耳朵。小陶奶奶眉毛很淡很淡,牙齿全掉光了,讲话漏风,耳朵也不大好,但一双眼睛总是弯着,笑眯眯的。"吃啊,吃啊——"她总是这么说。

小陶奶奶是老毛病了,心脏不好,三天两头就要犯病。

她躺在床上,脸颊瘦削下去。精神倒还好。看到三个青年进来,头一句话就是:"我们小陶到现在还没有朋友——你们有朋友了没有?"

几个青年嘻嘻笑着。小陶朝毛头看,毛头朝三宝看,三宝朝陈也看。

陈也咳嗽一声,响亮地说:"奶奶,我有了。"

小陶奶奶急道:"真的啊——在哪里工作?"

陈也回答:"皮鞋柜台,售货员。"

小陶奶奶说:"哦——小姑娘长得好看吗?"

陈也胸一挺,朝小陶他们得意地飞了一眼,用更加响亮的声音答道:"好看,好看得不得了——像天上的仙女。"

毛头推他一下:不要骨头轻。

陈也笑笑,眼睛眯成了一条线:本来就是嘛。

小陶奶奶说:"蛮好蛮好,陈也你蛮有福气——这个小姑娘还有妹妹或者姐姐没有?"

陈也说:"有个妹妹,不过已经有朋友了。"

小陶奶奶惋惜地看了孙子一眼,叹了口气,说:"我们小陶怎么就找不到好的小姑娘呢。你们下次要帮我孙子留心。你们脑子都蛮活络,我们小陶不行,太老实了——"

小陶在一旁皱眉:"奶奶——人家专门来看你,你别东扯西扯的——"

小陶奶奶说:"我这是东扯西扯吗?我是在讲正经话题。你啊,快点找个小姑娘结婚,然后给我生个重孙子,就算对得起我了。你看人家陈也,长相也不见得比你好,眼睛旁边那么大一颗痣,像个苍蝇停在上面,个子也没你高,讲起话来也是傻乎乎的,怎么人家就有小姑娘看上呢?所以说啊,你啊你,还是你自己不够努力——"

小陶无奈地朝几个朋友看看。苦笑。

三宝说:"奶奶,您放心好了,小陶是闷骚型,看着老实,心里可花呢——您别急,说不定到时候一下子冒出十七八个小把戏,叫你太奶奶,嘿,那就有劲了——"

小陶在三宝头上拍了一下,笑骂:"少放屁!"

陈也与李招娣结婚前一个月,双方家长见面。就在附近的小饭店,点了七八个菜,还有一瓶洋河大曲。

李招娣爸爸在劳动剧场当放映员,人蛮老实,话不多。李招娣妈妈在市京剧团工作,一张脸像放久的苹果那样干瘪下去,五官还算漂亮。她眼神很媚,看人时瞟来瞟去,大概是职业病。被她瞟到的人都会在心里打个咯噔,不好意思跟她对视,只好把头低下。

四个老人里,李招娣妈妈的话最多。

李招娣妈妈说:"我以前是唱梅派的,演杨贵妃还有虞姬。

'文化大革命'时他们让我演李铁梅,连着演了大半个月,把嗓子唱坏了,后来只能演配角。再后来上了年纪,配角也演不成了,只能管管服装打打杂。做我们这行的,老了就不值钱了,没办法。"

李招娣妈妈说:"戏唱不成了,心里还痒痒的,烧菜的时候嘴上会哼几段,洗衣服的时候会哼几段,洗澡的时候会哼几段——"

李招娣爸爸说:"就连上马桶的时候也会哼几段。"

四个老人都笑了笑。

李招娣妈妈讲到女儿时,很客气,也很谦虚。她说:"是我们当父母的没教好,招娣一点儿家务也不会做。不会烧菜,不会洗衣服,连钉个扣子也不会。以后要靠陈也多照顾她了。"

陈也妈妈也很客气:"没关系,这都是小事。不会我可以教她,招娣这么聪明,保管一学就会。"

"这丫头聪明面孔笨肚肠,怕是学不会。"李招娣妈妈说。

"怎么会呢?一次学不会就两次,两次学不会三次。李家姆妈你放心,孩子交到我手里,只要她肯学,就一定教得会。"

李招娣本来很专心地在啃一只鸡爪,听到这里,停下来,说:"我跟陈也讲好了。结婚后我不做家务,全部他来。"

李招娣说完,推了推陈也:"哎,是吧?"

陈也说:"没错。"

李招娣妈妈笑了笑:"原来两个孩子早就商量好了。"

陈也妈妈摇头:"没有这个道理。你看看周围,有几个女人不做家务,烧菜做饭全部让男人来的?"

李招娣撇撇嘴:"反正我们说好了。陈也你说是吧?"

陈也点点头:"没错。"

陈也爸爸皱眉:"男人做家务不像样。"

李招娣爸爸从口袋里取出烟,递一支给陈也爸爸。"来一支。"给他点上火,自己也点了一支,吐了个烟圈。

陈也问:"男人做家务为啥不像样?"

陈也爸爸虎起脸:"左邻右舍看到要笑的,笑你没出息。"

陈也妈妈说:"男做女工,越做越穷。"

陈也看看李招娣，又看看爸妈，把筷子放下来，说："反正我已经没出息了，谁要笑就笑吧。我讨老婆就是摆在家里看的，我要让人家看，我陈也的老婆多么漂亮。我不要她做家务，我不要她手弄得像砂皮那样粗糙，我也不要她头发里一包油烟气，我要她整天打扮得漂漂亮亮，一动不动地坐在那里。像个大花瓶。人人都说我陈也没出息，可我有个漂亮的老婆，谁也比不上。"

李招娣笑嘻嘻地啃着鸡爪子，"呸"的一声，吐出两根小骨头。

陈也说完，掏出皮夹子，问服务员："这顿一共多少钱？"

新婚之夜，闹新房的人很多，乱糟糟的。毛头喝醉了酒，摇摇晃晃地，手一个劲地往李招娣屁股上摸。三宝吵着闹着让新郎和新娘表演一段脱衣舞。李招娣死活不肯，急了，就说：你回去和你妈跳脱衣舞吧。小陶掏出一颗紫葡萄，让新郎新娘同时把它咬住，再一点一点吃下去。陈也笑笑，说：好的呀好的呀。李招娣翻着一对白眼，啊呜一口把葡萄吃了下去。李招娣轻声对陈也说："你这帮朋友的素质真差。"

夜深了，陈也和李招娣把闹新房的客人送走，一屁股坐在床上。身后好几条花花绿绿的簇新的被子，堆得老高。床上有零零碎碎的红枣、花生、桂圆、瓜子，李招娣一股脑把这些东西全部扔到地上。她张开嘴巴，结结实实打了个哈欠。

陈也见了，说："以后打哈欠嘴巴别张得这么大。"

李招娣问："嘴巴不张大，怎么打哈欠？"

陈也说："你用手遮着嘴巴。"

李招娣又想打哈欠了。"啊——"她用手遮着嘴巴，打完了，说："真不习惯。"

陈也说："不习惯也要习惯。你牙齿长坏了，又黄，还是遮一下好。"

李招娣说："你嫌我？"

陈也说："我要是嫌你，就不跟你结婚了。我是想让你更好看。你想不想让自己更好看？"

李招娣说:"废话。"

"那你就得听我的,"陈也说,"刚才酒席上你一直在拽裙子,我晓得这条裙子是紧了些,穿在身上不舒服——"

"晓得你还说?"

"再紧你也不能一直拽它呀。还有,三宝让你敬烟,一次次把火柴吹灭,这是开玩笑图个热闹,你为什么骂人家'吃饱饭没事做,胃口好死了'?他们背后肯定会说,新娘子长得倒是蛮好看,怎么举止像个村姑一样——"

"你骂我是乡下人?"

"我为什么要骂你乡下人?我讨个乡下人当老婆有什么开心?我这样说是提醒你——你到底想不想让自己更好看?"

"好好,你往下说,别尽说废话。"

"我跟你说,好看分成两种,一种好看是照片上的好看,还有一种好看是照片下的好看。"

"我不懂,什么照片上、照片下的?"

"有一种人,拍出来的照片像天仙一样。可惜她不能动,只要她说两句话,走两步路,就不好看了。照片上的人是不动的,对吧?还有一种人,照片上倒不一定很好看,可是看到她的真人,说出来的话,做出来的事情,都让你很舒服,越看越好看。这种就叫有气质。"

"你是说我没气质?"

"我不是这个意思。你想想,你长得这么漂亮,照片上的好看已经有了,如果再加上照片下的好看,还有谁比得过你?"

"那倒是的。"

陈也手一伸,把李招娣揽在怀里。

"我早就跟你保证过,结婚后我会很宝贝你——你说,我为什么宝贝你?"

李招娣在陈也额头上轻轻砸了个毛栗。

"因为我长得好看呗,你这个大坏蛋、大流氓。"

陈也问:"你想不想我越来越宝贝你?"

"傻瓜才不想。"

"那你就要把自己变得越来越漂亮。你要想办法让人家看见我就说——哎呀陈也,你老婆怎么一天比一天漂亮,你给她吃什么好东西了?我一高兴,就会越来越宝贝你。"

陈也说完,拍了拍肚子,说:"我怎么好像有点饿了。刚才光顾着喝酒,没吃菜。咦,我怎么又想吃猪头肉了,一盆香喷喷的猪头肉,还想喝一点黄酒,不要多,小半杯就够了。"

"嘻嘻,傻瓜。"

李招娣把头枕在陈也的手臂上。她的头发长长的、柔柔的,有几根伸进陈也的鼻子,陈也打了个喷嚏,用手将她头发撩开,揉了揉鼻子。李招娣说:"没见过像你这么好色的人。"

陈也咧开嘴笑了笑。

"我不是好色,"他道,"是为了争口气。"

第 三 章

上班时,车间主任让陈也去他办公室一趟。

陈也心怦怦直跳,有些紧张。走到办公室门口,敲了敲门,主任在里面说:

"进来。"

陈也走进去,把门关好。主任说:"来了啊,坐。"

陈也在一旁的沙发坐下。他还是第一次坐主任办公室的沙发,深咖啡的人造革沙发,已经旧得有些退色了。主任没有再招呼他,埋头看桌上的文件,似乎还要忙一会儿。陈也把手分别放在两旁的扶手上,坐得端端正正。他不好意思盯着主任,目光很游离的,一会儿看书架,一会儿看茶几。

半小时后,主任忙完了。他说:"陈也同志。"

陈也连忙把目光收回来。"主任。"

"快到年底了,事情就是多——工作几年了?"

"五年了,主任。"

"时间也不短了。"

"嗯,是。"

"写过入党申请没有?"

"嗯,还没——"

"那就写一份吧。这个礼拜交上来。"车间主任轻描淡写地说了句。

陈也回到车间,同事们问他怎么了。他说:"没事。就是让我写一份入党申请。"

吃过中饭,几个男同事凑过来,嘻嘻哈哈地让他买烟。

"买香烟买香烟。"

陈也到小卖部买了一包"牡丹",几个人你两根、我三根,很快分完了,剩下一个空烟壳。他们说不够,陈也又跑到小卖部买了一包。小卖部的老头问:"什么时候开始抽烟的?"

"我不抽。买给同事抽的。"

陈也把香烟拿回去。同事们七嘴八舌地说:"替你高兴高兴。"

过了一会儿,又来了几个女同事。她们拖着陈也去小卖部,陈也被她们推推攘攘弄得很不好意思。到了小卖部,她们放开了陈也,挑自己爱吃的零食——话梅、杏脯、牛肉干、盐金枣。然后把这些东西集中起来,推到陈也面前,说:"你请客。"

"一共是十八元五角。"小卖部的老头说。

陈也掏出皮夹子,数了数,十八元。

"少了五角,"陈也说,"我只有十八元。"

那个今年新分进来,梳两只羊角辫的小姑娘很体贴人,她主动把一包奶油杏脯还给老头。陈也对她笑了笑,说:"下次再请你吃。"

这些女人嘴里嚼着陈也买的话梅、杏脯、牛肉干和盐金枣,含混不清地说:"替你高兴高兴。"

陈也揣着空荡荡的皮夹子,找老乐聊天。老乐是车间里年纪最大的职工,资格也最老,他有个弱智儿子,十七八岁的人,口水流得到处都是,整天只会傻笑。老乐看到陈也,嘿嘿地笑。他问:"花了多少?"

"香烟加上零食,三十多块。小半个月工资没了。"

"好事情。替你高兴高兴。"

陈也说:

"这是我今天听到第三遍说要替我高兴了。可我现在一点儿也不高兴,我皮夹子的钱全用光了,回去老婆要骂死我了。她肯定会说,没钱了,她买衣服买雪花膏的钱不能少,要省只能从我嘴里省,我这个月不能喝糯米黄酒了,也不能吃猪头肉了。你说,没有黄酒喝,没有猪头肉吃,我怎么高兴得起来?"

老乐看到陈也沮丧的样子,叹了口气,说:"你这家伙怎么比我的傻儿子还傻?"

陈也结婚后住的是厂里分的房子,因为离爸妈家太远,就和一个同事换了一套,还是住在浦东。源深路。陈也爸妈家在文登路,坐车只有一站路,走路也不过二十来分钟。

六层楼的新公房,他住五楼。一房一厅,铺了地板,贴了墙纸,卫生间有抽水马桶,装了浴缸。客厅里一只莲花形状的吊灯垂下来,平时陈也舍不得开吊灯,只开日光灯,吊灯要好几十瓦,费电,只有等陈也爸妈、李招娣爸妈或是客人来的时候,才会开一会儿。

陈也快到家的时候,一抬头,看见李招娣在阳台上收衣服。她穿了一件浅绿色的羊毛衫,是上星期商场打折时买的。她头发梳得光光溜溜,化了淡妆。

楼上楼下有好几个女人在阳台上收衣服。她们收衣服的动作都比李招娣利索,竹竿一挑,一抖,衣服就进来了。李招娣却笨手笨脚,动作很不协调,差点把竹竿掉到楼下,她大概是吓了一跳,使劲拍着自己的胸口。陈也在楼下站了一会儿,他想如果李招娣真的把竹竿弄下来,就可以顺便带上去,不需要多跑一次了。陈也不在乎李招娣笨手笨脚。他看见那些女人一个个邋里邋遢。结了婚的女人就是这样,尤其在家里,灰头土脸的很难看。陈也不许李招娣这样。他本来还觉得自己有些不实惠,但现在一切摆在眼前了——女人们都在收衣服,谁好看谁不好看,一目了然。男人下班回来,一抬头,看见自己老婆比别的女人都好看,心情当然会很好。

陈也心情本来就很好,这一下就更好了。

他打开门,李招娣坐在沙发上看电视。刚收回来的衣服摆在旁边,她一边看电视,一边叠衣服。陈也说:"我回来了。"

李招娣看到他的手上什么也没有,问:"咦,怎么没买菜?晚上吃空屁?"

"今天不买菜。我们出去吃。"

陈也笑眯眯地说:"我们到楼下的饭馆,叫一个老鸭煲,一个芙蓉鸡片,一个三鲜锅巴,还有一个猪头肉。你要一听椰奶,我来一瓶糯米黄酒。"

李招娣盯着陈也看了一会儿。

"你这小气鬼转性了?平常我要出去吃两客生煎,你都舍不得,说家里泡饭吃吃就可以了。今天怎么回事,发横财了,捡到金元宝了?"

陈也笑着往沙发上一坐。

"我要升做车间副主任了。"

"真的?"李招娣一下子跳起来。

陈也对她"嘘"了一声。

"轻一点,你不要叫得那么大声。你坐下来,不要把脸凑得这么近,眼睛睁得像牛眼一样。来来来,你坐到我旁边来,让我搂着你的腰,再给我亲一口,慢慢告诉你。"

李招娣坐到陈也旁边。陈也抱住她,"啵"!在她脸上亲了一口。

"上个月,我听说要在车间里提拔一个年轻人当副主任,那时我想,会轮到谁呢?我想来想去,论学历我是技校毕业,有夜大学文凭,在车间里算不错的了;论工作,没人比我更卖力;论资格,五年不长不短,不能跟老工人比,可不是说要提拔年轻人嘛。我想来想去,说不定还真能轮到我。"

李招娣说:"这种好事,你也不早点说。"

她兴奋地站起来,在陈也的嘴上亲了一下。

陈也说:"今天上午,主任把我叫过去,让我写入党申请。"

"哦。然后呢?"

"然后我就回来了。"

"屁!"李招娣叫起来,"我还当怎么了呢,搞了半天就是写份入党申请。"

陈也摇了摇头。

"我跟你说过几万次了,女人别说脏话,难听。还有,别冒冒失失的,听人家把话讲完了再发表意见。你怎么就是讲不听?"

李招娣把他的头一推。"你讲你讲。"

"你说,平白无故,主任为什么要让我写入党申请?厂里又不缺我一个党员。这不是明摆的事嘛,他要提拔我,所以让我先入党。"

陈也说完,把身体往后一靠,舒舒服服地伸了个懒腰。

"跟你也讲不清楚,你这人脑子永远缺根筋。反正你记住,你男人要当官了。我要是当官,你也能跟着享福。你快去上个厕所,换件衣服,再涂点粉搽点胭脂,把你的脸弄得白里透红,像菜场的水蜜桃一样。口红就别搽了,一会儿吃饭就弄掉了,浪费。你记住,就算当官了,我们也不能浪费,该用的用,不该的用就不要用——"

李招娣说:

"陈也啊,我爸妈晓得你要当官了,说晚上过来吃饭,给你庆祝一下,大家高兴高兴。我在小绍兴订了位子,你下班直接过去。"

李招娣说:

"陈也啊,我在你爸妈这儿。他们晓得你要当官了,激动地马上写信告诉你的外公外婆。他们高兴坏了,买了一只老母鸡熬汤,让你待会儿过去,庆祝庆祝。"

李招娣说:

"陈也啊,我大舅妈的二嫂的弟弟今天来过了,说他女儿明年职校毕业,看你能不能想想办法,把小姑娘弄到汽车厂去。我大舅妈的二嫂的弟弟临走时,还留下三条烟两瓶酒。"

李招娣说:

"陈也啊,隔壁王德发的老婆下午跟我说,汽车厂副科以上的领导可以买到半价的桑塔纳。她让我问你买不买,如果不买,能不能让她男人买下来。她说,她男人的妹夫做生意,想买辆车。"

李招娣说:

"陈也啊,今天居委会让我填一张计划生育的单子,上面要填你的工作职务。我就问居委会干部,说我们陈也现在还不是副主任,不过快了,该怎么填。他们说那就填吧。我就填了'副主任'——"

……

李招娣说:

"陈也啊,所有我认识的人都晓得你要当官了,还有楼上楼下许多我不认识的人,也都晓得你要当官了。你怎么还不当官哪?真是急死人了。你到底什么时候才当官,啊?"

陈也说:"李招娣,我当不成副主任了。"

"什么?"李招娣一下子跳起来。

陈也摇了摇头:"你坐下来坐下来。你不要一有事就这么激动。你听我慢慢说。"

李招娣坐下来。陈也说:"你晓得我们车间前两年分进来的那个技校生吗,我们结婚时他也来吃喜酒的,矮个子,脸又黄又肿,我们都叫他黄胖橄榄的那个人。今天开会时候主任说了,副主任是他。我听小猴子说,他的舅舅是厂长的连襟,是亲戚,我争不过他。"

陈也说完,叹了口气。

李招娣呆呆地看了他一会儿。忽然从沙发上跳起来,叫道:"啊呀!"

陈也说:"你又怎么了?"

李招娣愁眉苦脸地说:"人人都晓得你要当官了,可现在你又当不成官了。我答应了人家那么多事情,你打开五斗橱看一看,里面全是人家送的礼。收了人家的礼,就要帮人家办事,可现在你什么都不是,还是小兵一个,你说,该怎么办?"

陈也拍拍胸口,说:"我还以为什么事呢。那就退还给人家吧。"

李招娣说:"有些东西像水果和蛋糕,时间一长会坏掉,已经给我们吃掉了;有两盒蜂皇浆一瓶补酒,我拿去给我爸妈了;还有一块重磅真丝,我已经给自己做了一件衬衫。怎么办?"

陈也说:"那你就再重新买了还给人家。"

李招娣点点头,忽然又叫起来:"啊呀!"

她哭丧着脸,说:"东西太多,我全混在一起了,记不清哪个是哪个的了。万一搞错了怎么办?"

陈也也觉得这个问题很伤脑筋。他皱着眉头想了一会儿,说:"那你先挑记得清的还给人家。其余的暂时不要动,等人家来问你,事情办得怎么样了,你再问人家送了什么礼。这样就不会搞错了。"

陈也看着李招娣把五斗橱里的东西一样样拿出来——烟、酒、糕点、糖果,摆了满满一桌子。

李招娣一边整理,一边说:"下次我晓得了,收别人的礼一定要先做上标记,万一有什么问题,退起来也方便。"

李招娣苦着脸,说:"我吃掉的那些都是进口水果,要十几块钱一斤,我们平时都舍不得买。我以为不要钱才吃的,搞了半天原来还是吃自己的。嘿,早晓得是吃自己的,我就不会吃得那么快,像吃冤家一样。"

李招娣说:"那件真丝衬衫,我要把它给我妹妹,再从她那里讨两件衬衫。她说我小气也没办法,谁让这件是重磅真丝呢,我连一件重磅真丝的衣服都没有。送给她我舍不得,自己穿也舍不得。一件换两件,也就气得过了。"

陈也叹了口气,说:"这次算是给你个教训。以后记住,事情没办成前,嘴巴管管牢,别八字还没一撇,就宣扬得全世界都晓得了。脸全被你丢光了。"

李招娣撇嘴说:"都怪你自己不好。"

陈也奇怪了:"怎么是我不好呢?"

"谁让你先告诉我了?你要是不告诉我,我也不会说出去。

所以啊,讲到底还是你自己嘴巴不牢,是你不好,不能怪我。"

陈也一愣。

"原来还是我自己不好。"

他嘀咕:"我早该晓得这个女人的脑袋像猪一样笨——"

李招娣问:"你说什么?"

"没有,没说什么。"陈也道。

李招娣说:"你今天又没买菜,唉,看样子晚饭又要出去吃了。也好,让我上个厕所,换件衣服,涂点粉搽点胭脂。我们去吃老鸭煲、芙蓉鸡片、三鲜锅巴、猪头肉。我来一听椰奶,你来一瓶糯米黄酒。"

陈也说:"谁说出去吃了?"

陈也说:"上次是空欢喜一场,又是请同事抽烟吃零食,又是出去吃饭,钱都浪费掉了。现在我们要勒紧裤腰带,把损失补回来。你这个月别买新衣服和雪花膏。我买菜也不买荤菜了,吃一个月咸菜萝卜干,等到下个月发工资的时候,我们再把裤腰带松开。"

陈也说:"你别撅嘴,你也别摆脸色给我看。你不过就是不买新衣服,不买雪花膏,吃几天素而已。错的是你,我倒要陪你一起勒紧裤腰带过苦日子。你他妈的还好意思撅嘴摆脸色。该我撅嘴摆脸色才对。你大不了回娘家,你爸妈会招呼你好吃好住的。我一个大男人总不能回娘家吧,我还得每天上班,下班回来做家务活。别人看见我说不定还要问,你老婆呢,回娘家了,是不是两口子吵架了,是不是你欺负她了——咦,你怎么掉眼泪了?真是要命,我还没哭,你倒先哭了——好了好了,我说着玩的,又没真让你怎么样——"

陈也叹了口气,说:

"算了算了——是我没用,没当上副主任。跟你没关系,你一点儿错也没有。哪个女人不多嘴啊,换成我是女人我也多嘴。其实我的嘴也不紧,我对自己说,要沉住气要沉住气,可后来还是忍不住告诉了大明,还有小猴子。这两个家伙都是大嘴巴。我想,要是我能沉住气,说不定那个位置就到手了。当官没有沉不住气的,沉不住气就当不了官。你说的没错,真是怪我自己不好。"

最后,陈也说:"好在我年纪还轻,还有机会。你放心,你嫁给我,我不会让你吃亏的。你去买你的新衣服雪花膏吧。我裤子口袋里还有上星期发的加班费,十三块,我们出去吃饭。去吃老鸭煲、芙蓉鸡片、三鲜锅巴、猪头肉。我不喝黄酒了,给你喝两听椰奶,这下总可以了吧?"

第 四 章

　　陈也读托福班的学校对面,有一棵老槐树,长得高高壮壮,风一吹,树叶沙沙地响。到了深秋,树叶开始一片片地往下掉,落到地上,稀稀松松的一层,像铺了层薄毯。这条僻静的小马路,白天没什么人,一到晚上,学校门口就停满了自行车。看车棚的老头穿着军用大衣,手里握一把零角,嘴里时不时哼上一段绍兴戏。
　　陈也坐在教室第一排。他视力不好,只有坐在第一排,才能看清黑板上的字。教室用了很多年,课桌都旧了,黑板是花白的,地上有一些粉笔头。窗子关不牢,十二月的天气已经很冷了,风从窗缝里钻进来,在教室里窜来窜去。
　　陈也很怕冷。这样坐上几个小时一动不动,感觉更冷,全身都麻了。他嘴里"哗哗"吐着气,缩起脖子,像个老头儿一样,把手插进袖笼里,一会儿又拿出来,抄黑板上的笔记。这个老师把字写得很小,陈也眯起眼睛,还是看不大清楚。他把头又朝前移了移。
　　"该去配副新眼镜了。"他想。
　　陈也打个哈欠。又打个哈欠。眼皮慢慢地垂下来,不自觉地,黏在了一起。他使劲晃了晃头,想把瞌睡虫晃出来。但还是困。不到两分钟,他就睡着了。
　　陈也趴在桌上,发出轻轻的呼噜声。老师看见了,摇头说:"这么冷,他倒还能睡得着,也是本事。"又继续上课。
　　"丁零零——"
　　下课铃一响,陈也就醒了。他像一只受惊的兔子,猛的一下,坐直了。左看看,右看看,额头上红红的一块。旁边有个女同学"扑哧"一笑。陈也低头看到书上湿了一大摊,应该是自己的口水。他很不好意思。这时,老师走过来,在他旁边的位子坐下。陈也从口袋里摸出香烟,递给老师。

"纪老师,"陈也说,"抽烟抽烟。"

纪老师四十岁不到,到黑龙江插过队,瘦瘦小小的个子,有很深的抬头纹。他接过香烟,自己拿打火机点上了,抽了一口。

"又睡着了?"纪老师拿眼瞟他。

陈也讪讪的。"嗯,又睡着了。"

纪老师吐个烟圈,说:"老这样不行啊。"

陈也赔笑说:"太困。"

纪老师说:"年纪轻轻,像个煨灶猫似的。我像你这么大的时候,每天四点钟爬起来插秧,从早忙到晚,照样生龙活虎的。我们那时候吃的是什么?现在条件好了,吃得好住得好,小伙子反而没精神了。"

陈也说:"纪老师,你不晓得我有多累。"

纪老师说:"你有多累?你倒是说说看。"

陈也说:"你晓得我单位离家远,路上要用掉两个小时,上班辛苦也不说了。下了班,我先到菜场买菜,再回家烧饭烧菜,匆匆忙忙吃好饭,收拾好,再骑一个小时自行车到这里来上课。纪老师你说,我累不累?"

"你不会让你老婆烧菜?"

陈也摇头道:"我老婆不会烧菜。她上次烧一个炒青菜,油锅太旺,房子差一点给她烧掉。我是不会让她烧菜的。"

纪老师一支烟抽完,刚好上课铃响了。

陈也听到头顶上有轰隆隆的声音,应该是一架飞机经过。窗外有个小孩在哭,拔开喉咙,足足哭了十几分钟。一会儿,又下起雨来,雨点很大,嘀嘀笃笃,像在下豆子。风也跟着大了,窗外那棵老槐树不停地摇晃。

讲台上的录音机里在放一段英语对话。

陈也竖起耳朵听。很投入地听。使出吃奶的劲道听。

他奇怪自己竟一点儿也听不进去。只晓得是一男一女,起初很温柔,后来不知怎么回事,声音突然高起来,像吵架一样。陈也朝四周看去,同学们都在很认真地听。从他们的神情能看出——他们都听懂了,至少听懂了大半。

陈也忽然有些伤心。

他想:我怎么就听不懂呢?

下课后,陈也和纪老师一人一辆自行车,并排骑着。一边骑车,一边聊天。路灯的影子被自行车踩过,他们的影子一会儿短了,没了,一会儿又拉长了。雨早停了,月亮圆圆的,挂在头顶。

纪老师说:"我要是你,早就不考了。你都考了两次了,你自己说考了几分——分数我都不好意思提。何必呢?"

陈也笑笑:"纪老师,我晓得我差劲。可我还是要考。"

纪老师说:"浪费钱,浪费时间。"

纪老师说:

"我在黑龙江种了十年田,恢复高考,只温习了两个月,就考上了北师大。那时候我小孩刚出生,亲戚全在上海,没人帮忙,我一边看书,一边服侍老婆坐月子,烧饭洗尿布。结果还考了高分。陈也,不是我说你,你不是读书的料。"

陈也听了不说话。迎着风,骑车挺费劲。冬天的风无孔不入,老实不客气从领口溜进去,脖子冷到胸膛,又冷到小肚子,渐渐地,全身都冰了。

前面一个十字路口。红灯。两人停下来,脚点着地。

陈也说:"纪老师啊,我要是不考托福,我这个人就完了。现在不管怎样,总算心里还有点希望。人家问我,陈也啊,在忙什么?我可以告诉他,我在考托福。考得出考不出没什么,关键是不能让别人小看我。"

陈也说完,腾出一只手,摘掉手套揉揉鼻子,鼻子那儿一坨红。他笑笑。

"我这人傻乎乎的,是不是?纪老师,你说我别的都没关系,你说我不是读书的料,这点我不大服气。我小时候读书很不错的,我脑子不笨,就是不晓得为什么,考个托福这么牵丝绊藤。"

陈也回到家。李招娣和平常一样,边看电视,边吃瓜子。

地上有几片瓜子壳。桌上、橱上蒙着一层灰。晚饭的碗放在水槽里没洗。空气里有一股隔夜菜油的味道。腻腻的。

陈也把包放下,到厨房洗碗,接着扫地擦桌。忙完了,他说:

"李招娣啊,从明天起,家务事你来做。"

李招娣不开心了,撅起嘴。"为什么?"

陈也问她:"你想不想我把托福考出来?"

李招娣说:"废话,当然想。你考出托福,我们就能到美国去,天天吃炸鸡腿,一年下来买两辆小轿车。如果你不考托福,我也不会那么快答应嫁给你了。"

陈也笑了笑,说:"既然这样,家务事只好你做了。"

陈也说:"我做家务,就没时间看书。我要把时间省下来看书。你是希望我天天做家务考不出托福呢,还是希望我不做家务把托福考出来?"

李招娣一愣,说:"当然是希望你把托福考出来。"

李招娣说完,停顿了一会儿,像是明白了,然后用力地点了点头。

"家务你不用做,我来做。"

她把陈也推到写字台前,让他坐下。泡了一杯浓浓的茶,转身把电视关掉。

"你看书,"李招娣说,"我不看电视了,不吃瓜子了,我也不说话。我坐在旁边陪你。从现在开始,你什么都不要做,只要负责把托福考出来就可以了。"

陈也说:"我不要你陪。你看电视吧,把声音调小一点就可以了。"

李招娣说:"我不看电视。"

陈也说:"那你就睡觉吧,早点休息。"

李招娣说:"我也不想睡。我在这里陪你,你要是饿了,我给你做夜宵。你要是闷了,我陪你说说话。你要是身体不舒服,我就给你按摩,我以前练过气功,手法很到位的。"

陈也说:"你在旁边,我静不下心看书。"

李招娣说:"那——我去睡觉了。你要是饿了、不舒服了,就叫醒我。要是我睡得太死,你就呵我痒。"

陈也摇头:"我不会叫醒你,也不会呵你痒。我让你做家务,心里已经很不好受了。你去睡吧。"

李招娣洗完脚,爬上床,忽然想起什么,道:"我有话问你——问完这句,我就不吵你了。"

陈也说:"你问。"

"如果你一直考不出托福,那我这个家务是不是要一直做下去?"

陈也先是一愣,随即笑了笑。李招娣盯着他。

"你为什么要笑?你一笑,我就晓得你肯定在动坏脑筋。"

"没有,我没有动坏脑筋。"陈也说。

"那你为什么要笑?"

"我笑是因为我本来还担心自己讨了个笨蛋当老婆。现在不怕了。"陈也说。

李招娣跳下床,一把揪起他的耳朵。

"我早就晓得你在动坏脑筋。你说,你老老实实地说,如果你一直考不出托福,怎么办?"

陈也想了想。"那你就把我吃掉。"

李招娣在他脸上拧了一把。

"老得像野猪皮,我才没胃口呢。好好说!"

"那你就——把我阉掉,咔嚓!"陈也用两根手指做成一把剪刀。

"神经病!你再不好好说我就真的把你阉掉——"

"好好好——这样吧,你咬我一口,咬我的舌头!"

"呸,想得倒美。如果你考不出托福,"李招娣眼珠转了转,"我就嫁给别人。"

陈也"嘿嘿"干笑了两声。

"你别笑,我是说真的。你是浦东人,我是浦西人,凭我的条件,闭着眼睛都可以找静安区、卢湾区那些'上只角'的男人。你长得不帅,家里没钱,工作又一般,如果不能让我到外国去玩几年,你说,"李招娣一把扳过陈也的脸,对着自己,"我为什么要嫁给你,啊?"

陈也又笑了笑。

李招娣伸出长长的像葱管似的手指,一下,两下,点着陈也的额头。

"记住了,我可不是在跟你开玩笑。"

第 五 章

  春节前,陈昆带着女朋友又回来了。他们是坐飞机回来的,从北京到上海,只要一个半小时。陈昆说:"人坐在飞机上,感觉飞机好像一动不动,其实它一小时能飞八百多公里。飞机快是快,不过没有坐火车舒服,两只耳朵嗡嗡的,受不了。"
  陈也爸爸说:"想想真是不得了,飞机这么大这么重的东西,在天上怎么就掉不下来呢?我放个风筝到天上,一会儿也下来了。"
  陈昆笑道:"爸,飞机掉不下来的,一掉下来人就全完了。"
  陈也妈妈问:"在天上拉屎撒尿怎么办?是不是也跟火车一样,直接往地上撒?"
  陈昆说:"妈,真亏你想得出来。这些脏东西先存在飞机上,等到了机场才处理掉。"
  李招娣听着,推了推陈也,小声说:"我也想坐飞机。"
  陈也哼了一声。
  陈昆的女朋友剪一头跟男人差不多的短发,穿一件深咖啡色的皮茄克,露出里面乳白色的羊毛衫领口,下身是包得紧紧的牛仔裤。她眼珠一直骨碌碌地转,东张西望,最后目光停留在陈也脸上。她看看陈也,又看看陈昆。一会儿便笑了。好像遇到了什么有趣的事情。
  她笑起来眼睛弯弯的,像个月牙儿。
  陈也奇怪她为什么这么开心。

陈也被她看得非常不自在。他猜这姑娘大概从来没有见过长得一模一样的双胞胎,很好奇。他看她一直对着自己笑,而且笑得那么甜,只好咧开嘴,也对她笑了笑。

陈昆给爸爸买了冬虫夏草,几千元钱一斤,装在一个密封罐里。陈也爸爸烟抽得很凶,肺不好,肾也不好,半夜里要起来上六七趟厕所。据说冬虫夏草能润肺,还能补肾。陈昆说:"先吃吃看,好的话下次我再带些回来。"

"这么贵的东西,我吃下去肺倒是好了,心又开始疼了。"陈也爸爸说。

陈也妈妈拿了两盒茯苓饼,还有几袋果脯,递给李招娣。
"陈昆买的北京特产,大家尝尝。"

陈昆操着北京口音的上海话,对陈也说:"哥,这阵子还行吧?你身体一看就比我好,结实。我不行,整天坐着不动,光长肉。嫂子是第一次见面,不好意思啊,你们结婚我没来,那阵子考试,实在太忙,抽不出空来。昨天到王府井买了根项链,四个九的,我看成色还行,款式也不错,送给嫂子,算是迟到的贺礼吧。"

李招娣伸手去接,陈也抢在前面拦住了。

陈也慢腾腾地对陈昆说:"你读研究生没工资,买这么多东西,又是冬虫夏草,又是飞机票,把钱全用光了,开学又得问爸妈要钱。这样一来,这根项链就等于是爸妈送给我们的了。结婚时爸妈已经给了我一笔钱,我不能再拿他们的东西。爸妈平常买把葱都要讨价还价半天,可怜兮兮的,占他们的便宜,我不好意思。"

陈也把首饰盒还给陈昆。停了停,又说:"咦,半年不见,你个子好像长高了,头发剪短了,连眼睛也好像变大了。"

大家一愣。隔了一会儿,才晓得他在跟陈昆的女朋友说话。

"我吗?"陈昆的女朋友眨了眨眼睛,"我一直都是这么高,头发一直这么短,眼睛也一直这么大——半年前我们见过面吗?"

陈昆咳嗽一声。

"暑假里你住在我们家,"陈也说,"你叫刘文华,南京人,跟陈昆是一个大学的,比他低两届。你来的那天是扎辫子的,穿红色的衣服,淡青色的裤子——你皮肤好像也白了,还胖了一点——你最喜欢吃我妈烧的红烧蹄髈,你还说要跟我妈学怎么烧蹄髈。"

陈昆又咳嗽了一声。好像喉咙不舒服。

"那肯定不是我。"女孩笑道,"我不叫刘文华,叫苏娜。我是上海人,不是南京人。我跟陈昆不是一个学校的,我今年刚毕业,是保险公司的职员。而且我也不喜欢吃蹄髈。"

陈也睁大眼睛:"咦?"

苏娜推推陈昆:"哎,他说的大概是你以前的女朋友。"

陈昆使劲地咳嗽,像是快把肺都咳出来了。

"咳咳——嗯,咳咳——"

苏娜对陈也笑道:"你搞错了。你把两个人当成一个人了。你真有趣。"

陈也先是一怔,随即一拍大腿,"我说呢!"他大笑起来,"才半年工夫,也不至于整张脸都变了呀。哈哈!"

李招娣坐在自行车后座上,对陈也说:

"你记性真差。你没看见,刚才你爸妈和你弟弟的脸都绿了。"

陈也嘿嘿地笑。

李招娣说:"万一人家跟他吹了,你爸妈一定饶不了你。"

陈也说:"吹就吹了吧,反正陈昆有本事,眼睛一眨就能换个女朋友。根本不用为他担心。"

李招娣听了这句,忽然叫道:"停车!"

陈也不理她。

李招娣屁股一撅,身子朝上一抬,就下了车。惯性让她朝前冲了几步,差点摔跤。陈也连忙停下来,说:"你怎么回事?"

李招娣气呼呼地道:"我还要问你怎么回事呢?"

陈也说:"上车,回家再说。"

李招娣说:"我不回家。我们就在这里把话讲清楚。"

"好好好,你说你说。"

李招娣问:"你是不是看上了那个姓苏的?"

陈也一怔。"胡说八道!"

"你别以为我是傻瓜,"李招娣说,"刚才大家说话的时候,你和她眉来眼去,她对你笑,你也对她笑——"

陈也说:"人家是客人,她朝我笑,我当然也要朝她笑。"

"你故意说那些话,拆散她和陈昆,你好钻空子占便宜。"李招娣说,"哼,别以为我看不出来!"

有几个人经过,看到他们,便走近了,兴致很好地在一旁听。

李招娣:"我在旁边,你居然还敢跟人家勾三搭四——你有没有脑子啊,你有没有眼睛啊?你问问大家,如果娶了像我这么漂亮的老婆,会不会再去跟别人勾三搭四?"

"不会!"旁观者中有人笑着说。

"你自己说,是我好看,还是她好看?"

"你好看——"几个旁观者异口同声地说。

李招娣说:"那么难看的女人——"

陈也说:"这个已经不错了,你没看到陈昆上次带回家的那个——"

"哎——"李招娣叫起来,"不打自招,嘿,你终于承认了——"

陈也见周围看热闹的人越来越多,便不睬她,骑上车走了。李招娣一见急了,追上去,叫道:"喂,你不管我啦?"

陈也越骑越快,过了两条马路,拐了弯,才停下来。回头看,李招娣气喘吁吁地跟在后面。陈也把车子掉个头,又来到她身边。

"上车吧。"陈也说。

李招娣喘着气,说:"你不是不管我了嘛,你骑回去吧,我自己走。"

陈也说:"你真是小心眼。我不过对人家笑了笑,有什么稀奇?你记得吗,我们第一次见面的时候,我就一直在对你笑。笑得嘴巴都歪了,像中风一样。"

李招娣说:"你对我笑,是因为你喜欢我。你现在对她笑,说明你也喜欢她。"

"不一样的,"陈也说,"我对你笑,是因为喜欢你。我对她笑,只不过是出于礼貌。我对你笑,是从心里笑出来的,对她笑,是皮笑肉不笑,从肠子里笑出来的,就跟放个屁差不多。"

"呸!"李招娣说。

陈也笑了笑。

李招娣斜眼看他。"你现在为什么笑?哼,皮笑肉不笑,从肠子里笑出来,——像放屁。"

陈也又笑了笑。

"上车吧。"陈也说。

"不上。不上就是不上。"

陈也叹了口气,把车子停好。走近了,一把将李招娣拦腰抱起,轻轻放到车后座上。

"重得像头猪。"陈也一边说,一边上了车。

第 六 章

星期天,陈也夫妻和陈昆、苏娜去浦东公园玩。

陈也本来不想去的,说浦东公园都去了一百回了,没啥意思。可陈也妈妈说,陈昆好久没去浦东公园了,年轻人去公园兜兜,蛮好。

四人走到浦东公园——不太远,十来分钟就走到了。天气不错,空中飘着好多风筝。门口好多人在排队买票。陈也正要去买票,李招娣一拉他衣服,在他耳边轻声道:"让你哥哥去买票。前天去红房子吃西餐,也是我们付的钱。你派头怎么这么大?——你又不是大老板。"

陈也没理她,径直去买票了。

李招娣有些恨恨地,朝陈昆瞪了一眼。

陈昆见了,问她:"嫂子,怎么了?"

李招娣硬声硬气地说:"没怎么,眼睛里进了沙子,不大舒服。"

"要不要紧?"

李招娣说:"有什么要紧?一粒沙子呀,又不是块大石头。"

陈昆笑笑。

陈也买完票,走过来,说:"进去吧。"

四人走进公园。

陈也和陈昆走在前面。两兄弟没什么话,默默走着。倒是李招娣和苏娜两个女人叽叽喳喳说个不停。

苏娜说:"我觉得还是浦东好,空气好,地方大。"

李招娣撇嘴说:"浦东再好总归没有浦西好——你家住在哪里?"

苏娜说:"徐家汇。你呢?"

李招娣说:"我家在南市区,福佑路。"

苏娜笑了笑,说:"蛮好的,逛城隍庙挺方便。"

李招娣嘿的一声:"好什么?谁也不会一天到晚逛城隍庙呀。又不在里面摆摊头。"

苏娜又笑了笑。

四人走到湖边一棵树下。陈昆说:"哥,这棵树现在这么高了。你还记得小时候吗,我们俩老是进来爬这棵树,还比赛看谁爬得高。有一次还差点被看门的老头抓住。"

陈也嘿的一声,说:"怎么不记得?我本来是不想爬的,衣服爬脏了,回去还得被妈骂。可你老是骗我说上面有鸟窝,要我去摸鸟蛋。我是老实头,禁不起你噱。"

陈昆笑道:"你说是不想爬,可每次都爬得比我高比我快——哥,论身手敏捷,我不如你。"

陈也说:"我不像你,死读书,体育课年年要补考,跑个一千米就像要你命似的——我是德智体美全面发展。"

陈昆笑了笑,点头道:"是啊没错。"

四人走到"宇宙飞船"。这是浦东公园里最惊险的一项游艺项目。苏娜提议去玩。陈昆说:"有什么好玩的?都是小孩的玩意儿。"

陈也说:"玩吧。我也好久没玩了。"

陈也说着,便朝售票处走去。李招娣朝他一个劲地瞪眼,他只当没看见。

一圈坐完,苏娜意犹未尽,说:"要不,我们再坐一次?"

陈昆说她:"别人来疯了。你朝我们周围看看,连高中生都没几个,你不脸红啊?"

陈也说:"她要坐就坐呗,又没规定大人不许坐。"

李招娣也说:"就是,我也觉得挺好玩的。"

陈昆说:"那你们坐吧,我不玩了。"

陈也又去售票处买票。李招娣跟在他旁边,轻声说:"你弟弟胆子真小,我听到他刚才一直在怪叫,叫得难听极了——其实我也有一点点怕,可我偏说好玩,再玩一次,让他没面子。"

陈也问:"再玩一次,就要再买一次票。你不心疼?"

李招娣说:"心疼什么?花几张票子的钱,让你弟弟臭一臭,值得。"

陈也笑笑:"同志,你好像跟我弟弟有点过不去嘛。"

李招娣说:"我也不晓得我为什么要跟他过不去。我看到他那副样子,就浑身不舒服——嘿,长得和我老公一模一样,可混得比我老公好多了——不舒服,非常不舒服。"

陈也朝她看:"你什么意思?臭你老公啊?"

李招娣说:"我臭你,我有什么开心?我是帮你出口气。别傻乎乎的不识好歹——哎,你到底有没有听见你弟弟刚才叫啊?"

陈也嘿嘿一笑。"听见了。那么大声,怎么会没听见?幸亏这里离动物园远,要不然肯定把狼招来了。嘿。"

陈也对李招娣说:

"今天陈昆和他女朋友要到我们家来吃饭。你去买菜,挑好的买,不要心疼钱。本来我们说好的,这段时间家务都由你做,可是你烧的菜实在太难吃了,平时倒无所谓,今天绝对不能让你烧,要不然我的脸都被你丢光了。"

陈也说:"本来我想自己去买菜的,你不会看秤,老是被人骗。可今天事情实在太多了,我一个人忙不过来,只好让你去买菜。你带弹簧秤去,这样小贩就不敢骗你了。小贩问你买什么,你就说'挑最好的',你对他说,如果你敢骗我,我老公待会儿就过来拆你的台。你多带几个塑料袋,不要用他们的,他们的塑料袋里都是水。眼睛睁大些,不要让他们把称好的东西调包。看紧皮夹子,别被人家偷了——唉,要教的东西实在是太多了,算了算了,还是我自己去吧。"

陈也让李招娣把玻璃柜里那瓶茅台酒拿出来。李招娣不同意:"为什么要喝茅台酒呢?今天是你弟弟来,既不是长辈又不是领导,为什么要喝这么好的酒呢?这瓶茅台酒还是以前别人送给我爸爸的,我爸爸一直没舍得喝,后来又给了我,让我们放在玻璃柜里充门面。如果你们把它喝掉了,以后玻璃柜里空荡荡的,连一件上档次的东西也没有了。"

陈也说:"酒喝完,瓶子还可以放在玻璃柜里让人家看嘛。再说,这瓶酒放了好久了,再不喝就要过期了。"

李招娣说:"你当我是傻瓜?酒是越陈越香,不会过期的。"

陈也说:"这酒算是我向你借的。下个月发工资,我把钱还给你。"

李招娣说:"你的钱本来就是我的。我跟你是一家人,我跟你弟弟又不是一家人。陈也你的酒量不行,吃年夜饭那天我就看出来了,你弟弟酒量比你好得多。这瓶茅台酒要是拿出来,你最多喝二两,你弟弟喝八两。看样子那个苏娜酒量也不错,要是她也来一点,你就连二两都没了。这么贵的酒都被他们喝掉,我心疼。"

陈也说:"你每个月起码买三件新衣服,两双鞋子。如果把这半年的东西统统加起来,够买好几瓶茅台啦。"

李招娣说:"这不一样。那些东西是被我自己用掉的,我一点儿也不心疼。陈也,如果茅台酒是你一个人喝,我也不会心疼。"

陈也说:"那你就当作是我一个人喝掉的。反正喝下去都会变成尿,变成谁的尿都一样。"

李招娣说:"怎么能当作是你一个人喝掉的呢?我的眼睛看到他们在喝我的茅台酒,我的心就会疼,我的胃就会不舒服。如果你希望我的心疼,希望我的胃不舒服,你就把茅台酒拿出来给他们喝吧。"

陈昆在北京读书的时候,几个同学看了他和陈昆的合照,惊奇地说:"你们双胞胎可真是长得一模一样啊。"

陈昆听了,就说:"怎么会一模一样呢?我哥眼睛下面有颗痣,我可没有——你们晓得他是干什么的,技校毕业,在汽车厂里当工人。我怎么会跟他一模一样呢?"

说这些话的时候,陈昆喝醉了。别人听了一笑。醒过来,陈昆问他们:"我刚才说什么了?"那些人就说:"你说,你哥哥眼睛下面有痣,你没有。"陈昆想来想去,觉得自己应该还说了些别的,那些话大概不太好听。陈昆暗暗下了决心,以后尽量少喝酒。喝了酒就管不住嘴巴,要想管住嘴巴,只有少喝酒。

陈昆看到陈也拿出一瓶茅台,连忙说:

"哥,自己人,喝这个干什么?"

陈也说:"没事。我还有好几瓶呢。结婚时老丈人送了两瓶,厂里过年发了一瓶,自己还买过两瓶。你就别跟我客气了。"

陈昆和苏娜,陈也和李招娣,一共四个人,坐个小方桌,正正好。

菜很丰盛。酱鸭、白斩鸡、糖醋鳜鱼、红烧猪蹄,正中还有一锅甲鱼汤。陈也把茅台打开,先给陈昆倒了一杯,又给自己倒了一杯。

"你也来一点吧?"陈也问苏娜。

"我不喝,"苏娜说,"我一喝就晕。"

陈也说:"那你陪我老婆一起喝椰奶。女人都爱喝椰奶,说这东西能美容。"

"哥,"陈昆说,"我也喝椰奶。我不能喝白酒,喝多了胃不行。"

陈也说:"那就少喝一点。"

"我真的不能喝。"陈昆说,"这么好的酒,你留着下次跟老丈人一起喝。"

陈也说:"我丈人不爱喝茅台,喜欢五粮液。嘿,老头子嘴巴刁啊,他说茅台不行,没有五粮液入口香。"

李招娣说:"陈昆你就别推辞了。大年夜那天我看你喝了不少啊,怎么在爸妈那里能喝,到了这里就不能喝了呢?怕胃疼就少喝点,实在不行咪两口也行。你们兄弟俩难得碰在一起,陪你哥哥喝点酒聊聊天总可以吧。也就是自己人,换了不搭介的人这么好的酒我还舍不得拿出来呢。你不买我的面子可不行。"

陈也笑起来:"陈昆,你不买我的面子没关系,我老婆的面子你可不能不买。你晓得漂亮的女人脾气都大,她要是发起脾气来,谁都吃不消。来,喝!"

陈昆的酒越喝越多,眼睛越睁越大,到后来就像是两个乒乓球。茅台喝完了,陈也又拿出一瓶洋河大曲。陈昆端起杯子喝了一口,在嘴里啧巴啧巴一阵,说:"差不多差不多。茅台酒也就是个名气,其实味道都差不多。"

陈也嘿嘿地笑。

"换了我,宁可多喝几瓶洋河大曲,"陈昆说,"哥你真大方啊,两百多块一瓶,换了我自己人就不一定舍得了。"

陈也笑笑,说:"贵是贵了点,不过偶尔喝点也没什么。都快九十年代了,不能像爸妈那样舍不得吃舍不得穿,节俭一辈子,图个什么呀。"

陈也打个酒嗝,说:"我跟你讲,过日子不能太亏待自己。你看我老婆,整天涂脂抹粉,前几天连她妈妈都看不过去了,说都结婚了,你还打扮给谁看啊。我跟老人家说,随她去吧。她一个月光买化妆品和衣服,就差不多把她那点工资全搭上了。可我乐意啊,没关系,老婆打扮漂亮了,精神了,我也开心。我家饭桌上顿顿都有鱼肉,买菜时邻居看见了说,你们怎么舍得天天这样吃法啊?我说,亏待什么也不能亏待嘴巴。陈昆你晓得,我是喜欢喝点小老酒的,光喝酒没有菜不行啊,李招娣也是个肉和尚,一天不吃肉就要撅嘴巴。吃好了,人精神就不一样。钱嘛,赚了就是要花的,总不见得老了带进棺材里去,是吧。我们商量过了,今年夏天到海南岛玩一趟,人家都说海南岛的海滩是全国最漂亮的,趁年轻,去体验体验。"

陈昆点头说:"你这样想也对。钱留着干什么,不就是让人花的嘛。"

陈也酒喝得没陈昆多,脸却像喝了五斤白酒那样红。他给陈昆挟一块白斩鸡,筷子没挟牢,扑的一下,掉在桌上。他只好把白斩鸡放进自己碗里。

他再给陈昆挟一块酱鸭,没挟牢,又掉在桌上。他只好把这块酱鸭也放进自己碗里。接着,他又挟了一块甲鱼,还没挟起来,手一松,就滚到桌子下面去了,像长了脚。

李招娣朝他白一眼,把甲鱼捡起来,吹了吹,要往嘴里送。陈也叫住她:"地上脏,不能吃。扔了!"

李招娣一愣,说:"怎么不能吃?我吹过了。"

陈也一把将甲鱼夺过来,干净利落地扔进旁边的垃圾桶。

李招娣怔了怔,随即骂道:"你派头大死了!"

陈也呵呵笑着:"又不是什么好东西,三天两头吃,都吃腻了⋯⋯"

苏娜把椰奶喝完了,问:"我还能再要一罐吗?"

陈也道:"这个当然。李招娣你再去拿一罐。"

李招娣到橱里看了看,说:"椰奶喝完了。"

陈也说:"那就到楼下小卖部再去买几罐。"

苏娜忙道:"不用麻烦了,我喝点汽水也行。"

陈也一边从口袋里掏钱,一边说:"不麻烦不麻烦,一点都不麻烦。就算你不喝,我老婆也要喝。她每天要喝两罐椰奶养颜,一年三百六十五天,天天都不落空。要是哪天喝不上,她就不开心。她一不开心就要撅嘴巴。你看你看,她已经开始撅嘴巴了,嘴巴上可以挂个油瓶了。我找这么漂亮的老婆,可不是让她撅嘴巴的,女人一撅嘴巴,嘴角就会长皱纹,一长皱纹就不漂亮了。那我给她一天两罐椰奶就白补了,呵呵⋯⋯"

陈也问:"老婆,为什么最近顿顿都吃青菜豆腐?你知不知道我这几天拉不出屎,因为没有油水,大便都干得像石头一样。"

李招娣板着脸,说:"我也想天天吃鲍参翅肚山珍海味呀,可是上次请你弟弟吃饭,已经把这个月的生活费全用掉了。你晓不晓得,面子和夹里是不能两者兼而有之的。你不是跟你弟弟说,我们家顿顿有鱼肉嘛,你不是跟你弟弟说,你三天两头吃甲鱼嘛,你不是跟你弟弟说,我每天要喝两罐椰奶嘛。反正你已经挣足面子了,吃几天青菜豆腐也没关系。"

陈也笑了:"我老婆有进步啊,一口气说了那么多成语,'鲍参翅肚','山珍海味',还有'两者兼而有之'。你是不是瞒着我,偷偷在背成语词典?"

李招娣气呼呼地说:"你不要跟我嬉皮笑脸,我看到你这张面孔就来气。我平常买件衣服买点化妆品,你都要唠叨半天,可是请你弟弟吃饭,你花钱连眼睛都不眨一下。你以为你是大老板啊,你以为你满口袋都是人民币啊。我跟你讲,我现在很不开心,我一不开心就会撅嘴巴,这是你自己说的。我要使劲地撅嘴巴,把自己变成老太婆。别人就会说,陈也你本事大得不得了,那么漂亮的老婆,让你变成了老太婆。"

陈也叹了口气,说:"你不要这样讲,你这样讲我心里很不好受。"

李招娣哼了一声:"我为什么不能讲?我偏要讲,日日讲,夜夜讲!"

陈也又叹了口气,说:"好吧好吧,你讲吧,爱讲多久就讲多久。我给你搬张凳子,你坐下来慢慢讲。"他说完,真的搬了张凳子过来。

接着,他穿上外套,慢慢朝门外走去。

李招娣问:"你去哪里?"

陈也说:"你管你讲,不要停。我出去走走。一会儿就回来。"

李招娣嘟起嘴:"我一个人讲话没人听,有什么意思?又不是唱独脚戏。"

陈也说:"那你就先练习一下,等我回来再讲给我听。"

李招娣朝他看了一会儿:"算了,我陪你一起出去吧。瞧你那副腔调,像家里刚死了人,一副倒霉相,我怕你出门碰见赤佬。"

夫妻俩走在附近的一条林荫小道上。天气不错,风柔柔暖暖的,拂在脸上很舒服。天空中星星很多,一颗颗闪烁着,像衣服上镶嵌的亮片。陈也走着走着,伸手去搭李招娣肩膀。李招娣一让,他搭了个空。他又去搭,这次李招娣没有让,而是在他额头上砸了个毛栗子。李招娣一跺脚,说:"我真是不合算。"

陈也问:"你为什么不合算?"

李招娣说:"小时候有人帮我算过命,说我是阔太太的命。我一直以为我能嫁个有钱人。可现在怎么样?你说你要考托福,带我到美国去享福,可是你考了两次了,我连美国的影子都没看见。陈也我上你的当了,你是个骗子。超级大骗子!"

陈也说:"我没有骗你。托福我是一定会考出来的,你不要急。"

李招娣说:"等你考上托福,我头发都白了,牙齿也都掉光了。"

陈也说:"不会的,用不了多久,我就会考上托福。你头发保证还是黑的,牙齿也不会掉。"

李招娣哼了一声:"我要是相信你,我就是傻子。"

陈也嘿嘿笑着:"你怎么会是傻子呢,你嫁给我,是天底下顶顶聪明的人。"

陈也说着又去搭李招娣的肩膀。他说:"明天我想吃猪头肉。"

李招娣说:"猪头肉个鬼!要不从你脸上割两块肉下来,炒个红烧猪头肉。"

陈也说:"那也行啊。"他拉着李招娣在路边长凳坐下,轻轻摸着她的头发。

"我会让你过上好日子的。"陈也柔声说,"我会让你每天都喝上两罐椰奶,家里每天都有鸡鸭鱼肉,每年去海南岛一次,逢年过节再给老丈人送茅台酒五粮液。你就等着吧。你不信去照照镜子,是不是一脸福相?你再看看苏娜那张脸,颧骨高下巴低,一看就是苦命相。为什么？就是因为她挑男人没你眼光好——"

李招娣插嘴说："苏娜怎么能跟我比？她连我一根脚指头也比不上。"

陈也点头一笑，跷起二郎腿，身子靠在椅背上，结结实实地打了个呵欠。

第 七 章

　　每个月的十五号,是陈也领奖金的日子。工资是月初领的,数目固定不变。奖金就不一样了,比较灵活,有时候多个十来块,有时又会少个几块。陈也报给李招娣的奖金,通常是比较少的那个数字。这样,陈也就有了自己的小金库,一个月十来块,一年就是一百来块。这些钱,陈也自己一分钱也不用,而是——留着寄给姐姐陈娟。

　　陈也的字写得不怎么样,每次在邮局汇款单上写字时,总会有些脸红。幸好柜台里那个小姑娘根本不看他,也不说话,侧着脸,一只手伸过来,把汇款单和钱拿进去,一会儿办好了,再扔张存根出来。

　　汇款单的留言总是这么几句:"保重身体,别太节约,钱该用还是要用,有困难告诉我,安好勿念。"连上标点符号,刚好三十个字,超过就要收费了。陈也觉得,冤枉钱没必要花。

　　这天是十五号,陈也照例去邮局寄钱。他站在那里,瞥见柜台里小姑娘头上的花发夹,想着回去帮李招娣也买一个。李招娣皮肤白,发质又黑又光,戴着一定更漂亮。

　　陈也这么想着,一回头,就看见李招娣在后面,变戏法似的,手叉腰,瞪着眼,气势汹汹地看着他。

　　陈也吓了一大跳,揉揉眼睛,还当看错了。

　　"你怎么来了?"陈也挤出笑脸。

　　李招娣哼了一声,走到柜台前,指着陈也,问里面的小姑娘:

"同志,他刚刚寄了多少钱?"

小姑娘懒洋洋地说:"这个,不好讲的。是规定。"

"我是她老婆,有什么不好讲的?"李招娣眉毛一竖,拔高了音量。

小姑娘看看她,再看看陈也。

"你问你老公好了,存根他刚放进口袋了。"

话音刚落,李招娣就去掏陈也的口袋。陈也让了让,没让开,还是被她夺了去。李招娣看了一眼,脸色更差了,往陈也面前重重扔去。单子飘飘荡荡地掉在陈也脚下。陈也捡起来,放进口袋,另一只手便去拉她。

"走,我们回家。"

李招娣一把甩开:"谁要跟你回家?"

旁边好多人闻声朝他们看。陈也咳嗽一声,对李招娣说:

"走,回家,回家再说。"

"我跟你没什么好说的,"李招娣指着他的鼻子,"你说,你自己说,你一共寄了多少次?"

"也没多少次。"

"没多少次是几次?"李招娣尖声道。

"这次是第二次。"陈也说着,拉起李招娣的手臂,就朝外面走。

李招娣再一次甩开了:"你骗谁?"

"我没有骗你。"陈也说。

"你要是骗我怎么办?你说!"李招娣扯着嗓子,问。

这时,邮局门口值勤的老头过来了,说:"吵什么吵什么,要吵回家吵去,你们当这里是自由市场啊!"

陈也对李招娣恳求说:"走吧,回家吧。"

李招娣不依不饶:"你说,你要是骗我怎么办?"

陈也朝左右看看,叹了口气,说:"那我就不得好死,行了吧。"

李招娣这才不吭声了。陈也紧紧拉着她,走到外面。李招娣的身体犟得像一头牛,陈也要费不少力气才能把她控制住。两人在路上一句话都没说,回到家,陈也把门一关。李招娣将包一扔,往沙发上重重一坐。

"你就等着不得好死吧,"李招娣看着他,"骗子!"

"我不得好死,你就开心了,是吧?"陈也问。

"你是富翁吗?"李招娣跳起来,"你要是富翁我就不说了。你为什么要给你姐姐寄钱?我连你姐姐的面都没见过,我们结婚的时候,她连一根针都没送。她怎么好意思拿我们的钱呢?"

陈也叹了口气,说:"我姐姐很可怜的。我读小学的时候,她就到云南去了。"

"那管你什么事?又不是你让她去云南的。要怪就怪'文化大革命'。"

李招娣说着,起身倒了一杯水,咕噜咕噜喝下去。她对陈也说:"以后别再给她寄钱了。否则我就真的生气了。"

陈也朝她看,叫道:"老婆。"

李招娣说:"别叫我老婆。"

陈也又叫:"老婆。"

李招娣说:"你叫得再哆,我也不会答应给你姐姐寄钱。"

陈也笑笑:"我老婆不会这么没良心。"

李招娣说:"我就是没良心,你又不是第一天认识我。"

陈也朝她看了一会儿,不说话了,拿了本书到小房间去看书。

李招娣也不理他,走进厨房烧菜。梅干菜烧肉,干煸刀豆,番茄蛋汤。李招娣现在的手艺有了很大的提高,至少油不会溅出大半,肉也能烧熟,吃了不会拉肚子。一会儿,饭菜烧好了,李招娣叫道:"陈也,出来盛饭。"

半天没有人应。

李招娣又叫了一声:"死人,吃饭了。出来盛饭!"

还是没有回答。

李招娣到小房间一看,没有人——陈也不知去哪里了。

陈也一个人坐在小区的长凳上,愣愣地,一动不动。经过的人见了,都说:陈也,发呆啊?陈也便笑一笑,随即垂下头,继续发呆。

旁边走过一个烫着长波浪的年轻女人。陈也一直盯着她看。女人被他看得有些不好意思,脸都有些红了。陈也倒不是动什么歪脑筋,而是忽然想起小时候,陈娟给他烫头发的情景。陈也七八岁时是个挺爱臭美的孩子,那时男人间流行李小龙式的微鬈的头发,他便吵着也要烫一个。大人自然是不会答应的,陈娟瞒着父母,偷偷把火钳烧红了,给弟弟烫头发。结果陈也一头乌黑的头发,被烫得稀毛瘌痢,像火灾后的森林。陈娟给爸爸一顿好打,却一滴眼泪也没流。陈也在旁边倒是眼泪鼻涕齐流。陈也和姐姐的感情很深,相比之下陈昆就要疏远些了。

陈也一直忘不了陈娟去云南的那天。她穿着深绿色的军大衣,瘦小的身体撑得鼓鼓囊囊的。刘海被风吹得耷拉在眼前,鼻子冻得红红的,像根胡萝卜。陈娟临上火车前还有说有笑的,一上火车表情就变了,眼泪汪汪,活像被主人遗弃的小狗。陈也一直朝她看,火车开动了,还一直朝她挥手。挥得手都酸了。

李招娣找到陈也的时候,陈也正拿脚碾地上的蚂蚁,低着头,直愣愣地。李招娣走过去,在他头上打了一下。

"出来也不说一声,害得我找了半天。"她道。

陈也说:"我就是出来散散步。"

李招娣朝他看了一会儿,也坐了下来。

远处,一轮夕阳稳稳地浮在地平线上,像个嫩红的圆球。微风轻轻吹着,几棵垂柳柔柔地摆动着。刚下过雨,空气里蕴着厚重的水汽,蜻蜓飞得很低。云也很低,仿佛手一碰,便能碰到似的。

李招娣道:"我今天那道梅干菜烧肉,味道很灵的。"

陈也道:"哦。"

李招娣又道:"我晓得你吃口重,所以放了很多酱油,又焖了很长时间,很入味的。"

陈也点点头:"蛮好。"

李招娣嘴一撇,忽道:"你这个人真没劲。"

陈也问:"我怎么没劲了?"

李招娣说:"明明是你做错事了,我特地出来找你,又这么好声好气地说话,你倒端起架子来了。"

陈也道:"没有啊,我哪里端架子了?"

李招娣气呼呼地说:"我晓得你心里是怎么想的,你肯定觉得我对你们家里人不好,是吧?我跟你讲,这些钱如果是你自己用掉的,我保证屁也不放一个。给你爸妈用,我也不会说什么。可给你姐姐,我心里就很不舒服。我也有妹妹,你看我什么时候给过她钱?你要是觉得我小气,那也没办法。出嫁前我妈就对我说过,要把男人的钱抓得牢牢的。男人不像女人,男人手里一有钱就会动歪脑筋——"

陈也插嘴道:"我可没动歪脑筋。"

"反正也差不多——你听我讲下去,"李招娣道,"男人不能有钱,男人应该把钱都交给女人。以前的事就算了,从今天起,你每个月的工资和奖金都要全部交给我,一分也不许留,家里的钱由我管。"

陈也听了,问她:"你晓得现在鸡毛菜卖多少钱一斤?"

李招娣想了想,说:"一角五分。"

陈也问:"丝瓜呢,多少钱一斤?"

李招娣回答:"一角三分。"

陈也又问:"排骨呢?"

李招娣反问:"你说的是大排骨,还是小排骨?"

陈也说:"汤骨。"

李招娣想了一会儿,说:"差不多三块八一斤。"

陈也咧开嘴笑了。

"李招娣啊李招娣,你买了几个月的菜,怎么到现在还是没有长进啊?鸡毛菜是一角五分没错,但那是新鲜的小鸡毛菜,你每次买回来的那些,都是黄黄的枯掉一半的菜,是落脚货,我用八分钱就能买到。丝瓜这个季节还是时鲜货,别说一角三分,就是两角三分也买不到,你说的是夏天的价钱。还有汤骨,你简直是在胡诌嘛,三块八差不多可以买两斤了,你以为是小排骨啊?呵呵!"

李招娣板起面孔,拿眼斜他。

陈也继续道:"不是我不肯把钱交给你,本来男人把钱交给老婆管也没什么,可你实在是一点经济头脑都没有,要是把钱都交给你,那我们家就要倒霉了。人家看到了会说,陈也,你到底会不会过日子啊——"

李招娣板着脸,大声道:"好,那你以后还是自己买菜吧,我不买了!"

陈也笑了笑,伸手去搭李招娣的肩膀。李招娣一让,他扑了个空。陈也又去搭,李招娣在他手上重重地打了一下。陈也趁势抓住她的手。李招娣朝他狠狠地白了一眼。

夫妻俩一起回到家。梅干菜烧肉已经冷掉了,又回锅热了热。刀豆不能热,一热就不好吃了。

陈也尝了一口梅干菜烧肉,立刻便跷起大拇指:"我老婆烧的菜,真是没话说。"

李招娣哼了一声。

陈也又尝了一口番茄蛋汤,赞道:"我老婆烧的汤,真是鲜美无比啊。"

李招娣看着他,又哼了一声。

吃完饭,陈也主动洗了碗,收拾停当。李招娣坐在沙发上看电视。陈也凑过去,手从她的领口伸进去。李招娣呀的一声,坐直了,叫道:"你这个人,真不要脸!"

陈也嘿嘿笑着,又去搂她的腰。李招娣在他手臂上使劲一拧。陈也"啊"的叫了一声。李招娣嘿的一笑。陈也不死心,扳她的脖子,亲她的嘴。李招娣身体扭了两下,便不动了。

结婚一年多,两人一直避孕。李招娣说不喜欢小孩,而且怀孕会影响身材,给小孩喂奶,人也容易变老。陈也当然不想她变老身材变差,便同意了。起初李招娣是吃避孕药,后来报上说避孕药里全是激素,吃多了会发胖,对身体也不好。她就死活不肯吃了。改用避孕套。本来是用厂医务室发的避孕套,后来有一次,李招娣的妹夫从日本出差回来,带了几盒避孕套。妹妹给了李招娣两个。

没想到这一下,李招娣就再也不肯用厂医务室发的避孕套了。小日本的东西确实好,包装漂亮,做得又精巧。李招娣听人家说,国产的避孕套质量差,搞得不好还是会怀孕,不如国外的避孕套保险。上海也有买国外的避孕套,就是价钱贵。李招娣怕怀孕,坚持要用国外的避孕套,不然就不让陈也近身。

陈也打开床头柜抽屉,拿了个避孕套出来。迟迟不肯撕开,问李招娣:"现在是不是安全期啊?"

李招娣一把夺过,撕开了。

"安全期不牢靠的,你晓不晓得?我告诉你,我要是不小心有了小孩,我就先把小孩打掉,然后再咔嚓一下,阉了你,让你以后再也休想碰我。听到没有?"

李招娣的妹妹叫李来娣,比李招娣小一岁。上周刚生完小孩,脸蛋白白胖胖的像刚出笼的高庄馒头,都有些肿了。眼睛本来也不小,可是挤在一堆横肉里,像乌云背后的太阳,费力地射出一点光芒。

李来娣的男人赵强是宁波人,两人是介绍认识的。他原先只是个小职员,后来下海改做服装生意,一家十几个人的小厂,给他搞得有声有色,越做越大。李来娣的派头也越来越大,到商场买东西,好几十块一条丝巾,百把块一双鞋子,两百多块钱一只皮包,眼睛眨也不眨就买下来。她请李招娣去高级咖啡厅喝下午茶,一杯咖啡十来块钱,一碟蜜饯五块钱。而陈也一个月工资也不过一百块多一点。李招娣是真的有些感慨了。小时候两姐妹站在一起,别人见了都说大的像朵花,小的像根草,大的是小姐面孔,小的是丫环面孔。差得太远了。想不到长大了,竟颠倒过来了。面孔再好看又有什么用?那些卖衣服的售货员,还有咖啡厅的服务员,眼睛都是再毒不过的,谁有钱谁没钱,一看便清清楚楚。对待两人的态度便迥然不同。现在她是李来娣的跟班,她是丫环,李来娣才是小姐。

李来娣替姐姐不值。

"你晓得什么是一朵鲜花插在牛粪上吗?"她道,"你现在就是一朵鲜花插在牛粪上。你自己照照镜子,凭这张脸,嫁给他是不是吃了大亏?"

李招娣皱眉说:"你不要吃饱饭没事做,瞎三话四。"

李来娣说:"不是我挑拨你们夫妻感情,你自己看看你老公,要钱没有钱,要长相没长相,要文化没文化——"

李招娣说:"谁说他没文化?你不知道就不要瞎说——你晓不晓得,他小时候得过作文比赛一等奖的,本事大的不得了。他考大学本来是没问题的,因为他爸妈病了,他要服侍两个老的,所以才没考上。再说,他不是在考托福嘛。他说好等考出托福,就带我到美国去的,买小轿车,天天吃鸡腿。"

李来娣撇嘴说:"帮帮忙,他说能去美国就能去了?我还说明天我能当市长呢,吹牛谁不会吹?吹牛又不用交税。李招娣,你现在怎么变得傻乎乎的。"

李招娣脸一板:"不许再说了。李来娣我跟你讲,陈也要是知道你这么说,他倔脾气上来,说不定会拆你们家房子——我可不是吓你。"

李来娣哼的一声,忽的,眼珠一转:"我帮你介绍一个好不好?"

李招娣朝她瞪了一眼。

李来娣说:"我们赵强有个香港朋友,做房地产生意的,我也见过面,三十七八岁,长得有点像刘德华,还没结婚,我们赵强问他,想找个什么样的。他说别的无所谓,关键就是要漂亮。我一下子就想到你了。你说,从小到大,除了电影演员,你见过几个长得比你漂亮的?"

李招娣哧的一声,站起来,拿起包就朝门外走。

李来娣叫起来:"喂,你怎么了,生气了?我也是随便说说,你高兴听就听,不高兴就当我放个屁拉倒。我是你妹妹,所以才替你可惜,换了别人谁管你死活?你说,连我这样的都能找个小老板——我跟你讲,我们赵强去年赚了差不多有五六万。你心里就没点想法？算了算了，别做脸子给我看。你不爱听，下次我就不说了。"

李招娣走到门口，忽地停下来，回头对她说："你不要拍我马屁，也不要寻我开心。你他娘的是不是日子过得太舒服了，想惹点事出来才开心？我现在要回去干活了，淘米洗菜剥毛豆，打扫屋子洗衣服，还要把席子拿出来擦一擦晒一晒，眼看着就到夏天了。我没有你这么开心，饭来张口衣来伸手的。我男人没你男人有钱，我没有你命好。我跟你讲，你不要再拿话气我了——你再说，我就快哭出来了……我真的要哭了……"

第 八 章

夏天过后,陈也拿到了托福考试的成绩单。他把信捏在手里半天,像捧着个炸弹,就是不敢拆。额头上汗都出来了。犹豫了一会儿,他把信交给李招娣。手抖抖的。

"你替我拆,"他道,"看了告诉我。"

李招娣拆开信,拿出成绩单,看了。陈也很紧张地盯着她的脸。

"几分?"陈也问。

"我先问你,"李招娣道,"几分算是通过?"

"差不多五百多分吧。"陈也道。声音都有些发抖了。

李招娣看着他,不说话。半晌,忽的把成绩单往他头上一扔。

"他娘个×!"李招娣狠狠地迸出这四个字。

陈也从地上捡起成绩单,看到了上面的分数。先是一愣,随即整个人跌坐在沙发上,眼睛直直地盯着天花板,眨也不眨。

李招娣在一旁坐下。

"什么时候去美国啊?"李招娣朝他看,"什么时候去啊,都等了两年多了,该去了吧。我还等着跟你到那边去享福呢——说呀,什么时候去?"

陈也坐着一动不动。

"一天三顿都吃炸鸡腿,小轿车买两辆,你一辆我一辆,就算没工作,政府补贴的钱都有好几千美金——"

李招娣说到这里,霍的站起来,手指着他的鼻子。

"怎么变哑巴了?你不是挺会说的嘛,嘴巴一翻一翻就跟屁眼一样。当初你是怎么跟我说的,骗到手了就赖账了是不是?妈的,这种分数你也好意思考出来,你是不是低能啊?我大概脑子被枪打过了,才会相信你那些鬼话,还帮你烧饭洗衣服做家务。你心里是不是挺得意,把我骗得团团转,看猴戏一样,是不是?"

陈也叹了口气。

"你坐下,招娣,你坐下听我说——"

"不听,我是不会再听你那些鬼话了。我跟你讲,我要跟你离婚——"

陈也吃了一惊。李招娣说:"有什么好奇怪的,我老早就说了,如果你不能带我去美国,我嫁你干什么?我李招娣又不是没人要。"

陈也点头说:"我晓得你不是没人要。追求你的人从打浦桥排到提篮桥,加起来可以编一个连队。我晓得,你嫁给我是受委屈了。"

李招娣气呼呼地说:"你晓得就好。"

陈也说:"我晓得,我当然晓得。招娣我跟你讲,我是真的很想带你去美国。可是我太笨,考了三四次都考不过——我没有骗你。你可以骂我笨,可你不能说我骗你。"

陈也说到这里,心头酸酸的,竟有些想哭了。他把头别开,背对着李招娣。

"装腔作势,你这个男人真是做得出!"李招娣哼了一声。

陈也把成绩单揉成一团,扔进垃圾桶。

李招娣走进卧室。陈也也跟着进去。李招娣拿出一个大包,把换洗衣服一件件扔进去。陈也去拉她的手。她挣脱了。

"我要回娘家。我不想再和你在一起了。我姆妈说得没错,你眼睛下面这颗痣,就是颗倒霉痣,你一生一世都别想发达了!"

李招娣说完这句,便拎起包。陈也抓住她的胳膊。李招娣说:

"你最好别拦着我。否则我就大叫,叫得楼上楼下都听见。我要告诉他们,陈也是天底下最没用的人,是憨大,是笨蛋,是窝囊废,哪个女人嫁给他,真是倒了大霉,我一定是前世作孽,才会当他的老婆——你让开,听见没有?我真的要叫了!"

李招娣说完,在陈也脚上狠狠踩了一脚,随即出了门。噔噔噔下楼了。

陈也在附近的小饭店里点了一碗咸菜肉丝面,再叫了一瓶糯米黄酒。收钱的小伙计见到他,笑嘻嘻地问:"阿哥,怎么今天一个人来啊,你老婆呢?"

陈也喝了半瓶酒,舌头有些大。告诉他:"回娘家了。"

小伙计笑得更欢了:"吵架了是不是,女人就是这样,一生气就回娘家,翻不出其他花样——其实她回娘家也好,你还可以省一点,一碗咸菜肉丝面就打倒了。平常你们过来,又是老鸭煲,又是三鲜锅巴,又是芙蓉鸡片,现在可便宜多了。"

陈也摇了摇头:"你说得不对,应该还有一个猪头肉。前面三个菜都是她爱吃的,猪头肉是我爱吃的。"

小伙计道:"所以说啊,你点四个菜,只有一个菜是为自己点的。这么好的老公,她还要回娘家,真是讲不过去。"

陈也笑笑:"女人就是这样,没办法。你也会讨老婆的,到时候也要吃苦头。"

小伙计笑道:"要是讨个像你老婆那样漂亮的女人,就算吃点苦头也没啥。"

陈也摇头道:"你不晓得,越是漂亮的女人,让男人吃的苦头也越大。小阿弟,你要是讨了个漂亮老婆,肯定苦头吃煞。"

小伙计呵呵笑道:"就算苦头吃煞,老婆还是越漂亮越好呵。"

陈也嘿的一声:"所以讲啊,男人都是贱骨头。"

走出小饭店,陈也酒意上来,两条腿轻飘飘的,头脑却还清醒。这种醉,不是那种稀松的醉,带一点迷糊,倒似比平常更加舒畅些。陈也沿着路边一直走,走到尽头,再换一条马路,这么走了许久,一抬头,自己都不晓得走到哪里了。

陈也看到旁边小区里的传呼电话,便走过去,拨了李招娣弄堂里的电话。电话很快通了,陈也报了李招娣的地址和名字,电话那头的老头说"你等一等",便去叫了。陈也拿着电话,等了一会儿,电话那头拿起来,还是老头的声音:"她不肯接,说让你别再打了。"

陈也懊丧地放下一枚硬币,走了。

已是初秋了。晚风习习,刮在脸上像搔痒,还是一双微凉的手在搔痒。路边走的大都是一对对的情侣,搂着拥着,贴得像一个人似的。男的在女的耳边轻声说些什么,女人听了,便咯咯地笑。

"笑吧,笑吧,"陈也心想,"等结了婚,你们就笑不出来了。"

这时,陈也看到一个年轻女人从旁边走过去,脸很熟悉,可一时想不起来。等她走出十来米了,他才一下子反应过来,转过身,叫道:"嗯,这个——苏娜!"

女人停下脚步,也转过身。一愣,随即露出笑脸。

"陈——也!"

苏娜穿了一件白色的亮晶晶的短袖衫。陈也晓得这种料子叫"珠丽纹",最近相当的流行。李招娣也有一件,是粉红色的。陈也觉得还是白色的比较好看,粉红色太俗气了,就像乡下人一样。陈也决定过几天再给李招娣买一件白色的,那件粉红色的就送给她妹妹好了。反正她妹妹天生就像乡下人。

苏娜说:"好久不见了——哦不对,我上个月才见过陈昆,他长得跟你一模一样,见了他也就等于见过你了。是不是?"

陈也笑了一下。"嘿嘿,没错。"

苏娜朝他看,说:"你好像比上次见面瘦了,脸也黑了——你脸色看上去不大好。"

陈也还是笑。"嘿嘿。"

苏娜问他:"你现在去哪儿?"

陈也说:"不去哪儿,随便走走。"

苏娜眼珠一转:"有没有兴趣看看我们公司的保险?"

陈也摇手,说:"这个我不大懂的。"

苏娜说:"不懂没关系的,我会解释给你听。"她说着,从包里拿出一份文件,递到陈也面前。"保险总应该听说过吧?"

陈也点头说:"听是听说过,可是不晓得它是个什么东西。"

"我解释给你听——喏,简单讲,就是花钱买个安心,买个保障。它在国外很流行,可中国人买的就少了。其实买保险有很多好处,人活在世上,谁晓得明天会怎样,比方说你好好走着,一个花盆从头上砸下来,还没反应过来就翘辫子了,或者你抽完烟忘记掐灭,等晚上大家都睡着,家里就着火了,又或者你去体检,检查出这个毛病那个毛病——"

陈也叫起来:"哎哟,你这不是触我霉头嘛。"

苏娜笑了。"这不是触你霉头,是防患于未然——你晓得'防患于未然'是什么意思吗,就是把预备工作做在前头,等事情发生了就来不及了,人有旦夕祸福嘛。可你买了保险就不一样了,就算有什么倒霉的事情发生,也可以把损失降到最低——"

陈也问:"人死了也能活过来吗?"

苏娜一愣,随即笑得眼睛眯成一条线。

"你真是有趣。说老实话,你比陈昆有趣多了——我跟你讲,人死了当然活不过来,可保险公司会赔你钱的。"

陈也摇了摇头,说:"人都死了,有钱也没命花啊。"

苏娜说:"你可以把钱给你的老婆孩子啊。或者给你的父母也可以。你想想,家里少了一个壮劳力,经济情况一定不好,这时候如果有人送来一大笔钱,是不是天大的好事?平常只要花一点点钱,到时候就能拿一大笔钱。是不是很合算?"

陈也沉吟道:"那如果我一直活得好好的,不是亏大了吗?"

苏娜张大嘴巴朝他看,咯咯笑道:"陈也,你实在是太可爱了。如果你不是我男朋友的哥哥,我一定会亲你一下,狠狠地亲你一下。呵呵!"

陈也也跟着笑。

"怎么样,考虑考虑吧,"苏娜说,"自己人,我建议你买一个重大疾病保险,再加个意外事故保险。这样就万无一失了,像双保险门锁。呵呵。"

陈也犹豫着,问:"那要付多少钱?"

苏娜说:"差不多一个月十几二十块吧。"

陈也连连摇手:"不行不行,太贵了。十几块钱够我喝两个月黄酒了。我要是买了保险,将来怎样还不晓得,现在就肯定过不下去了。我讲的是老实话,你不要不高兴——你是陈昆的女朋友,你要是不高兴了,陈昆也会不高兴的。"

苏娜一笑,说:"你放心,我不会不高兴的。买保险是自愿的,不买也没关系。"

陈也问她:"陈昆最近好吗?"

苏娜说:"好个屁!上次我去看他,他都没怎么理我,整天忙着写论文,我说要去吃烤鸭,还说要去爬长城,他都没时间陪我。真扫兴!"

陈也点头,说:"有出息的人都是这样的,像我这种没出息的家伙,什么都少,就是时间多。所以你看,吃饱饭出来散步,时间用不掉的苦啊!"

陈也说完,朝苏娜笑笑,随即把头别开。苏娜也笑了笑。过了一会儿,苏娜说:"我觉得,跟你聊天很开心。"

陈也道:"我也很开心——本来我心情很差,现在好多了。"

苏娜看了他一眼,想说什么,忍住了没说。

一轮弯弯的月亮挂在树梢边,纤纤巧巧的。小时候陈也写作文,说"月亮像小姑娘的眉毛",老师为这话大大表扬了他一番,说他很有想象力,比喻也很恰当,很美。老师还说他将来一定会有出息,能考上复旦中文系。现在再想想,竟像是笑话了。

陈也玩着脚下一粒小石头,忽的一下,把它踢得老远。

李招娣直挺挺地站在柜台旁,看那个山东人试鞋。他试了一双又一双,李招娣先后到仓库帮他拿了七八次,他还是没有定下来。

山东人面前摆着一大堆鞋,他在试穿了最后一双鞋后,有些不好意思地对李招娣说:"同志,我还是不买了。"

李招娣看着他,面孔一下子板下来。

"谢谢你哦。"山东人瞥见她的脸色,加了句。

李招娣气呼呼地把鞋一双双收起来,装进盒子。

"外地人,买不起就不要白相人嘛。"她用上海话轻声骂了声。山东人朝她看,也不晓得她叽里咕噜在说些什么,开门走了。

李招娣恨恨地,冲着他的背影又骂了句"乡下人"。

这时,同事过来告诉她,有她的电话。李招娣走过去,拿起听筒。

"喂?"

"是我呀。"李来娣在电话那头说,"晚上有空吗,一起吃顿饭吧。"

李招娣和那个香港老板见了面。

她本来不想去的,是李来娣再三坚持,她拗不过,才去的。李来娣笑眯眯地劝她:见个面而已,又不会少块肉。

李招娣哼的一声:"你不要笑得贼忒兮兮,我还不晓得你心里怎么想的。李来娣你待在家里真可惜,去拉皮条倒蛮好。"

晚上,赵强在一家饭店设宴,招待那位香港朋友。李来娣和李招娣作陪。香港人姓贾,叫方舟。四十岁不到,脸瘦瘦的,鹰钩鼻。李招娣觉得他是有点像刘德华。不过是刘德华的毛坯,五官都嫌粗糙,应该像捏橡皮泥似的再捏得精细些。赵强向他介绍李招娣。

"这是我大姨子。"赵强说,"我老婆的姐姐。"

贾方舟朝李招娣打量。"你好!袋(大)姨己(子)。"

李招娣差点笑出来。勉强忍住,道了声"你好"。

席间,贾方舟频频给李招娣搛菜。"袋姨己你吃这个","袋姨己你吃这个,好好味的"。赵强不禁笑道:"老兄你搞搞清楚,她是我的大姨子,又不是你的。"

贾方舟一拍脑袋,也笑道:"我这个人啊,一见到漂亮女孩,就不会讲话了。李小姐你不要见怪,啊?"他说完朝李招娣看。

李招娣迟疑了一下,说:"这个,怪也没什么好怪的。"

贾方舟倒了一杯酒,一饮而尽,笑道:"这杯算是我向李小姐赔罪。"李招娣脸一红,连连摇手:"有什么好赔罪的,你——老客气的。"

结束后,贾方舟坚持要送李招娣回家。李招娣求救似的看向李来娣,说:"我跟他们回去就好了。"李来娣却拉住赵强的胳膊,嗲嗲地道:"老公,我们到南京路去兜兜好吗?"赵强便一笑,对贾方舟说:"看样子只能麻烦贾老板了。"

贾方舟连声道:"不麻烦,不麻烦。"

李来娣朝姐姐使了个眼色,便和赵强走了。李招娣只好上了贾方舟的车。是一辆崭新的桑塔纳。李招娣除了结婚那天坐了一回桑塔纳后,就再也没有坐过小轿车了。上下班都是挤公共汽车,娘家住得近,骑自行车一刻钟就到了。

贾方舟放了一盘交响乐的磁带。他问李来娣:"听这个,可以吗?"

李来娣老老实实地告诉他:"我听不懂的——你有没有流行歌曲,比方说《冬天里的一把火》《甜蜜蜜》什么的。"

贾方舟在小抽屉里翻找,找到一盘童安格的磁带。

"这个灵的,我喜欢。"李招娣说。

贾方舟一笑,把磁带塞进唱机。

"其实我也喜欢流行歌曲。"他道,"那些世界名曲什么的,完全听不懂。"

"就是嘛,"李招娣说,"我真想不通,有谁会喜欢听那些东西。反正我是不行的,一听就想睡觉。你们香港人档次高,应该有很多人会喜欢。"

贾方舟说:"香港人内地人,其实也都差不多。都是龙的传人嘛。"

李招娣摇头说:"话是这样没错。可你们香港人有钱,我们比不上。你们开小轿车,我们只好坐公共汽车,你们吃牛奶面包,我们吃泡饭咸菜。你们花钱像倒自来水一样,我们一分钱恨不得掰成两半用。"

贾方舟听了,朝她看:"李小姐喜欢钱吗?"

李招娣一愣,有些讪讪的。"这个,钱嘛,谁不喜欢?谁要是说不喜欢钱,这个人脑子肯定有毛病,要么就是不老实。"

贾方舟笑道:"没错。"

李招娣叹了口气,道:"可是光喜欢钱又有什么用,钱不喜欢我呀。它前世里跟我有仇,这辈子死也不来找我。你就不一样了,它跟你关系好得很,天天往你身上钻。"

贾方舟笑起来:"李小姐你说话真是有趣。"

李招娣张大眼睛:"有趣吗?我晓得我讲话不大有水平。我老公常说我,不动不讲话的时候挺好看,可是一动一讲话,就成了村姑。他说我只有照片上的好看,没有照片下的好看。我晓得你是客气,所以才这么说。"

贾方舟说:"我不是客气。我是真的这么认为。"

他说完,把车往路边一停,身子转过来,很认真地对着李招娣:"李小姐,我很喜欢你。"

李招娣吓了一跳。"你——"

贾方舟朝她看:"我把你吓坏了吗?"

李招娣停了停,用手捋了捋头发,道:"吓倒也没有吓坏——我本来以为只有香港电视剧里的人才会动不动说'喜欢',原来生活中你们也是这样讲话的。我晓得,你们第一次见面就会抱啊亲的,你们说'喜欢'就相当于我们说'你好'。"

贾方舟摇了摇头,说:"你误会了。我说'喜欢你',和你们说'喜欢你'的意思差不多。"

李招娣听了一怔,脸也有些红了。半晌才道:"哦,这个——我们上海人不说'喜欢',我们说'欢喜'。"

贾方舟看了她一会儿,柔声道:"我欢喜你——李小姐,我很欢喜你。"

陈也去过李招娣的娘家几次,每次都被丈母娘挡在门外。李招娣妈妈讲话很直接,也很要命:"等你考上托福,再来找我女儿吧。"

陈也只好反复地说:"姆妈,让我见见招娣好吗,我有话要对她说。"

李招娣妈妈斜了他一眼。她的眼风还是以前唱京戏时那一套,是朝上飞的,眼尾很快地一扫,眼珠顺势滑了过去。陈也被她看得心里发毛,也不敢多说话,便探头探脑地往房里张望,想看李招娣是不是在。

"有什么好看的!"她叫起来,"跟你说了呀,我们招娣不在家。"

"她去哪里了?"陈也问。

李招娣妈妈笑了笑。笑得莫测高深。

"这个我也不晓得。我劝你还是回去吧。你留在这里也没意思啊,天气这么热,当心中暑。"

陈也点头道:"谢谢姆妈关心。反正我也没事。姆妈你要是同意,我就进去坐一会儿,你要是不同意,那也没关系,我就在这里等着。走廊里通风,还好,不大热。"

陈也说着,就在楼梯上坐了下来。李招娣妈妈"砰"的一声,把门关上了。

不时有人上楼,看见陈也,都一愣。陈也也不说话,屁股朝边上挪挪,让他们过去。一会儿,又有人牵条狗上来,小京巴对着他一阵狂吠。陈也直愣愣地朝它看。人狗好一阵对视。陈也从狗的瞳孔里看到自己——脸都扭曲了,鼻孔很大,眼睛有些倒三角,两颊上好几个麻坑。陈也这才发现自己长得竟有些猥琐,像电视剧里跟在小姑娘屁股后面吹口哨的坏蛋。还有眼睛下面那颗大痣,怎么看怎么别扭。

陈也叹了口气,对自己说:"怪不得老婆不喜欢你,丈母娘也不喜欢你,像你这副样子,连你也看自己不顺眼。"

陈也这么想着,不觉又叹了口气。

这时,又有几个人走上楼来。奇怪地朝陈也看。陈也犹豫了一下,站起来,慢慢地往楼下走。他想:这里是我老婆的家,也就是我的家,我又何必坍她的台?

　　陈也走到楼下,看到一辆小轿车开过来。狭小的弄堂里开进这么一辆崭新的小轿车,好多人都凑近了看。陈也也很好奇。一会儿,车上下来两个人,男的陈也不认识,女的陈也是很熟悉的——李招娣。

　　李招娣烫过头发了,发梢处一个个小卷。穿一条背后系带子的米黄色长裙,高跟皮鞋是新买的,陈也没见过,走在路上叮叮的响。

　　李招娣对那个男人挥了挥手,说:"你回去吧。"

　　那男的笑着点点头,说声"再见",上车走了。

　　陈也怔怔地看着。看热闹的人里有人发现了陈也,便更感兴趣了,让在一边,窃窃私语着。李招娣走上一步,看见陈也,一愣。

　　陈也摸了摸头,说:"你回来了。"

　　李招娣"嗯"了一声。随即板起面孔。"你怎么来了?"

　　陈也说:"我来接你回去。"

　　李招娣哼了一声,飞快地说:"我不回去。要回去你自己一个人回去。我是不会再回去了。"

　　陈也看到周围那些人的眼神,迟疑着,又咳嗽一声,点头说:"哦——好,那,我回去了。"说罢转身便走。

　　李招娣看着他的背影,足足愣了五六秒,一跺脚,噔噔噔上楼了。

第 九 章

陈也告诉父母,他想把眼睛下面那颗痣开刀开掉。

"我为什么考不上大学,为什么考不出托福,都是因为这颗痣长得不好。陈昆就没有这颗痣,所以他运气好得不得了。我跟你们讲,我要去医院把痣开掉!"

陈也爸爸听了,没吭声。只朝他脸上那颗痣瞟了一眼。摇了摇头。

陈也妈妈叫起来:"痣不能瞎开八开的,要开出毛病来的!你怎么晓得你这颗痣不好?我跟你讲,你就是要开,也要找个算命的看看,他说没问题才能开。"

陈也说:"好,那你就帮我找个算命的。"

第二天,陈也妈妈带着陈也,来到她一个老同事的哥哥的朋友的家。陈也妈妈告诉陈也,这个男人精通命理,知识渊博,算命算得很准,人称"张半仙"。

"张半仙"视力不是很好,看人要凑得很近。像是要把人吃了。他仔细看了陈也的痣,扳手指一算,再沉思了一会儿,对陈也说:"你这颗痣长在眼睛下面,俗称哭痣,是挡了些财气和运气。你把它开掉也无不可。但我要提醒你,开掉它,对你来讲或许是好事,但这么大颗的痣,在命理里又叫'镇山虎',我担心一旦开掉,一些乱七八糟的东西就镇不住了,逃出来了,弄不好对你家宅有损——"

陈也妈妈忙问:"怎么个损法?"

"张半仙"翻着白眼,道:"这个就不一定了。有可能是身体上的,有可能是钱财上的,也有可能你们这辈子平平安安,下一代、或是再下一代就要遭些罪。我只能说个大概,具体的就要靠你们自己去把握了。"

回到家,陈也爸妈问陈也:"痣还开不开?"

陈也不说话,半响,无精打采地挥了挥手。

"算了,不开了不开了。"

陈也请三宝、毛头还有小陶吃饭。

陈也叫了老鸭煲,三鲜锅巴,芙蓉鸡片,猪头肉。三宝听了,说:"陈也,这些菜不够吃,再加两个吧。"

陈也一拍脑袋,说:"平常我和李招娣过来,点的就是这几个菜,我忘了现在是四个人。呵呵,服务员,再来一盘红烧蹄髈,一盘扬州干丝——你这个小子,现在是我请客,你就算觉得菜少,也不能直接说出来呀,你倒是一点不客气——"

三宝嘿嘿笑道:"跟你有什么好客气的。"

毛头拿出一包红中华,给每人一支。陈也拿出打火机,先给大家点上,再自己点上。朝天吐了个烟圈。

"今天,"陈也清了清嗓子,说,"我有个问题想问你们。"

小陶笑了笑:"有什么问题就问吧。"

陈也说:"这个问题可不简单。"

三宝叫起来:"朋友,帮帮忙,爽气点好吗,要说就快说。"

陈也又清了清嗓子,说道:"我想问你们——怎么样才能当上官?"

三个人听了,一愣,都朝他看。

"想当官了?"毛头问,"你老婆让你去当官?"

陈也攒起一块猪头肉,先看了一会儿,继而一下子扔进嘴里。

"她没有让我当官——是我自己想当官。你们晓得,本来我是想出国的,可是我托福考了十七八次都没有通过,看样子这辈子是考不过了。我也不怕丢脸,反正都是自己兄弟,是吧——李招娣要跟一个香港老板走,想离婚。我是绝对不肯离婚的,好不容易找了个漂亮的老婆,说什么也不能离婚。"

陈也说到这里笑了笑,又摇了摇头。"李招娣总是说我好色,我发现我还真是有点好色。他奶奶的!"

三宝听了,嘿的一声。毛头不说话,低着头吸烟。小陶在陈也肩上轻轻拍了拍,说:"女人都这样,贪慕虚荣,没什么大不了的。"

陈也点点头,说下去:"我想了很久,要留住她,只有当官。当官有面子,而且工资也高。我要是当了官,李招娣就不会跟我离婚了,对吧?我一定要当上官——你们替我想想,怎么才能当官?"

三宝鼻子里哼了一声:"你以为想当官就能当官啊?我还想当国家主席呢,谁给我当?"

小陶说:"当官不是那么容易的。当官要讲后台和关系。没有后台和关系,无论如何都是当不了官的。我问你——你上头有没有人?你和领导的关系怎么样,马屁拍得到不到位?"

陈也摇头道:"我上头没有人,我和领导的关系也很普通。可我还是要当官。"

三宝又是嘿的一声。

毛头沉吟着,说:"小陶讲的对,当官一定要有后台和关系,可除了这两个,还有一种方法,更简单更爽气,就是——送礼。"

毛头给陈也弄了两条红中华,批发价,比外面便宜。陈也又买了两瓶茅台酒,一条金利来领带,装在一个大袋子里。周末的晚上,陈也拎着袋子,来到车间主任家里。车间主任住在普陀区,下了轮渡,换了两辆公共汽车才到。

车间主任看到陈也,有些意外:"是陈也啊,进来进来,坐嘛。"

陈也把大袋子放在门边,换了拖鞋走进去,在三人真皮沙发上坐下。沙发很软很轻,皮质很不错。车间主任的爱人给他泡了杯茶。陈也恭恭敬敬地接过,说了声"谢谢"。

车间主任家布置得很不错,客厅四周都摆着绿色盆栽,旁边是一个很大的鱼缸,热带鱼游来游去,五颜六色的很漂亮。墙壁正中挂着一幅字,写着"难得糊涂"四个大字。陈也看不懂字的好坏,硬着头皮夸道:这字不错,真不错。

车间主任靠在沙发上,做了个"请"的手势,示意他喝茶。陈也忙揭开茶杯,喝了一口,差点烫坏喉咙。

陈也说:"主任。"

车间主任朝他看。

陈也说:"主任,你觉得我这个人怎么样?"

车间主任有些不解。"什么怎么样?"

陈也咳嗽一声,说:"主任,你觉得我——是不是还能再进一步?"

车间主任认认真真地看了他一眼。

"这个啊——"车间主任笑笑,没有说下去。

陈也站起来,对着车间主任鞠了个九十度的躬。

"主任,我晓得我有点冒昧,这么晚了还来打扰你。我听说了,最近车间里有个值班长的名额。主任你觉得我有没有机会?我做了这么多年了,我的为人你最清楚,我工作好不好,你也最清楚。主任,我——要是当不上值班长,我老婆就要跟我离婚了。主任我也不怕你笑话,我是离不开我老婆的。我老婆嫌我没出息,说我笨。我无论如何都要当上官——主任,我晓得你就快要笑出来了,你要笑就笑吧,反正我也豁出去了,不怕丢人。只要你能让我当上值班长,让我给你磕头都没问题。主任,求求你了。"

贾方舟让快递把一大捧红玫瑰送到李招娣家。李来娣拆开数了数,一共是三百朵。枝叶上还沾着露水,娇艳欲滴。李来娣一见,嘴巴顿时张大了。李招娣的爸妈也看呆了。赵强嘿了一声,说:"这个香港人的钞票真是多得用不掉了。"

李招娣妈妈朝自己男人白了一眼,说话像念京白:"你你你——你说,我嫁你这么多年,你什么时候送过我花?"

李招娣爸爸嘿嘿地笑。

李招娣在一旁不吭声,皱着眉头。

李来娣把玫瑰分开几个花瓶装好。见李招娣还是皱着眉头,便道:"李招娣你为什么要皱眉头呀?我要是你,收到这么多玫瑰花,肯定晚上做梦都笑出声了。"

李招娣叹了口气,说:"我也不晓得我为什么要皱眉头。我本来天天想着要找个有钱的男人,可真的找到了,我又觉得心里不大舒服,觉也睡不好,饭也没有胃口吃。不晓得为什么。"

李来娣说:"那是因为你还没有离婚的关系。等你离了婚,心里就爽气了。保证吃得下睡得着。"

李招娣到阳台上去收衣服。她拿着竹竿一抖,没抓牢,结果竹竿径直掉到楼下去了。她往下一看,见陈也拿着竹竿,手搭凉棚,正朝她一个劲地挥手。

"这个鬼,又来了。"李招娣骂道。

她嘴一撇,不知不觉哼起歌来。眉头也舒展开了。她过去开门,刚好陈也走上楼来。陈也把竹竿交给她,笑眯眯地叫道:"老婆。"

李招娣不答,哼了一声。

陈也说:"我老远就看到你在那里收衣服。你收衣服的姿势还是和以前一样,笨手笨脚的。我猜你肯定会把竹竿弄掉下来。所以就等在楼下,免得你再跑一趟。我聪明吧?"

李招娣又哼了一声。"谢谢你了。"

陈也说:"夫妻俩有什么好谢的——我跟你讲,我要当官了。"

李招娣朝他看。"你又要当官了?"

陈也点头说:"这次是真的。主任都同意了。是值班长,官不大,也没什么级别。可你想——我现在才二十几岁,当上值班长,等到了三十岁,应该就能当上副科了,再过几年当正科,说不定四十多岁就能当处长了。你说是不是?"

陈也对着李招娣呵呵地笑。

李招娣眼皮抬也不抬:"你想得倒美——听上去厂长就像你娘舅似的。"

陈也说:"不是我想得美,这是正常分析。人家都说,年轻就是资本。只要踏踏实实地干,总有出头的一天。"

李招娣朝他瞟了一眼,没说话。

陈也说:"老婆,跟我回家吧。我跟你讲,只要我当上官,你照样能过上好日子。开小轿车,吃炸鸡腿,一点也不会比在美国差——"

李招娣问:"如果你这次再当不上官呢?"

陈也摇头说:"不会的。这次是十拿九稳。"

李招娣问:"万一呢?"

陈也愣了愣,一咬牙,道:"那——你就跟我离婚吧。我保证屁都不放半个。"

老乐的风湿病又犯了,每到黄梅季节,他的关节就疼,厉害的时候疼得龇牙咧嘴,连路都走不动。别人见了都没动静,只有陈也,一声不吭的,干完自己的活,再把他的活也连带着干了。

老乐每次都很不好意思,说:"让你受累了。"

陈也满不在乎:"我年纪轻,多干点怕什么。"

老乐一般不在食堂吃饭,上班时都是自己带个饭盒,装着隔夜烧的小菜。他老伴老早去世了,菜都是自己烧的,红烧狮子头,炸藕盒、糖醋带鱼,色香味俱全。有时候带的多了,老乐便让陈也去买份白饭,把菜拨给他一些,两人一块吃。

这天,老乐拿了两个芒果过来,趁别人不在的时候,塞在陈也手里。

"我外甥去广州出差买的。你吃吃看。"老乐说。

陈也从来没吃过芒果,上海很少看到,即便有,价钱也是贵得吓人。陈也说:"这是好东西,留着给你儿子吃吧。"

老乐嘿的一声:"那个傻小子,他懂什么,给他吃就是糟蹋了。"

陈也笑笑,收下了。老乐朝他看,忽道:"听说——你要当值班长了?"

陈也摇头:"哪有的事。你听谁说的?"

老乐说:"大家都在传——

陈也摆摆手:"谣传,谣传。"

老乐眯起眼朝他看:"你啊,不老实,连我也瞒?"

陈也咻的一笑,有些不好意思。

"我也不是瞒你——还没最后定呢。你又不是不晓得,我吃过亏的。"

老乐点了点头,随即道:"蛮好。好事啊。"

陈也又笑了笑。

"送了多少?"老乐扔给陈也一支"大前门",自己也点上一支。

陈也犹豫了一下,说:"也没送多少——两条中华,一瓶茅台,再加一根金利来领带。"

老乐嗯了一声,道:"东西是不少,可还是划得来的——现在的年轻人啊,脑子就是比我那时候活络,也放得开。你看我,干了大半辈子也就是个小老百姓。你比我强多了。蛮好,好好干吧。"

老乐说着,在他肩上拍了两拍。

中午,车间主任在办公室里打盹。睡得正香,梦到自己连升三级,当了厂长,咧着嘴傻笑,口水滴里答啦流到头颈里。这时,有人敲门。他一下子醒了。坐直身体。"进来。"他擦了擦口水。

进来的是老乐。他朝车间主任点点头:"主任,休息哪?"

车间主任没搭腔,问他:"有事吗?"

老乐赔笑说:"事情也没有什么事情——就是这两天车间都在传,陈也要当值班长了。主任,有没有这回事?"

车间主任抬头看他一眼:"还没定呢,别听人家传来传去的。"

老乐嗯了一声,道:"就是就是——主任,我还听人说,前几天陈也去你家,送了主任你两条中华,两瓶茅台,一条金利来领带。也不晓得是真是假。"

车间主任闻言一愣:"你听谁说的?"

老乐摇头,道:"我也忘了是谁说的。我年纪大了,记性差得很,也不晓得怎么搞的,脑子里记不住事——"说着不住叹气。

车间主任盯着他看:"你啊,是该记住的东西记不住,不该记住的东西记得特别牢。"

老乐笑了笑,说:"主任批评的对。主任啊,你要是让我当值班长,说不定我就把不该记住的东西也统统忘干净了。下次再有人瞎说陈也给你送礼,我就结结实实一个嘴巴子打过去——"

车间主任朝他看了一眼,又一眼,忽的叹了口气:"你这个人啊——怎么连你徒弟的墙脚也要挖?"

老乐沉默了一下,说:"不是我要挖他的墙脚——我实在是没办法。主任你晓得,到了我这把年纪,再不为自己打算,就没机会了。"

李招娣在阳台上收衣服,远远地看见陈也过来了,便将竹竿抖啊抖的,弄得摇摇欲坠。隔壁那个中年妇女也在收衣服,见到她这副模样,便一笑,说:"哟,你收衣服的动作老惊险的。"李招娣听出她是在笑话自己,也不理她,继续摇晃竹竿。边摇边朝陈也看。可陈也神情木木的,似是在想心事,头抬也不抬。

"这个鬼——"李招娣很没趣,只好将竹竿一伸,再一抖,把衣服收回来了。

李招娣故意不给他开门。是她妈妈开的门。李招娣妈妈讲话很不客气:

"哎呀,你怎么又来了?"

陈也低沉着声音,叫了声"姆妈"。

"三天两头往这里跑,我都快给你烦死了,我们招娣也快给你烦死了!"

李招娣在房间里叠衣服,竖起耳朵听外面的对话。

陈也说:"姆妈,招娣在吗?"

"不在,出去了。"

"那等她回来,麻烦你跟她说一声——我同意离婚,让她给我打个电话。"

李招娣听了,把衣服往床上一放,噔噔噔便出来了。

"你这人怎么回事,脑子坏掉啦?"

陈也见到她,愣了愣,道:"你在啊。"

李招娣虎着脸,瞪着他。陈也叹了口气,说:"我跟你讲——我当不了官了。"

李招娣的妈妈听了,冷笑一声。李招娣眼睛陡的睁大了,随即又变小了。

陈也叹了口气,继续道:"老乐当上值班长了——老乐你应该晓得的,就是我的师傅,我刚上班时是他带着我的。我们关系一向都很好。他前两天还请我吃芒果,我舍不得吃,放在冰箱里,想等你回来一起吃——我想,就算别人会出卖我,师傅总归不会吧。我没想到——唉!"

陈也又叹了口气,苦笑了笑。

"我又当不成官了——我讲话算话,你跟我离婚吧,我保证屁都不放半个。"

李招娣抿着嘴,站在那里一动不动。

"你这个人啊——"李招娣恨恨地说了句,想说下去,却又不晓得说什么好,见她妈妈在一旁看着,眉头一皱,便道:"姆妈,你在这里干什么,又不关你的事。"

李招娣妈妈哼了一声,到厨房择菜去了。

李招娣朝陈也看。陈也也在看她,嘴巴一撇,应该是想笑的,却比哭还难看。李招娣跺了跺脚。

陈也说:"你拿主意吧,我们什么时候去办?"

他说完,咳嗽一声,头转向一边。连着又干咳了几声。

李招娣皱着眉头,说:"我也不晓得。"

她走到沙发边坐下。陈也站在门口,也不进来,呆呆地看着她。

李招娣自言自语:"美国去不成了,现在官也当不成了——"

陈也接口道:"是我没用。"

李招娣又跺了跺脚,道:"你就晓得说这句话——我嫁给你,真是倒了霉了!"

陈也叹了口气,连声道:"对不起对不起——你别生气,我马上就走。"他说完这句,真的转身便走。

李招娣怔怔的,忽的,叫道:"哎,你回来!"

陈也停住脚步。回头看她。

李招娣犹豫了一下,狠狠地跺了跺脚。

"算了算了,我大概也就是这个命。他妈的,什么享福命,什么少奶奶命,都是骗人的。我明天就要到城隍庙去,把那个算命瞎子的摊子拆掉——算了,我也不要离婚了。我跟你回家算了。我——回家吃芒果去。"

陈也直愣愣地望着她。

"你不要这么看着我。我是不想让人家说闲话,说李招娣这个人真不是好东西,老公没出息,就一脚把他给踢了。我不想被人骂——我真是倒霉透了!"

李招娣越想越气,忍不住又骂了句"他妈的"!

陈也看着她,鼻子忽然有些酸,忙把头别开,装成眼睛里进了沙子,用手揉了揉。他见李招娣两条白藕似的胳膊露在外面,忍不住上前拉她:"老婆!"

李招娣一把甩开了,又狠狠地跺了跺脚:"他妈的!"

陈也和李招娣到小饭馆里吃饭。点了一个老鸭煲,一个芙蓉鸡片,一个三鲜锅巴。小伙计见了,提醒他:"还有个猪头肉。"

陈也摇头:"我今天不吃猪头肉,把钱省下来给我老婆多喝两瓶椰奶。"

小伙计嘿嘿地笑。

"有了漂亮的老婆,连自己喜欢的猪头肉都省掉了。"

陈也说:"你什么都不懂——'秀色可餐'听说过没有,有这么漂亮的老婆在旁边,就算什么都不吃也能饱。"

小伙计笑得更欢了:"明明是怕老婆,还要说得这么文绉绉。"

陈也挥挥手,说:"跟你说了也是白说,你还年轻,什么也不懂。"

陈也不断给李招娣搛菜,把她面前的小碟堆得像小山那么高。李招娣说:"够了够了,你存心要把我喂成母猪是不是?"

陈也笑眯眯地说:"我怎么会存心让你变成母猪呢?我希望你漂亮还来不及呢。像你这么又漂亮又懂事的老婆,我要好好的宝贝你。让你变成天下最幸福的老婆。"

李招娣撇了撇嘴,说:"这个鬼——我看你嘴巴上一定是抹了蜂蜜了。"

陈也嘻嘻笑着,说:"我嘴巴上有没有抹蜂蜜,待会儿回家我让你尝尝就晓得了。"

陈也从抽屉里摸出一包避孕套,正要打开,朝李招娣看看:"是不是安全期?"

李招娣在他头上轻轻打了一下,手脚麻利地把避孕套打开。

"说了几万遍了,安全期也不牢靠的——我要是怀了孕,哼,就咔嚓一下,把你阉掉!听到没有?"

第 十 章

陈也去看望周老师。在他心中,周老师是最有学问的人。以前陈也住在老房子的时候,周老师和他是邻居,两家就隔着一个天井。

周老师是北大学生,中文系,没毕业就被发配到北大荒劳改,右派分子。劳改期满回上海,找不到工作,修过自行车,糊过火柴盒,苦哈哈地活了大半辈子。平反时已经四十多岁了,头发都白了,满脸皱纹,十足一个老头。他被安排到中学教语文,陈也也曾是他的学生。

陈也最喜欢听周老师讲课。周老师讲课水平高,也有意思。同样一篇课文,从他嘴巴里讲出来,就和别人不一样。

讲到《水浒》,周老师说:"梁山一百零八将,称得上好汉的没几个,多半是野心家、流氓、恶棍。杀人如麻,践踏生命。打着'替天行道'的旗帜,其实就是杀人、抢东西,大碗喝酒,大块吃肉,还有就是招安做官。这能称作'农民革命'吗?——是暴民作乱。"

讲到《阿Q正传》,周老师说:"阿Q精神胜利法是弱势群体的哲学,是他们自我安慰的工具。我就是靠着阿Q精神胜利法,挣扎着活到今天的。否则老早就憋闷死了。许多人嘲笑阿Q,可他们没有想过,弱势群体在社会里一无所有,没有权,没有势,没有钱,甚至没有做人的尊严和温暖。他们为什么不能有自我安慰的哲学呢?用贵族老爷的傲慢去嘲笑阿Q的精神胜利法,这太残酷了。"

陈也听得入迷了。他没想到语文课原来可以这样讲。很有意思了。他认定,周老师是天底下最有学问的人。

　　周老师退休好几年了。人也更衰老了。他老伴去年去世了,只有一个儿子,在浙江工作,不常回来。

　　周老师看到陈也,很开心。他说:"你怎么来了?听说你讨了个漂亮的新娘子,大家都说你是走了狗屎运。"

　　陈也嘻地一笑:"他们都妒忌我。"

　　周老师给他倒了茶,问他:"最近过得好吗?"

　　陈也摇头,叹了口气:"差到极点了。托福考不出,美国去不成,官当不了,狼狈啊。走投无路了。"

　　周老师朝他看了一会儿,说:"人总有高潮低潮。正常的。"

　　陈也苦笑:"我这个人比较倒霉,从小到大一直是低潮,水位从来没有高过膝盖。"

　　周老师也笑了笑,随即问他:"你为什么一定要出国和当官呢?难道没有别的路?"

　　陈也愣了愣:"不出国,不当官,还能有什么出路?"

　　周老师说:"现在不是搞改革开放吗?我跟你讲,改革开放离不开上海。政府一定会加快上海的改革开放,到那时候,机会多得是,就看你有没有本事抓住。一个人活得好不好,主要看有没有钱。想去美国,想当官,不都是为了弄钱?那还不如干脆去做生意。"

　　陈也愣了愣,说:"做生意要本钱,我没钱。"

　　周老师说:"谁一开始就有钱的?凡事都有个过程。香港、台湾的许多百万千万富翁,一开始都是摆地摊出身的。耐心点,不要急,只要肯吃苦,将来总有你发达的一天。"

　　陈也怔怔地朝周老师看。

　　陈也说:"周老师,我要是发达了,第一个就来感谢你。"

　　周老师说:"谢也不用谢。多来看看我就行了。"

　　从周老师家出来,陈也主意拿定了,不去美国了。不想当官了,做生意。先做小生意,将来做大老板。

做生意是冒险的事,陈也想想又有些吓嗞嗞。自己运气一直不好,托福考不出,官当不成,会不会生意也一败涂地?他下意识地摸了摸眼睛下面那颗痣。哭痣,倒霉痣。

一九八九年的春天,陈也到第九人民医院把脸上那颗痣开掉了。

手术进行得很快,早上九点开始做的,不到吃午饭时间,陈也已经出来了。贴了一块纱布,遮住了半只眼睛。他带着医生开的一些消炎药,叫了辆出租。

熟人见了他,都笑一笑,说:"陈也,痣开了?"

陈也便也笑一笑,说:"是啊,开了。"

"开了好,开了好。"那些人说。

陈也笑得更欢了,脸上的肉一拱,纱布把整只眼睛都遮住了,成了独眼龙。"是啊,开了好——要是不好我开它干什么?"

动手术前,陈也爸妈表示了异议:"你忘了那个算命的话了?"

陈也大手一挥。"我不管了。我要是再不把这颗痣开掉,就翻不了身了——我说什么也要把这颗痣开掉。"

九院的水平果然不差,几天后,纱布一拆,伤口处平平整整,只留了些淡红色的印迹。陈也对着镜子照了又照,非常满意。他问李招娣:"你老公是不是帅多了?"

李招娣瞟他一眼,哼道:"你啊,除非把脑袋割掉,换上周润发的头,否则这辈子都是那副死腔样子,变不了的。"

陈也呵呵笑着,用手去摸那个伤口,一遍又一遍的。"老婆啊,"他一边摸,一边说,"我想了又想,要发财,最快最好的方法就是做生意。我们去做点小生意怎么样?"

李招娣斜眼看他:"做什么生意?"

陈也说:"什么赚钱就做什么。"

李招娣哼了一声,道:"帮帮忙,就凭你,保管做什么亏什么——你别瞪我,你自己说,你有什么事做成功的?大学考不上,托福考不出,官当不成——"

陈也打断她道:"这都是以前的事了,现在不一样了——"
李招娣问:"哪里不一样了?"
陈也一笑,又去摸那个伤口,小心翼翼的,就像摸一件珍宝。
"以前这颗痣挡着我的运气,现在把痣开掉了,运气就都回来了。我有预感,我做生意一定会赚钱——真的,肯定会赚钱的。老婆,你就等着瞧吧。"

一周后,陈也把一个麻袋扛回了家。他打开,里面是一盘盘的录像带。李招娣凑过来,看录像带上的片名:《红楼十二春》《勾魂俏佳人》《吻我》《销魂一夜》……再看录像带上的图案,一男一女一丝不挂地搂在一起——李招娣当即就吓了一跳,脸涨得通红。
"你要死啊,你、你这个下作胚——"
陈也嘻嘻笑着,不说话。
"你拿这种东西出去卖,不怕被公安局抓?"李招娣道。
陈也嘿了一声:"有本事就抓吧,抓到算我倒霉,抓不到就只好让我发财——老婆,我想了几个晚上,现在做什么生意最赚钱呢?卖水果利润低,做服装生意倒是有赚头,可惜我不懂门道,也没那么多本钱,摩托车载客方便是方便,但不安全容易出事。我想来想去,只有卖黄带了。虽然有风险,但是本钱小,利润高。这批货是三宝的一个朋友帮我进的,他靠卖这个,都有好几万身家了——他娘的,就算前面是火海,我也要跳一跳,再不弄点名堂出来,我就不活了。他奶奶的雄!"

"朋友,生活片要吗?"天桥上,陈也穿着风衣,把手插在口袋里,对着迎面走来的几个男人说道。走在最前面的男人朝他看一眼,走过去了。第二个男人头也不回,飞快地过去了。第三个男人像是有些犹豫,迟疑了一下,朝四周看了看。
"绝对灵光,没马赛克的。"陈也对他道,手从风衣里伸出来———拽着一盘录像带,飞快地一闪,又放了回去。
"真的还是假的?不清爽我回来换的。"男人道。

"放心好了。我就在这里,天天都在,又不是做一次性生意。"陈也接过他递来的钞票,把录像带交到他手里。"看得好就再来,我这里有的是货,一次带三盘以上还可以打八折——"

陈也看着男人渐渐远去,伸到上衣口袋,摸了摸里面几张钞票。

三宝的朋友没有介绍错,这附近生意挺好做,警察也少。只要保证一晚上有六七笔生意,一个月赚个千把块钱应该不成问题。顶得上几个月工资了。

陈也吹着口哨,蹲了下来,夜里的风挺凉,他把手插在袖笼里。他想象着自己的模样,应该和火车站那些外地来的盲流差不多,可怜巴巴的。陈也倒不觉得自己可怜。他有家有老婆,有工资还有副业,小日子过得美美的。

陈也开始哼歌,"你到我身边,带着微笑,却带来了我的烦恼,我的心中早已有个她,哦——她比你先到!"这时,他看到前面一个矮个子男人在徘徊,眼睛朝他瞥啊瞥的,却不过来。陈也嘿的一声,朝他慢慢走去。

"朋友——"陈也正要说话,忽的瞥见天桥那头也有个男人,个子高高的,手插在口袋里,朝这边不住地张望,似是在等待什么。陈也心里一凛,闭上嘴,说声"借光",从他身边又踱了过去。矮个子男人一愣,随即跟上去。陈也加快脚步,奔下了天桥。没命地狂奔。

陈也奔进一条小弄堂,喘着气,看看后面好像没人追来,才放下心。风衣在奔跑途中散开,里面的录像带撒了一地——大概有十几盘。陈也弯着腰,大口大口喘着气,随即,骂了声"他娘的!"

几月后,陈也把一沓钞票交到李招娣手里。李招娣接过,点了两遍,眉开眼笑地,在陈也额头上轻轻一点。

"我现在算是晓得了,为什么都说'人无横财不富',老老实实是赚不到钱的——陈也我看出来了,你这个人啊,读书不行,做官不行,弄点这种偷偷摸摸的生意倒是把好手——"

陈也呵呵笑着,说:"偷偷摸摸也是做生意。邓小平都说了,不管黑猫白猫,能抓到老鼠就是好猫。是吧?"

　　李招娣咬着嘴唇朝他看,说:"瞧你这副黑不溜秋的模样啊,肯定是只黑猫,刚开掉痣的黑猫——我现在要把这笔钱再数一遍,这是我嫁给你以来,你给我的最大一笔钱了。我明天就去银行把它存掉——哦,不能全存掉,我要拿出一部分来买衣服,我已经有三个月没买新衣服了,我以为你做生意肯定会亏本,所以就没买新衣服,把钱省下来预备救急的。现在你赚到钱了,我又可以买新衣服了,还可以买两双新皮鞋,我们店里最近清仓大甩卖,刚好能买到便宜货——"

第 十 一 章

　　一九八九年的初冬,陈昆读完研究生,准备回上海。他买好机票,打了个长途给爸妈,把航班的时间告诉他们。陈也爸妈开心极了,儿子在外面读了几年书,终于要回来了。他们兴冲冲地通知陈也,晚上过来吃饭。
　　陈也这天是早班,三点多钟下班,换好衣服出来,先去剃了个头,直接便往爸妈家赶。陈昆的航班是四点到港,差不多五点半能到家。陈也在中药店买了些西洋参给爸爸,西洋参能润肺。陈也舍不得像陈昆那样买冬虫夏草,西洋参又便宜又有效,一包十几块钱,能吃上小半年。
　　陈也妈妈在做蛋饺。勺子放在火上,拿小块猪油擦一擦,蛋液浇上去,转个圈,再放些肉糜,拿筷子将两边盖拢,便算是做成了。陈也妈妈做的蛋饺味道很不错,肉鲜皮嫩,陈昆在北京吃不到这个,特别惦记,电话里就指明要吃这个。还有红烧肉酱蛋和油爆虾。陈也妈妈早早地便起床去菜场,买新鲜的虾和肉。
　　陈也帮着择菜。李招娣也是下了班直接过来的,拎着一网兜苹果。陈也妈妈本来想让她剥毛豆的,但她说剥毛豆会弄伤指甲。陈也妈妈瞟一眼她又长又尖的指甲,涂得红艳艳的,只好算了。李招娣拿过一张《新民晚报》,在厕所里待了半个多小时才出来。陈也晓得她是存心躲着不想干活。当着爸妈的面,陈也不想说她,但回到家他是一定要说她两句的——媳妇应该有媳妇的样子,自己家里怎么偷懒都没关系,可是到公婆这里来,这么忙的时候,无论如何也应该搭把手,否则就说不过去了。

陈也爸爸把只有春节才用的圆桌面拿了出来,擦干净,摆上冷菜和碗碟。酒和饮料放在一旁。厨房里菜都洗好切好了,只等陈昆一到,就可以下锅。

墙上的挂钟指着六点一刻。陈也对妈妈说:"大概是路上堵车,这个时候最容易堵车。"

很快的,一个小时过去了——又一个小时过去了。当挂钟指着晚上九点半时,陈也来到小区门口的公用电话,翻黄页查到机场的问询号码,打过去,一个小姑娘说:"你好!"陈也也说了声"你好"。

陈也把陈昆的航班号报给小姑娘,让她查一查怎么回事。

小姑娘说:"请等一等。"

陈也在电话那头等了足足有五分钟,才听到小姑娘有些犹豫的声音:"嗯——这班飞机在起飞后不久,便坠毁了。"

陈也一愣,"坠毁"两个字让他有些反应不过来。

"啥意思?"陈也听到自己有些发抖的声音。

"同志,请你千万要保持冷静——飞机坠入了海里,北京那边正在展开营救工作,具体情况现在还不清楚。麻烦你留下你的联系电话和地址,一有消息我们会立即通知你。请问,你要接的人叫什么名字,和你是什么关系——我们要登记的,喂?喂?你听到没有,喂?喂……"

陈昆的尸体始终是没有捞起来。电视新闻里,那架飞机的残骸一片片地浮在海面上,搜救艇一遍又一遍地打捞,直升机在半空中盘旋。岸上,死者家属哭得死去活来。搜救工作进入最后几天时,其实已经没有实际意义了。这么冷的天,就算掉下去的时候还活着,也早冻死了。

陈也护送着爸妈从北京回到上海。一路上,三人几乎没说过一句话。陈也爸妈的神情木木的,像戴着个面具。眼泪早流干了,整个身子都掏空了,连一丝一毫的力气都没了。陈也想安慰他们,也不晓得该怎么说,索性便不说了。

陈也拿了几件换洗衣服,在爸妈家住一阵子,陪陪他们。

陈也爸爸回到上海,话倒多了起来。竟似比以前还要多。絮絮叨叨的,说的全是陈昆以前的事。

"你弟弟最聪明了,你晓得的,整条弄堂的小孩加起来,也没有他一个人聪明。他不但读书聪明,就是玩,也很聪明。拍香烟牌子,他手里总归是厚厚一摞,你们谁也玩不过他。他踢球也好,脚法好,我在旁边一看就晓得,他的脚法很正宗,像是专业的,也没有人教过他,这孩子就是聪明,天生的,没办法……

"每次都是第一名,后来开家长会我都不好意思去,生怕老师老是表扬他,别的学生家长会有想法。有什么办法呢,你就是前天晚上让他吃三斤白酒两斤泻药下去,他也照样考第一。天才晓得吧,这就是天才。

"他额头特别高,你们生出来的时候我就看出来了,虽然你们长得一模一样,可你的额头没他的高。他头上有两个旋,你只有一个。人家都说,两个旋的人最聪明。"

说着说着,陈也妈妈也插了进来。

"陈昆小时候最喜欢咬指甲,我怎么说都没用,手指被他啃得都秃了。后来我想了个办法,拿辣椒水涂在他的手指甲上,他一咬,辣得要命,时间一长他就再也不敢咬了。陈昆一直不喜欢吃辣,到现在还是一点辣都不能碰。

"陈昆考上北大的前一天,我做了个梦,梦到一条蛇钻到屋子里来。蛇就是小龙嘛,对吧?所以我晓得,陈昆这下要成龙了。你看,还真的蛮准!唉,成龙了,就是飞走了,飞到大上去,成龙了嘛。

"早晓得就不让他去北京读书了。上海也有好的大学,在哪儿读还不是一样——陈昆上次回来是什么时候,有一年半了吧,我都快忘了他的声音是什么样了,还有他的样子,我都快记不清了——陈也,把脸转过来,让我好好看看你。看你就等于是在看你弟弟,谁让你们是双胞胎呢。陈也,你再说两句话让我听听,听你说话也就等于是在听你弟弟说话了……"

……

"你弟弟脸上的肉比你还是要多一点,眉毛也比你浓,你嘴唇太薄,牙齿也没有你弟弟整齐,他小时候就比你喜欢刷牙……"

"你弟弟放的屁比你的臭。你们待在一起,我不用细看,光闻屁就晓得谁是谁。你弟弟放屁的声音比你的响,噗噗噗!一听就很有魄力,陈也你不行,就晓得躲在旁边放闷屁……"

开追悼会那天,下着淅淅沥沥的小雨。冬天很少有这样的雨。缠缠绵绵的,不大,却是下个不停,从早上一直到晚上。一滴一滴,像是落在人的心里,潮潮的,长出了细细的绿毛。一小丛一小丛,生根发芽,竟似有愈长愈密的态势。

陈昆的照片放大了摆在正中,旁边是"音容宛在"四个字。

陈也顶着和死者一模一样的脑袋,在大厅里忙碌。许多人都好奇地朝他看,再朝遗照看看,觉得挺有意思。李招娣很不满意地对陈也说:"那些人都盯着你看呢。好像死掉的人是你。"

陈也叹了口气,说:"高兴看就看吧,反正看看也不会少块肉。"

陈昆的导师专程从北京赶来,由他作悼词。他的声音亮堂而富有磁性,一口京片子干净利落。悼词从他口里念出,像是在读一封表扬信。

"……陈昆同志在大学学习这段期间,很好地树立了马列主义思想观和世界观,以及崇高的人生志向,刻苦钻研,不断进取,无论是思想政治还是文化知识,都取得了优异的成绩……"

陈也爸妈听一句,哭一声。陈也的姐姐陈娟在一旁扶住他们。她是追悼会前一天回上海的,丈夫王有康陪她一块来,女儿王晓溪没来,因为要读书。他们只能待三天,请了七天假,一大半时间倒是在火车上的。

陈也让李招娣多照顾陈娟。

"我姐姐身体不好,路上又辛苦,又伤心,她吃不消的。你有空就多陪她说说话,上街买买东西什么的。"

李招娣撇嘴说:"你姐姐身上一股煤油味道。"

陈也说:"她在煤油厂上班,有点味道也平常——咦,你为什么要这样说我姐姐?你不晓得你自己每次回家,身上都是一股皮革的臭味。"

陈娟夫妇住在爸妈家。临走前一天,陈也让他们到自己家来吃饭。陈娟拿了几包云南白药过来,还有当地的一些菌类。陈娟和王有康是第一次来陈也家,里里外外参观了一遍,都说不错。陈娟不住地点头,连声道:"好,好,还是上海好啊。"

陈也买了一瓶五粮液,又买了甲鱼和海参,鸡鸭鱼肉摆满一桌子。

李招娣撇嘴说:"我发现你这个人啊,最喜欢在你家人面前摆阔。死要面子活受罪。这顿饭一吃,这个月我们又要勒紧裤腰带过日子了。"

陈也摇头道:"你讲对一半——我在陈昆面前是摆阔,这次不是。我是想让姐姐姐夫吃点好的喝点好的。你看我姐的脸色,黄的像蜡似的,还有我姐夫,眼皮都是耷拉着的,一点精神也没有。看着心里真难受。"

李招娣叹了口气,说:"知青就是这么苦。我哥哥也苦。"

陈也说:"你哥哥在崇明还好点,云南那种穷山恶水,海拔高,环境差,上海人过去没几个吃得消的。你别看你现在这么水灵,要是把你往那种地方放两个月,保管你也变成黄脸婆、老菜皮。"

李招娣从碗橱里拿出四瓶椰奶,往陈也跟前一放。

"喏,这几瓶椰奶都给你姐姐喝,我今天不喝了,好好让她补一补。"

王有康的酒量其实很好,陈娟说他在云南三斤白酒都喝过。可这次却只倒了小半杯。王有康拿起五粮液的瓶子看了一会儿,放下,朝陈也笑笑。

"这酒可贵呢。"王有康也是上海人,在云南待久了,话里带着云南口音。

陈也说:"还好。"拿起酒瓶又要给他倒。王有康连忙拦住,说:"我够了。"

陈也知道他是心疼酒,便笑道:"姐夫你少在我面前客气了,你什么酒量我还不晓得?你放心,被子枕头我都拿出来了,喝醉了今晚就睡在这里,一点问题也没有。我老早跟爸妈说过了。"

王有康还要推辞,陈娟开口了:"难得回来,你就多喝点。"

李招娣也在一旁说:"酒都开了,我们陈也一个人也喝不完,时间放长肯定会变味。这么好的酒,变味就可惜了。"

王有康笑了笑,这才不推辞了。陈也给他满满的倒上一杯。

陈娟一直吃面前那盆凉拌黄瓜。陈也把黄瓜拿走,换了盆腰果虾仁到她面前。陈也说:"姐,你多吃点。"陈娟点点头,挟了块虾仁放进嘴里,嚼了嚼,朝他看看,忽道:"陈也,还是你好啊。"

陈也听了笑笑,不说话。

陈娟道:"有时候想想,这大概就是命,老天爷早给你安排好了。你晓得的,我以前多么要强的一个人,一句话也不肯吃亏的,在那边待了二十年,棱角都磨滑了,现在就跟傻子差不多。陈昆算得风光了吧,又是北大又是研究生,可到头来呢,连个尸体都没找到。我们三姐弟里头,还是你最好,安安稳稳的。"

陈也"嗯"了一声。

陈娟说:"也不晓得什么时候能回来。"说完笑了笑,低下头。

王有康喝着喝着,便有些醉意。"讲这些干啥,"他说陈娟,"不开心的事情,越讲越不开心,我们讲点开心的——陈也,你们准备什么时候生小孩?"

陈也呵呵一笑。"不急不急。"

"你们年纪也不小了,差不多了,早生晚生总归是要生的。你们多好啊,小孩生出来就是上海户口,随便混混就算考不上大学,当工人也是上海人。多好!"

陈娟说:"爸妈现在正寂寞,你们生个小孩让他们带带,也蛮好。"

陈也说:"我晓得了——晓溪怎么样,还好吧,今年应该十二岁了吧?"

陈娟点头说:"暑假里来的例假,已经是大姑娘了。"

陈也说:"蛮好蛮好。我上次见她的时候,才这么一点点高。时间过得真快啊——她读书不错吧?"

王有康说:"每次都是班上前三名,像她小舅舅。小姑娘争气得很,在书桌前的墙上贴了一张纸'我要回上海'。我和她妈妈也帮不了她什么,都是靠她自己。她说,要考进上海的大学,将来让我们都过上好日子。"

陈娟叹了口气,说:"我们这一代算是没戏了,总盼着她能有出息。"

陈也说:"行的行的。姐姐你们就等着享福吧——不是有这种说法嘛,年轻时候享福也不算享福,年纪大了能享福就真是享福了。你放心,老天爷都看着呢,不用多久,你和姐夫的好日子就会来的。姐姐,来,再喝罐椰奶——"

第 十 二 章

　　陈也在卫生间刮胡子。他在镜子里看着自己,不自觉地,去摸眼角下那块皮肤——恢复得很好,连痕迹也没留下。陈也轻轻地,摸了一遍又一遍。

　　这么摸了一会儿,他的眼泪忽然流了下来,一滴一滴,顺着脸颊落到头颈里。眼泪越流越多,止也止不住的。到后来都变成抽泣了。

　　李招娣在客厅听到声音,走过来,陈也忙把卫生间的门反锁上。李招娣敲门:"喂,你在干什么?"

　　"我——在大便——很臭,你别进来。"陈也挤出声音道。

　　李招娣嘿了一声,走开了。陈也从架上取下毛巾,坐在马桶上,蒙着头,把眼睛鼻子捂得紧紧的,身子一拱一拱的,头发也跟着动。半晌,把头抬起来,人也站起来。镜子里的脸,有些浮肿,眼睛里满是血丝,鼻子也红了。

　　陈也叹了口气,又坐回马桶上。无精打采地看着地板。他拿手去抠眼角下那块,抠得很重,像要把那块皮肤抠烂。他不停地抠,抠得血也出来了。他疼得倒抽一口冷气,却还是不停地抠。

　　"早知道就不开了,"陈也一边抠,一边对自己说,"你看,你非要把痣开掉——把一条命都开掉了,一条命啊,就这样没了,连尸体都没找到,骨灰也没留下——你啊!都怪你!"陈也说完,又叹了口气,站起来,冲了冲马桶。

第 十 三 章

陈也和李招娣在沙发上看电视剧《流氓大亨》。李招娣看着看着,扳过陈也的脸,问道:"你说,是那个宋楚翘好看,还是我好看?"

陈也想也不想,便道:"你好看。"

李招娣哼了一声,对着电视机里又看了几眼,道:"就是——你看郑裕玲那一口龅牙,嘴巴都快遮不住牙齿了,还好意思在那里笑——这种卖相都能当演员,真是天晓得。嘿,我要是老早去当演员,现在保管成天皇巨星了。"

陈也笑了笑,嗑了一会儿瓜子,忽然一拍脑袋,说:"哎呀!"

李招娣给他吓了一大跳。"怎么了?"

陈也问她:"你还记得苏娜吗?"

李招娣先是一愣,随即面孔板起来,把陈也重重往后一推:"哦,原来你还想着她——你这个不要脸的坏蛋!"

陈也连连摇手:"不是的不是的,我不是想着她——我是突然一下子想起,陈昆追悼会那天,她怎么没来。"

李招娣嘴一撇,说:"那有什么稀奇,她是你弟弟的女朋友,又不是老婆。"

陈也一愣,说:"这倒也是。"

李招娣说:"人家也许又有新的男朋友了,早把你弟弟给忘了——她大概还不晓得你弟弟出事了。"

陈也"嗯"了一声。

李招娣接着道:"我第一次看到她的时候,就觉得这个女的妖里妖气的,不像什么好人。你对她笑,她也对你笑,十三点兮兮的。"

陈也说:"人家性格就是这样,是开朗,不是十三点。"

李招娣说:"一点小姑娘的样子也没有,我没结婚的时候才不像她这样——咦,奇怪了,你为什么要帮她说好话?你们是什么关系?"

陈也嗤的一声:"你说我们是什么关系?你这个人啊,脑筋就是一搭一搭的。"

李招娣撇嘴道:"不是我脑筋一搭一搭,是你老是动歪脑筋。"

陈也摇摇头,站起来伸了个懒腰,要走。李招娣问他:"去哪儿?"

陈也说:"我还能去哪儿,睡觉呗。"

李招娣一骨碌也站了起来。"我也想睡觉了。我们一起睡觉。"

她说到这里,忽然朝陈也瞟了一眼,眼睛眨巴眨巴的。

"嗯——我想,我们还是生个小孩算了。前两天我看到一对夫妻抱着个小毛头,真是可爱死了,眼睛大得像葡萄,嘴巴红得像樱桃,脸圆圆胖胖的。我想,我要是生个小孩,肯定比这个还要漂亮——陈也,我真的想生小孩了。我们同事说,迟早都要生的,还不如早点生,身材也恢复得快。年纪大了也不会觉得寂寞。陈也,我们最好是生个双胞胎,你想,万一像你弟弟那样出了什么意外,至少身边还剩一个,对吧,这叫双保险——咦,陈也你为什么要朝我翻白眼,难道我说得不对吗?我这不是在触自己霉头,我是在讲道理给你听。你这个人啊,就是不喜欢讲道理——"

第 十 四 章

车间里一个同事结婚,喜宴订在扬州饭店,摆了十五桌。陈也去喝喜酒,和老乐安排在一桌。老乐到得最早,在那里抽烟。陈也走进来,看见他,本想坐得远些,老乐朝他招手:"陈也,这里。"

陈也只好走过去,坐在他旁边,脱下外衣。"挺早啊。"陈也说。

老乐说:"一辆车,路上又不堵,所以早到了。"

陈也"嗯"了一声,故意朝周围看,打量大厅的布置,旁边有几个人在说话,陈也是不认识的,却一直面对着他们,把个脊背留给老乐。

"陈也。"老乐道。

陈也回过头,看他:"嗯?"

老乐问他:"最近怎么样,还好吧?"

陈也嘿的一声:"有什么好不好的,还是老样子——反正我不做亏心事,饭吃得下,觉也睡得着。小老百姓,没啥盼头,一天天的混呗。"

老乐眯起眼睛看他,说:"我晓得,你一直在怪我。"

陈也干咳一声,说:"怪也没什么好怪,是我自己傻。"

老乐摸出烟,要给陈也,陈也摇头说不抽。老乐便自己点上,吸了一口,又吐出来。他先是不说话,随即长长地叹了口气,说:"陈也啊,我也是没办法。你晓得的,我女人死得早,又有个傻儿子要养,将来一点也靠不到他,相反还要帮他铺好后路——陈也你是最了解我的,你应该晓得,我实在是没办法——"

陈也不说话,拿手指转着杯沿。

老乐继续道:"我晓得你一定很生气。这是人之常情,换了谁都会生气,你已经算是好的了。陈也你是老实人,我这么做,心里非常难受,真的——我一直想找个机会和你说声对不起——"

陈也嘴巴撇了撇,想说什么,忍住了没说。

老乐狠狠地吸了口烟,整张脸皮都皱起来了,像被打爆的皮球。

喜宴结束,好几个同事要去闹新房,陈也说不去了。老乐酒喝得有些多,走路打飘。陈也看看左右,只好扶起老乐,走到酒店门口,叫了辆出租。

老乐家是六楼,陈也扶他上去,费了不少劲。他的傻儿子开门出来,看见老爸喝醉了,欢快地笑了,也不晓得帮忙。陈也只得独自把老乐拽到床上,脱去鞋袜,盖上被子,又绞了块毛巾给他擦脸。老乐嘴里呜里呜里说着胡话,一开口便是股呛人的酒气。

陈也把老乐安顿好,转身要走,老乐一把抓住他的手。抓得紧紧的。

"对不起——对不起啊,我、我真是没办法——我——"老乐口齿不清地说。

傻小子在一旁呵呵笑着,一边笑一边拍手。陈也看看老乐,再看看傻小子,叹了口气,走出门,下了楼,换了两辆公共汽车回到饭店,在门口找到他那辆老式自行车,一跃上了车。

自行车链条有些松了,一边骑,一边发出吱嘎吱嘎的声音。陈也每次骑车的时候,就想着要去修一修,可转个身立刻便忘了。所以这辆车的链条就越来越松,声音也越来越响,到后来就像钢条轧过的声音,相当刺耳。

陈也看表,已经十点半了。这么一来一去,折腾了差不多两个小时。陈也有些懊恼,干吗要送老乐回家呢?别人见了,肯定会说他是十三点,被人出卖了,还把人送回家。陈也又想起刚才老乐的话。想着想着,更加懊恼了。

——为什么要给他机会解释呢？他这么说出来，心里舒服多了，可陈也却更加难受了。做错事的人在那里强调理由，他却一句话也插不上。现在这个样子，人家把苦水都倒出来了，要是他不原谅他，反而显得他气量很小似的。

　　陈也越想越懊恼，只好把气撒在踏板上，使出吃奶的力气踏，越踏越快。链条吱嘎吱嘎直响，像骑着一辆叮当车，路过的人都朝他看。

　　陈也经过一家食品商店门口，已经骑过去了，又折回来——他见到一个熟悉的身影。陈也一脚踩地，朝店里看——刚好苏娜转过头来，她也看到他了。两人都愣了一愣。随即同时点了点头。

　　苏娜明显胖了，脸上的肉鼓出来，皮肤也白了许多，看着就像个蚕宝宝。

　　"你好。"苏娜先开的口。她扎着马尾，穿一件宽松的红色滑雪衫，手里拿着一袋瓶瓶罐罐，不晓得是什么。

　　陈也说："出来买东西啊？"

　　苏娜"嗯"了一声。她朝陈也看，似是有些不好意思。

　　"每次见到你，心里都会咯噔一下。"

　　陈也点头道："我晓得，我和我弟弟长得像嘛。"

　　苏娜笑笑，仍是盯着他看，好一会儿，才低下头。陈也犹豫了一下，道："我弟弟出事了，你晓不晓得？"

　　苏娜点点头："我晓得。"

　　陈也看她一眼，也不知道该说什么，半晌才道："你忙吧——我还有事，先走了。再见！"

　　苏娜说："再见。"

　　陈也跨上自行车，骑出一段路，转弯时不自禁地朝后望了一眼，见苏娜还站在那里，直愣愣地看着自己。她的头发被风吹得微微扬起，脸颊有些微红。站在那里一动不动的，像具雕塑——她一点儿也不像以前那个苏娜了。

　　陈也回过头，继续往前骑。不知怎的，心头竟有些发酸。

第 十 五 章

一九九〇年的春节,陈也是在派出所度过的——小年夜,他在天桥上兜售黄带时,被便衣警察抓住,连人带货一起揪到附近的派出所。拘留五天。

派出所通知了陈也的单位。陈也本来以为这次肯定被开除了,没想到只扣了半年奖金,记一次处分。相熟的同事告诉他,是车间主任帮了忙。陈也听了,便到车间主任家里,向他道谢。

"其实也没什么好谢的,"车间主任说,"上次的事,收了你东西,没帮你办到,现在就算扯平了——我跟你讲,也就是这一次,下次你再搞出这种不三不四的事来,我说什么也不会帮忙了。"

陈也连声道:"我晓得,我晓得。"

大年初四,陈也陪李招娣回娘家。李招娣的外甥赵明在阳台上玩皮球,陈也刚进门,一只皮球飞过来,正中他左眼,顿时便肿了起来。赵明咯咯的笑。李来娣冲过来,推了儿子一把。

"小鬼头,皮球不好瞎扔的。"说着把儿子抱起来,又问陈也,"扔疼你了吧,对不起哦。"

陈也只好说:"没关系,不是很疼——嗯,这个,新年好。"

赵强走过来,说:"新年好!"他最近好像又胖了一点,跟他老婆一样,夫妻俩的体重都是日长夜大,摆在一起像两个无锡泥娃娃。陈也夫妻站在他们旁边,像是从埃塞俄比亚来的难民。

赵强掏出一包红中华,发给陈也一支,"这几天怎么样,没什么吧?"他在沙发上坐下来。

陈也一愣,继而才明白李招娣把那件事说了。便朝妻子瞪了一眼。陈也摸了摸头,有些尴尬地说:"嗯,这个——还好。"

李招娣爸妈从厨房走出来,看见陈也,李招娣爸爸没说什么,李招娣妈妈大剌剌地问陈也:"你怎么会去那种生意——招娣也是的,也不早点告诉我们,等到出事了才说。陈也我跟你讲,头脑不要发昏,你与其做这种生意,还不如贩贩水果买卖茶叶蛋什么的,保险得多。"

陈也嗯了一声。李招娣妈妈说下去:"好好的春节,偏偏在派出所蹲了几天,算什么名堂,真是倒霉——"

李招娣爸爸咳嗽一声:"好了,不说了,吃饭了。"

赵强也说:"是啊是啊,吃饭了,老婆你帮姆妈把暖锅端进来,再把酒也拿进来——拿我们带来的那瓶五粮液——陈也,快坐下来,把大衣脱了,屋子里暖和,穿这么多待会儿出去要感冒的——"

赵明这时尿裤子了。他一个人在旁边看《猫和老鼠》,咯咯笑个不停,一个控制不住,尿便出来了,地上弄了一大摊。棉裤和毛裤统统尿湿了,李来娣随身没带裤子,只好给他包上条毛毯,骂骂咧咧地,拿裤子去洗了。

陈也趁乱又朝李招娣瞪了一眼。

吃完饭,坐了一会儿,陈也便说要走。李招娣妈妈看他一眼:"这么早就走了?"李招娣说:"早点回去,准备接财神。"

赵强问她:"鞭炮买好了吗?"

李招娣还没开口,陈也便道:"买了八串,都是两千响的。"

赵强笑道:"哎哟,灵光的,这下财神肯定到你们家里来了。"

李来娣也在一旁道:"是的呀,你们明年肯定发了。"

陈也和李招娣出了门,走到楼下,陈也对李招娣说:"我在你家丢死人了。"

李招娣一愣,说:"怎么了?"

陈也嘿的一声:"你还问怎么了,你居然还问怎么了——你为什么要把我进派出所的事告诉你家里人?你这个人啊,真是不动脑子。你要是告诉我爸妈,那还没什么,我大不了被他们骂一顿。可你不应该告诉你爸妈,我虽然也叫他们'爸妈',可他们毕竟不是我的亲生爸妈。这下好了,你爸妈肯定更看不起我了——"

李招娣说:"不会的。"

陈也朝她看,摇了摇头。"你这个女人啊——"

李招娣撇嘴道:"你以为我是傻子啊,我让你没面子,我有什么开心——其实我本来不想说的,可是赵强在那边一个劲地说他今年赚了多少多少,工人年终奖最差都有一两千。我听着心里气不过,就把你的事说出来了。"

陈也嘿了一声。

李招娣说:"我告诉他们,我们陈也也在做生意,赚头好得不得了,一年不到,就赚了差不多一万多块——你也晓得,我这个人嘴巴不大牢,说着说着,就把你被派出所拘留的事也说出来了。不过这有什么要紧呢,关几天又没啥损失,扣奖金就让他们扣好了,反正也没多少钱。我是一点也不在乎的——你自己也说过,管它好猫坏猫,能抓到老鼠就是好猫——"

陈也纠正说:"是黑猫白猫,不是好猫坏猫。"

李招娣说:"反正都差不多——我跟你讲,我真的不是存心让你没面子,我是想给你挣面子。你那个时候在你弟弟面前打肿脸充胖子,我当然也想在我家里人面前豁一豁胖,这是人之常情,你说是吧?"

陈也笑了笑,道:"我说是的——成语讲得不错。"

李招娣朝他白了一眼,随即道:"我们快回家迎财神吧。你刚才骗他们说,买了八串两千响的鞭炮,其实我们一串也没买。这么晚了,去哪里买?"

陈也想了想,说:"没关系的,等到快十二点的时候,我拿个锅,再拿个铲,到阳台上去敲,当当当——保证比鞭炮声还要响。财神听到我的敲锅声,吱溜一下就过来了——"

李招娣笑得前仰后合:"你这个鬼——你当心被邻居骂死。"

陈也说:"嘿,谁敢骂我?谁敢阻碍我接财神,我就拿锅子铲子朝他家窗玻璃扔过去,砸他个稀巴烂——老婆,我们再去吃点东西吧,我好像没吃饱,我们去饭店再叫一个三鲜锅巴、一个老鸭煲、一个芙蓉鸡片,一个猪头肉——"

李招娣说:"刚才那么多菜,你怎么会没吃饱?"

陈也说:"我每次去你家吃饭,回来总是肚子饿,也不晓得怎么回事——你家里人那几张脸,我一看就倒胃口——"

李招娣叫起来:"你说什么——帮帮忙,你家里人的脸才倒胃口呢,你爸那张苦瓜脸,一年四季都是耷拉着的,就像人家欠他十万八万钞票似的。还有你妈,也好不到哪里去——脸上没有二两肉,筋筋拉拉的,活像一根丝瓜,哦不对,应该是像丝瓜筋——"

第 十 六 章

陈也对李招娣说：

"看了今天报纸的头条新闻吗？浦东现在是特区了，你晓得吗？什么是特区，就是国家专门指定一块地方，把钱都划过来搞改革搞开发，让外国人进来投资，造高楼大厦，开工厂，让老百姓过上好日子。就像深圳那样。听说黄浦江底下要造条隧道，以后不用坐摆渡船，车子在隧道里一开，就从浦东到浦西了。浦东会越来越灵光的。再过个几年，浦东就跟浦西差不多了，哦不，会比浦西更加好。到那个时候，你买衣服就不用去南京路了，直接在浦东买就行了。"

陈也对李招娣说：

"我以前读书的那个小学拆掉了，还有旁边的菜场、商店、公园、劳动剧场都要拆掉。听说浦东现在的房子要拆掉一大片，全部造新的。喏，那边，那边，还有那边，都要拆掉重建。我听张跷脚说，那里，喏，就是菜场那边，要造一幢八十几层的高楼。啧啧，八十几层啊，数数就要数老半天呢。嘿，这样下去用不了多久，浦东就变得我们都不认识了。呵呵。"

陈也对李招娣说：

"上海现在能买卖股票了，毛头让我去买认购证，三十块钱一张，老婆你说我买几张？毛头他买得多，他胆子大，我不行，买这个又不是包赚钱，对吧？好多人说这是政府为了圈钱，还不如存银行，到头来要亏本的。三宝买了四张，小陶一张也没买——我也不晓得听谁的好。算了算了,把你打麻将的骰子拿出来,扔一扔,扔到几就买几张——咦,扔了个'六',好,豁出去了,就买六张,一百八十块钱,他娘的,顶我一个月工资了。老婆,你再扔一次——咦,又是个'六',奇怪了——你再扔一次,哎呀,又是个'六',这么巧,你说,这会不会是老天爷在给我们暗示?老婆,我们干脆把卖黄带赚的那笔钱都买认购证算了,反正也是外快铜钿,输了不心疼,对吧——你别朝我白眼,好了好了,只拿一半出来,这下总可以了吧?"

陈也对李招娣说:

"马路上的小轿车越来越多了,汽车厂的生意也越来越好,订单多得都快堆成小山了。现在的有钱人越来越多了,看到他们手上像砖头一样的东西吗,那叫大哥大,能打电话,你晓得多少钱一个?一万多块钱啊。嘿,要死啊。他们穿的衣服都是外国货,'梦特娇'、'鳄鱼'、'皮尔卡丹',都要几百块钱一件——他们怎么会这样有钱?还有,现在都不流行叫'同志'了,改叫'先生、小姐',你要是再'同志同志'的叫,别人就会笑你是巴子了。"

陈也对李招娣说:

"粮票已经不用了。早些时候二十斤全国粮票能换一套很灵的碗筷,现在就是送给人家也没人要了。大家都说这是好事,说明现在物质丰富了,不用再像过去那样配给供应。我记得我爸妈那里还存了好多粮票,不晓得他们用掉没有。他们上个礼拜去南京路第一食品商店,回来以后跟我说,柜台里的商品看得他们眼睛都花了,也不晓得挑什么好,觉得样样都灵光,只怪口袋里钞票太少——"

陈也对李招娣说:

"……我也不晓得说什么了。反正这个时代变得太快了。所以呀,还是周老师厉害,他说政府一定会加快上海的改革开放,机会有的是,就看你有没有本事抓住。——你看是不是?现在这个世道啊,胆子越大,越是豁得出,钱就赚得越多。可我胆子不够大,也不敢野豁豁。我还是老老实实算了,赚不了钱,也亏不了钱。稳当一点好。我只抓住一些小机会,大机会都从手边溜走了,像黄鳝一样,滑叽叽抓也抓不住。认购证翻了好几倍,毛头赚得笑不动,数钞票数到手抽筋。早晓得就再多买一点了——可是谁能想得到呢?要是时间能够倒回去就好了,我就算借高利贷也要买他个两三千张——"

第 十 七 章

一九九二年的夏天,陈也搬家了。

陆家嘴的老房子全部拆掉了,居民统统往东迁。大家都说,住了几辈子的地方,要搬了,都有些舍不得。

陈也搬到文登路,两室一厅。陈也父母也搬家了,桃林路。两个老人都很惋惜,说本来是靠近黄浦江的,能听得见对岸外滩的钟声,现在越搬越远,成乡下人了。

陈也安慰他们:"其实也不是很远啊,乘车才两三站路,骑自行车一刻钟就到了。你们仔细听,在这里一样也能听到外滩钟声。"

陈也爸妈便竖起耳朵听了一会儿,说:"听是能听见,不过效果差多了。不是以前那个味道。"

陈也呵呵笑道:"以前那个是立体声环绕,现在是单声道了,是吧?"

陈也搬新家时,把以前那台十四寸的金星电视机扔了,换了台二十九寸的松下。送货上门那天,楼上楼下好多人都看见了,议论纷纷:"这么大派头,一万多块啊!"

"听说炒股赚了不少,小夫妻蛮有钱。"

"前几天还买了一套沙发,真皮的,也要好几千块钱。"

"啧啧……"

李招娣指挥来人把电视机放在客厅的矮柜上,从冰箱里拿了两罐粒粒橙给他们。"辛苦了,师傅!"李招娣嗲嗲地道,送他们到门口。

李招娣头发剪短了,烫个流行的钢丝头,穿一条浅粉色的连衣裙,腰间一束。李招娣现在穿衣服和过去不同了。过去是讲式样讲新潮,到华亭路买那些大兴的名牌,乱七八糟一大堆。现在更看重衣服的品质,数量不多,但买一件是一件,每件看着都非常入眼。李招娣现在讲话也和以前有些不同了。不用陈也提醒,她会自觉地把音量放低,用词也文明了许多。尤其是当着外人的面,她完全就是个举止挺得体的少妇。哪怕上班的时候客人买鞋,试穿了许多双最后还是不买,她也还是笑眯眯的,绝不会骂那个人"买不起就不要白相人"。

李招娣随身带个袖珍收音机,别的台是不听的,永远听财经频道,讲股市。她不炒股票,但陈也买哪些股票她清清楚楚,什么"大飞乐"、"小飞乐"、"豫园商城",计算器上噼里啪啦一按,便晓得了,今天是亏是赚。李招娣听归听,却从来不管陈也买进卖出,她晓得丈夫心里有数,炒股票她是外行,陈也在证交所里一坐,小键盘一打,这个图那个图这根线那根线便出来了,专业得多。

李招娣现在常和妹妹李来娣一起去逛街。买完东西到咖啡馆喝下午茶,过去都是李来娣埋单,现在是两人轮流埋单。李来娣越来越胖了,下巴堆起两层,走路时屁股上的肉一颤一颤。李招娣走在她旁边,倒像是妹妹,年轻了十来岁。以前漂亮是漂亮的,底气不足,现在荷包厚了,内外兼修,显得更加有魅力。

李来娣说:"那个算命先生还是蛮准的,他说你是少奶奶命,你瞧,还真说对了。看不出你们陈也,平常傻乎乎的,炒起股票倒是有点本事。"

李招娣撇嘴说:"我们陈也一直都是有本事的,以前是时辰未到,现在机遇来了,就轮到他发挥了。上礼拜去娘舅家里吃饭,娘舅说陈也是乱世英雄。什么叫乱世英雄你晓得吧,社会越是改革得厉害,就越是如鱼得水,这种就叫乱世英雄。娘舅说陈也现在只是刚开个头,后面会越来越好的。"

李来娣啧啧两声:"我还不晓得娘舅?他以前还说过陈也是

窝囊废,现在形势一变,他转过头就拍马屁。娘舅这个人啊,要是放在古代,保管是个奸臣。"

李招娣笑起来:"你要死了,这么说娘舅。小心我告诉他。"

李来娣喝了口咖啡,瞥见李招娣的手指,便道:"咦,你怎么也不去弄个戒指,光秃秃的,一点腔调也没有。"

李招娣先是一愣,随即道:"我手指长得这么好看,戴什么戒指?"

李来娣说:"叫陈也给你买一个吧,你皮肤白,戴翡翠的一定不错——你男人现在这么有钱,就算把你十根手指全套满了,也不稀奇啊。我跟你讲,陈也以前没钱也就算了,现在条件好了,要是还不肯在你身上花钱,就说明他根本不把你放在心上。男人就是这样,嘴巴上再怎么说喜欢你、说要把心挖出来给你看都是假的,你又不会真的拿刀把他心挖出来,对吧?钱是最能说明问题的。像我们赵强,一天到晚在外面出差,有时候几个礼拜都见不到人,可他每次回来都会给我带东西,不是首饰就是化妆品,出手大方得要命,我就放心了——我不是挑拨你们夫妻感情,我是在教你,别不好意思,要是连自己老公的钱都不好意思用,那不是成笑话了吗,你说是吧?"

陈也给父母买了个电动按摩垫,全进口的,一千多块,能模仿真人按摩那样捶、拍、揉、捏。陈也爸爸把按摩垫靠在椅背上,坐着试了试,说:"蛮好。"

陈也妈妈说:"好是好,就是太贵了,一张垫子够我买一年小菜了。"

陈也说:"别管贵不贵,舒服就行了。你儿子又不是买不起。"

陈也爸爸说:"这话听着像暴发户的口气。"

陈也嘿嘿地笑。

陈也妈妈一边摆碗筷,一边问儿子:"股票到底是个什么东西,看不到也摸不着,就见到屏幕上的数字跳来跳去的——怎么就能赚到钱呢?"

陈也笑道:"谁晓得股票是个什么东西,真的研究起来老深奥的,我是不懂的。反正低了买,高了抛,就没错。"

陈也妈妈嘿了一声:"以前都说股票是资本主义国家的东西,现在好了,社会主义也搞这玩意儿了。一眨眼,世界就变得看不懂了。我昨天出门,看到老房子那边还开了家夜总会——"

陈也问:"妈你也晓得夜总会?"

陈也妈妈说:"怎么不晓得,门口清清楚楚写着'夜总会',走出走进都是穿西装打领带的人,女人一个个打扮得妖里妖气的,皮鞋的跟有这么高,踩在地上叮叮直响,我听隔壁刘家姆妈的儿子讲,里面服务员端茶递水都是跪下来的,啧啧,要死了,真是亏他想得出——"

陈也爸爸说:"你管那么多做啥,又不是让你跪下来——我们不管人家的事,只要自己人过得越来越好就可以了。陈也,你说是吧?"

陈也说:"就是。"

陈也爸爸瞥见五斗橱上陈昆的遗照,看了一会儿,叹了口气,说:"陈昆要是活着就好了,肯定还要有出息——算了,不提了。陈也我跟你讲,这个按摩垫你还是退了吧,把钱省下来给你姐姐买点东西,她在那边苦啊,舍不得吃舍不得穿,上次她来上海,我看见她还穿着结婚时我们给她买的那件的确良衬衫,都十多年了,颜色都发黄了还在穿,我和你妈看得一阵阵揪心——陈也啊,你现在条件好一点了,但也不要乱花钱,世道是说变就变的,谁晓得明天会怎么样,我和你妈都是吃过苦头的,不会骗你,节省一点算计一点总没错。还有,你炒股归炒股,可千万不要影响工作,股票再怎么赚钱,总归不大牢靠。我跟你讲,工作还是顶顶要紧的,不能丢掉晓得吧,丢掉工作就等于丢掉劳保,要出大事情的——"

李招娣伸出手指,在陈也面前晃了晃。

"我手长得漂亮吧?"她问。

陈也说:"那当然。我老婆的纤纤玉指没人比得上。"

李招娣说:"人家说,好马也要好鞍配——光秃秃的马总归不好看,是吧?"

陈也嗯了一声。

李招娣又说:"人靠衣装佛靠金装,再好的东西也要靠打扮。"

陈也朝她看看:"我晓得,你又想买衣服了。是吧?"

"你这个人呀,真笨。"李招娣把手指在他眼前比划一下,"不是买衣服,是想买个——喏,套手指的东西。你懂了吗?"

"我晓得了,顶针箍!"陈也道。随即哈哈笑起来。

李招娣在他头上拍了一下。

星期天,陈也和李招娣去逛金店。李招娣看中一个翡翠戒指,八百多块。陈也见了,说:"这个戒指戴上去,不是乡下人也成乡下人了。"

李招娣撇嘴说:"你这样讲,别人听了,还以为你买不起呢。"

陈也嘿嘿笑道:"你不要用激将法——我老婆现在真是越来越聪明了,连激将法也会用了。我跟你讲,这个戒指不好看,绿油油的一大坨,就像把一块黄瓜戴在手上——喏,我觉得这个珍珠戒指不错,细细巧巧的,蛮好看。"

李招娣瞥了一眼,叫起来:"这么小——"

陈也说:"小是小了点,可是样子很不错——买戒指是为了好看,又不是越贵越好,否则干脆把人民币贴在手上算了,何必跑到这里来挑挑拣拣,对吧?"

李招娣朝他看看,没说话。

陈也到账台付完钱,挽起李招娣便走。回去的路上,李招娣都没怎么说话。陈也说去吃点东西,李招娣犹豫了一下,挑了家挺上档次的饭店,吃杭州菜。

服务员送上菜单,李招娣看了,点了西湖醋鱼、龙井虾仁和炒鳝段。陈也说:"都是荤菜,不腻吗?"李招娣摇头,说:"我肚子饿了。"

陈也说:"肚子饿也不能全吃荤菜,又是鱼又是虾,这样,我们把龙井虾仁换个香菇菜心。"

李招娣说:"龙井虾仁留着,再加个香菇菜心就是了。"

陈也说:"这么多菜,你吃得掉吗?浪费不作兴的。"

李招娣听了,有些不高兴了,把筷子一扔,说:"我不想吃了。"霍的站起来,朝外面走去。

陈也一愣,也只好跟了出去。

到了外面,陈也很快赶上李招娣。"你怎么了,你不是肚子饿了吗?"

李招娣头也不回地道:"现在不饿了——气都气饱了。"

陈也问:"你为什么要气?我又没惹你。"

李招娣听了,突然停下脚步。陈也猝不及防,整个人差点撞上去。

李招娣看着他,说:"我觉得你变了,变得和过去不一样了。"

陈也愕然道:"我哪里变了——我还是我呀,又没少个鼻子少个眼睛。"

李招娣一跺脚:"你还跟我开玩笑?哼,以前我们没钱的时候,到小饭店吃饭,点一个老鸭煲,一个芙蓉鸡片,一个三鲜锅巴,再有一个猪头肉。你从来不嫌菜多。现在我们条件好了,你反倒舍不得了。你自己说,这是什么道理?"

陈也怔了怔,说:"也没什么道理——这个,我是不想浪费。"

李招娣哼了一声:"笑话!那你以前就不怕浪费?"

陈也倒不晓得说什么好了,张着嘴,半晌才道:"你总归不会是认为我舍不得给你吃吧?"

李招娣又哼了一声,道:"没错,你就是舍不得——舍不得给我吃好的,还舍不得给我买翡翠戒指,挑来挑去,挑了个那么小的珍珠戒指给我。我看出来了,陈也,你一有钱,就不把我放在心上了。你以前讲的那些话,都跟放屁差不多。"

陈也先是一怔,随即忍不住笑了:"怎么会呢?我不是这种人。"

李招娣朝他狠狠瞪了一眼。

"原来我妹妹讲的没错,男人对你好不好,光嘴巴上说是没用的,关键是要看他肯不肯对你花钱。他要是舍不得对你花钱,就表示他已经不喜欢你了——陈也,你已经不喜欢我了,对吧?"

陈也愣了半晌,忽然呵呵笑起来:"李招娣啊李招娣,你真是越来越可爱了。你是不是港台电视剧看多了,动不动就是'喜欢''不喜欢'——我喜欢你,我当然喜欢你,我要是不喜欢你,那我会喜欢谁呢?"

李招娣斜睨着他。

"那好,我要吃龙井虾仁、西湖醋鱼,还有炒鳝段。"

陈也点头说:"好,走,我们现在就回去吃。"

李招娣说:"我要刚才那个翡翠戒指。"

陈也说:"好啊,吃完饭我们就去买——这下满意了吧?"

李招娣瞟他一眼,哼了一声,说:"还不够,不能这么便宜你。我还要——"

陈也问:"要什么?"

李招娣想了一会儿,眼珠转了两转,说:"我还要——唱卡拉OK。"

"甜蜜蜜,你笑得甜蜜蜜,好像花儿开在春风里,开在春风里——"

"爱我的人为我痴心不悔,我却为我爱的人流泪狂乱心碎,在乎的人始终受罪,谁对谁不必虚伪——"

"红尘呀滚滚痴痴呀情深,聚散总有时,留一半清醒留一半醉,至少梦里有你相伴。我用青春赌明天,你用真心换此生,岁月不知人间多少的忧伤,不如潇洒走一回——"

李招娣连着唱了五六首歌,拿起桌上的胖大海咕咚咕咚喝了一大口。陈也在一旁看歌本,翻了几页,啧啧道:"这卡拉OK也不晓得是谁想出来的,你在这边对着话筒唱,那边出来的声音就跟磁带里的差不多。这样讲起来,那些歌星也没啥稀奇,我老婆随随便便唱几句,就一点也不输给他们。来,老婆,我再给你点几首,让你唱个过瘾。"

李招娣撇嘴道:"一个人唱有啥意思?你也唱两首。"

陈也摇头说:"我不行的。我只会听,不会唱。"

李招娣翻开歌本,点了首《明明白白我的心》。

"成龙和陈淑桦唱的,这首歌蛮好听,我们一起唱。"

音乐缓缓响起。

"明明白白我的心,渴望一份真感情,曾经为爱伤透了心,为什么甜蜜的梦容易醒。你有一双温柔的眼睛,你有善解人意的心灵,如果你愿意,请让我靠近,你的心事有我愿意听——"

陈也唱着唱着,节奏就有些跟不上。音调太高了,他只得用假声,像太监在唱。李招娣咯咯笑着,说:"你唱歌可真滑稽。"

陈也也笑了笑。包厢里有些闷热,他额头上冒出了细细的汗粒,脸有些微红。他喝了口水,说:"第一次唱卡拉OK,还蛮紧张的。"

李招娣嘿了一声,笑道:"你紧张什么,我是你老婆,就算你唱得再难听,我也不会笑话你的。"

陈也点头说:"我也不晓得我为什么要紧张,可我就是紧张,我的喉咙发干,我的声音也在发抖,我手心都出汗了,心扑通扑通直跳——哦,我晓得了,其实我不是紧张,我是激动。"

李招娣问:"你为什么要激动?"

陈也停了停,说:"我激动是因为我想起了小的时候,有一次,我们三姐弟在一间空房子里玩,你晓得,在空房子里讲话是有回音的,对吧?也不晓得是谁带的头,我们就在房子里唱起歌来了。其实也不是唱歌,就是瞎哼哼,扯着嗓子乱嚷,声音效果还特别好。唱了半天,唱得嗓子都哑了,回去一句话也说不出来。那个时候,我们怎么也想不到,还会有卡拉OK这个玩意儿。不用喊破嗓子,轻轻一唱,声音就好听极了——老婆,我的眼圈是不是有些红?你不要笑我娘娘腔,我是真的有些伤心,这里,喏,就是这里,是胃还是心脏,反正酸酸的,像吃了粒话梅那样。要是陈昆还在,我们三姐弟一起过来唱卡拉OK,你一首,我一首,一首接着一首——你说,那该有多好。"

陈也在陈昆的墓前放了一个小奶油蛋糕,插上蜡烛。

"陈昆,今天是我的生日,也是你的生日。不是说过生日要买个蛋糕吗,所以我也给你买了一个,小是小了点,不过你一个人吃足够了。"

陈也拿出火柴,把蜡烛点燃。

"眼睛一眨,都三十岁了。上海人喜欢讲虚岁,也不晓得为什么,非要把自己弄得老一点。他们说三十岁是大生日,一定要摆上两桌做一做,'三十不做,四十不发',我说做就做吧,也无所谓——你走了差不多快三年了,要是你还在,我们就能一起过生日了,一起发一发。呵!"

陈也点上一支烟,静静地看着墓碑。

"你在下面好不好?要是寂寞就托个梦说一声,我过来看你。反正坐车半小时,还算便当。我现在挺好的,爸妈也都挺好,身体都过得去,你放心,我会好好照顾他们的。"

陈也吸完烟,把烟头扔在地上,拿脚踩灭。又待了一会儿,转身要走,看见不远处站着一个抱小孩的女人。陈也先是没在意,走了两步,心里一动,再看,那女人穿着一件风衣,脖子里系条花围巾,头发剪得很短,竟是苏娜。两三年没见,她脸颊瘦削下去,黑了不少。她怀里是个小男孩,穿一件印着米老鼠图案的小夹克,手里拿个皮球,一双黑如点漆的眼睛,骨碌碌地转。

"是你呀——你好。"陈也呆了呆,说。

"你好,"苏娜点头道,"好久不见了。"

陈也瞥见她手里拿的一袋水果。"来看陈昆?"

苏娜嗯了一声。

陈也说:"谢谢——你儿子啊?长得蛮好,虎头虎脑的。"

苏娜对男孩说:"叫叔叔。"男孩依言奶声奶气地叫了声"叔叔"。

陈也摸了摸男孩的头,忽然说了句:"这个——你老公晓不晓得你来这里看他?"话一出口,就有些后悔,暗骂自己是十三点。

苏娜朝他看看,笑了笑。

"你怎么还是和以前一样可爱——他不晓得,就算晓得了也无所谓。"

陈也一愣,随即道:"哦——他倒蛮大方的。"

苏娜点点头,忽道:"生日快乐!"

陈也怔了怔:"咦你怎么晓得——哎,我真是笨,你、你现在过得蛮好吧?"

苏娜说:"蛮好。"

陈也说:"那就好,"顺势又摸了摸男孩的头,问,"你叫什么名字呀?"

男孩回答:"陈小昆。"

陈也一愣,还当自己听错了。"你、你叫什么?"

男孩还没回答,苏娜已经开口了:"他叫陈小昆——陈昆的儿子,所以叫陈小昆。"她说完这句,把孩子抱得紧了些,对陈也一笑。

"什么?"陈也浑身一震,张大嘴巴,细细端详男孩的脸,"天哪,陈昆的儿子——你、你怎么把陈昆的儿子给生下来了——什么时候的事情,你怎、怎么不告诉我们?"陈也张口结舌,连话都说不清楚了。

苏娜笑笑,说:"就是那次去北京后怀上的。本来我们都商量好了,等他回来就办酒,谁晓得他出了事。那时孩子已经四个多月了,医生说打掉也行,可我舍不得,就生下来了——陈昆不在了,要是连他的孩子都没了,那、那我真的就活不成了。"苏娜说到这里,眼圈红了红,随即低下头。

陈也惊讶地看着她。

"我想自己把他带大,"苏娜继续道,"哪怕受再大的罪,也要把他带大。"

陈也沉默着,问:"那你老公呢,他晓得吗?"

苏娜看着他,道:"我没有老公。"

"那你刚才——"

"刚才是骗你的。我本来不想告诉你,可孩子的名字你一听就晓得了。对不起,我不该骗你。"

陈也连连摇手,都有些结巴了:"没、没什么没什么——其、其实也不叫骗。"他看着苏娜怀里的孩子,忽道,"我可以抱抱他吗?"

"你抱吧。"苏娜把孩子递给他。

陈也接过陈小昆软软的身子。陈小昆很乖,被陌生人抱着,一点也不怕,眼睛眨也不眨地看着陈也。陈也不自禁地抱紧他,把脸贴在他小小的肩膀上。陈小昆身上有淡淡的奶香,还有些许臭烘烘的味道。不觉的,陈也眼角渗出泪水,心头有东西越积越多,一下子爆发出来,止也止不住。

"再叫我一声叔叔。"陈也对孩子说。

陈小昆朝他看看,又朝苏娜看看,在得到了妈妈的默许后,又叫了声"叔叔"。

陈也不住地点头,在孩子的脸颊上亲了一下。他对苏娜说:"不晓得为什么,我现在激动得不得了,就像自己有了小孩那样激动。你是个好女人,陈昆要是地下有知,也会很开心的。谢谢你——你对他太好了。我代表我们全家谢谢你。"

苏娜摇头,道:"没什么好谢的。反而我要谢谢陈昆,给我留下一个孩子,我每次想他的时候,只要看看孩子,心里就踏实了。这两年,我一点儿也不孤单,有时候觉得,陈昆还没死,他就在旁边陪着我们。真的。"

苏娜说完,转过身,怔怔地望着陈昆的墓。一动也不动。

陈也的二十岁酒席设在新亚饭店,两桌,一桌是陈也的亲戚,另一桌是李招娣的亲戚。席间气氛很好,喝了四瓶剑南春,一箱青岛啤酒。李招娣爸爸有些喝醉了,拉着陈也爸爸的手,说:"亲家呀,上次我们在一起喝、喝酒,呃,还是两个小孩结婚,一转眼,呃,四五年就过去了。"

陈也爸爸也有些醉了,说:"就是,时间过得真快,像、像飞一样。"

李招娣爸爸说:"一转眼,陈也都三十了,我们就更老了。"
　　陈也爸爸说:"是呀,我们老了——要是有个小孙子在身边,就好了。老李呀,你比我福气好,小外孙有趣得不得了。我只有个外孙女,还在外地,几年也见不到一次面。我和陈也他妈,都盼着有个孙子可以抱抱——"
　　赵强在一旁笑道:"那还不简单,让陈也他们生一个嘛。"
　　陈也爸爸恨恨地说:"这个我也晓得,可他们不生有什么办法!"
　　李招娣听了,轻声对陈也道:"你爸又在发牢骚了。真拿他没办法,见到谁都要说,胃口好死了。"
　　陈也站起来,叫了声"爸"。接着,把下午碰到苏娜的事说了。
　　"爸、妈,"陈也笑眯眯地说,"你们有孙子了,是陈昆的骨肉。"
　　在座的人听了都是一呆。陈也爸妈眨了眨眼睛,还来不及反应。
　　陈也又说了一遍:"爸、妈,你们有孙子了!"
　　陈也妈妈"啊"的一声,掩住张大的嘴巴。陈也爸爸先是怔了足足十几秒钟,整个人像是被定住了,随即,泪水一下子涌出来,失声道:
　　"陈昆——我的儿啊——"

第 十 八 章

陈也问李招娣:"如果我死了,你会不会把我的孩子生下来?"

李招娣想也不想,便道:"不会。"

陈也一怔,哼了一声:"我就晓得。"

李招娣嘿的一声,说:"不要讲这种触自己霉头的话。我帮你看过手相,你生命线长得很,不到八九十岁是不会翘辫子的——哎,对了,你以前说过,苏娜颧骨高下巴低,一看就是苦命相,嘻嘻,还真被你说对了。男朋友没了,一个人带个小孩,无依无靠,不是苦命是什么?"

陈也朝她看了看,摇摇头:"你这个人啊,我都不晓得说你什么好。还是和过去一样,傻乎乎的。"

李招娣撇嘴道:"我怎么傻乎乎了——你自己才傻呢。你说,如果你真的死了,就算我把你的小孩生下来,你又有什么开心?人都化成灰了,还晓得什么。"

陈也叹了口气,说:"算了算了,不说了。再说下去真的触自己霉头了。"

陈也爸妈专程去找了苏娜。他们买了玩具和食品给陈小昆,还掏出两千块钱,说是给孙子的见面礼。苏娜起初坚决不要,后来陈也爸妈说,如果她不收就要生气了,她这才拿了下来。临走时,苏娜让陈小昆在爷爷奶奶脸上各自重重地亲了一大口。陈也爸妈拍着孙子的小屁股,激动得话都说不清了。

"谢谢你谢谢你——"陈也爸妈翻来覆去说着这句话。

"没什么好谢的,我只是做了自己想做的事情。"苏娜说。

陈也爸妈回到家,过了一会儿,陈也也来了。三人说起陈小昆,都是一阵感慨。陈也妈妈看看陈也,冷不丁冒出一句:"你弟弟人都不在了,照样有女人给他生孩子。你呢,你怎么回事?"

陈也听了一笑,没吭声。

"你们年纪也不小了,要是想生就快点吧,"陈也妈妈说,"等再过几年,李招娣成了高龄产妇,生出来的小孩质量就不好了。"

陈也说:"我晓得我晓得。"

"你晓得个屁,"陈也爸爸也开腔了,"我们讲了这么多年,每次你都说晓得,可结果呢?还是不晓得!"

陈也嘿嘿地笑。"这次是真的晓得了。"

陈也洗完澡,躺在床上看电视。一会儿,李招娣也洗完了,脸蛋被水汽蒸得红通通的,穿着睡裙出来,爬上床,躺在他边上。手指在他胸口抚啊抚的,拨弄他那几根稀疏的胸毛。另一只手,慢慢向下探去。

陈也半晌都没反应。李招娣朝他看看,嗔道:"你这个人怎么回事?"

陈也说:"我在想事情。"

李招娣问:"你在想什么事情——讲给我听听。"

陈也翻了个身,面朝她。"你说,我们怎么一直没有小孩?"

李招娣"嘿"了一声。"我怎么晓得!"

"又没有避孕,这个,我们频率也不低,是吧——都好几年了,怎么就一直没消息?我爸妈还以为我们自己不想要呢。"陈也皱着眉头。

李招娣眼珠一转:"说不定你身体有毛病。我听人家说过,男人什么死精啊,少精啊,都会生不出小孩的。你看你平常一副煨灶猫的样子,嘿,说不定还真让我说准了——"

陈也说:"你这个人呀,说不出好话——这样,明天我们去医院查查。"

李招娣说:"你去查好了。我不高兴查,怪里怪气的。"
　　陈也说:"不行。我们都要查。男人也查,女人也查,这样才到位。"

　　陈也的检查报告先出来,一切正常。他放下心来,拿着报告坐在长凳上等。李招娣进去老半天了。女人检查的项目好像要多,所以慢一点。
　　过了半小时,李招娣还是没有出来。陈也从口袋里拿出折叠得方方正正的《新民晚报》,看起来。他还是习惯先看头版,是讲江泽民总书记会见某个外国元首,照片上,两个人微笑着握手。头版下面是讲上海本季度工业生产总额又上升多少个百分点啦,物价水平稳定啦,又引进外资多少多少啦。陈也对这些不是很感兴趣,只大概浏览一下,便翻过去。
　　陈也比较喜欢"蔷薇花下"这个栏目。主要是讲社会上一些不好的现象,像媳妇虐待公婆,儿子骗老子钱,不遵守公共秩序,随意大小便,学校单位乱收费,等等。陈也晓得那些都是瞎编的,可是蛮有意思,东家长西家短,都是老百姓身边的事情,实实在在。
　　陈也把整张《新民晚报》都看完了,李招娣还没有出来。陈也有些坐不住了,便站起来去找她。刚走了两步,便看到李招娣从房间里出来。手里拿着检查报告。眼皮耷拉着,脸色有些发白。
　　陈也迎上去。"怎么这么长时间——看你这副样子,好像刚刚大病一场。"陈也说完笑笑。心里却不自觉地开始打鼓,扑通扑通的。
　　李招娣朝他看看,没说话。
　　"你怎么了?"陈也一边问,一边去拿她手里的检查报告。李招娣把那张纸拽得紧紧的,陈也一抽,没抽走。陈也心跳得更厉害了。再去抽,这次用了些力气,拿到了。
　　陈也凑到眼前看,医生的字有些潦草,一时没看清。他揉揉眼睛,使劲看了看,终于认出上面写着"宫颈管先天性闭锁,不孕"。
　　"陈也——"李招娣说到一半,停住了。

陈也揉揉眼睛,又看了一遍。看完把检查报告还给她。他待了一会儿,反倒平静下来了,朝李招娣看,竟还笑了笑。

"怎么搞的——"陈也听到自己的声音有些发涩,"怎么回事?"

李招娣带着哭腔,说:"原来是我不会生孩子。"

陈也沉默了几秒钟,随即点点头。"我晓得了。"

他说完这句,便朝医院门外慢慢走去。李招娣怔了怔,连忙跟上去。

陈也觉得一颗心像秤砣那样,又冷又硬。四肢百骸顿时没了力气,他几乎是一步步向外移去。李招娣想去拉他的手,犹豫了一下,始终是没有伸出手去。

两人一前一后地回到家。路上,都没说过一句话。李招娣到厨房去烧饭。一会儿烧好了,把碗筷摆好,便让陈也来吃。陈也没说什么,站起来走到桌边坐下。两人默默地吃饭。吃了一会儿,李招娣忽的一把将碗放下,大声哭起来:

"怎么会有这种事——我真是苦命,我怎么会有这个毛病呢?我从小身体就很好,体育课都是优。单位里消防竞赛,我抓起那么大的二氧化碳气罐撒腿就跑,好多男的都不是我的对手。我一顿能吃两碗饭,我的老朋友每个月也很正常——我怎么会不孕呢?怎么会这样呢?呜呜——"

陈也看着她,半响,缓缓地道:"我也想不通啊,怎么会有这种事——我本来以为只有报纸上小说里才会碰到,谁晓得竟然摊到我的头上了——算了算了,不说了,吃饭吃饭。"

陈也吃完饭,想洗个澡,在抽屉里拿内衣时忽然想起什么,一下子奔了出来,对着在洗碗的李招娣大声道:

"亏大了,亏大了——"

李招娣朝他看,说:"你娶了我,觉得亏大了,是吧?"

陈也一个劲摇头,眼睛那儿红红的一块,似是也要哭出来了。

"不是的——我是说早两年用的那些避孕套,你还记不记得,都是进口货啊,一盒够我买半条烟了,我是咬着牙买的——我们用掉的那些,加起来可以买个股票机了——早晓得是这样,早晓得——唉,亏大了,亏大了——"

　　陈也使劲地跺了跺脚。想想,又跺了跺脚。跺得脚都麻了。

第 十 九 章

　　接下去的一段时间里,陈也家总是弥漫着一股浓重的中药味。早晚各一次。中药味透过排气管通到楼上楼下。左邻右舍闻到了,心里都晓得是怎么回事。几个多事的女人每次碰到李招娣,还要关切地问一声:"怎么样啊,有起色吗?"

　　李招娣摇摇头,一副浑身无力的模样。有时候她会反问这些人:"你们有什么认识的医生,或是晓得什么偏方吗? 帮我留心留心,我是没法子了。"

　　一个信佛的女人告诉她:"把庙里的香灰,兑上童子尿,喝下去。"

　　李招娣睁大眼睛:"这不会喝出毛病来吧?"

　　那人说:"心诚则灵。你这样胡说八道,菩萨也不会保佑你的。"

　　李招娣便真的去静安寺里抓了一把香灰,临走时还捐了五十块香油钱。然后到李来娣家,对她说:"让你儿子尿一泡在瓶子里,我要带走。"

　　李来娣吃了一惊:"你要做啥?"

　　李招娣说:"人家说,童子尿加香灰,喝下去就能怀孕。"

　　李来娣张大了嘴巴,半天合不拢。她说:"李招娣你疯了,这种话你也相信? 那么多医院都看不好,喝这个鬼东西会有用? 你当心把隔夜饭都吐出来。"

　　李招娣说:"你也晓得看那么多医院都看不好? 反正也没戏

了,死马当活马医吧。说不定菩萨看见我这么诚心,连尿都吃,一显灵,就送个小囡给我了。"

李来娣朝她看看,叹了口气。

李招娣把小外甥赵明抱来,又拿了个矿泉水空瓶,掏出他那个小东西对着瓶里。"乖囡,尿一个,给姨妈尿一个,嘘——"李招娣一边嘘,一边觉得鼻子痒痒的,像有小虫在爬。她抽了抽鼻子,把头低下。

赵明咯咯笑着,尿徐徐而出,一泡黄黄的在瓶里。

晚上,陈也下班回家,李招娣把装着尿的瓶子拿出来,让他闻。陈也一闻,眉头就皱起来了。"一股臊臭,什么玩意儿?"

李招娣告诉他:"是尿。我小外甥的尿。"

陈也还来不及说话,李招娣又拿出那包香灰,放进尿里。"这是我上午到静安寺求来的香灰,掺在一起喝下去,菩萨就能保佑我怀孕。"

陈也惊诧地看着她,一句话也说不出来。

李招娣把瓶子拿起来晃了晃,仰起脖子便要喝。陈也先是一怔,随即抢上前,一把夺下瓶子。几滴尿抖出来,落在衣服上。

"你脑子是不是坏掉了!"陈也把瓶子扔进垃圾桶,转身又拉着李招娣到卫生间,"洗手!你给我把手洗干净!"

李招娣没说话,乖乖洗了手。两人走出来,陈也说:"你早点睡觉吧,脑子里七想八想不知想些什么!"

李招娣瞟他一眼,忽道:"我晓得你为什么不让我喝——因为你怕臭,你怕我喝了以后,嘴里一股尿臊味,以后就不敢和我亲嘴了。是不是?"她说完还笑了笑。

陈也朝她看。

李招娣还在笑,很快的,笑容戛然而止。

"你不要这样看着我,我也晓得自己现在的样子很不讨人喜欢,讲出来的话也傻乎乎的——我觉得我大概快要变成神经病了,天天喝中药,连打出来的嗝,放出来的屁都是一股中药味。都快一年了,我晓得我肯定是没治了,你快下决心吧——上个礼拜去你爸妈家,你爸妈看我的眼神像要吃了我似的,他们拉你说悄悄话,你以为我不知道?他们是不是让你跟我离婚——算了算了,别说你烦,我也烦了,分开拉倒吧,我明天就回娘家去!"

毛头生了个儿子,办满月酒时,三宝和小陶都请了,就是没请陈也。陈也起初不知道,后来有一次,三宝不小心漏了出来。陈也没说什么,在老城隍庙买了一副小金木鱼,跑去找毛头。

"你小子,什么意思啊?"陈也笑骂。

毛头的女人刚哄孩子睡着,孩子粉粉白白的脸蛋,睫毛长长地披在眼睑上。毛头女人在街道工厂当会计,原先干干瘦瘦的一个人,出了月子,脸色倒变得红红润润,也丰满了。屋子里弥漫着淡淡的奶香。陈也和毛头怕吵着孩子,便出门到了附近的咖啡馆。两人相对坐着。毛头不吭声。陈也便又说了一遍:"你小子,什么意思?儿子满月也不叫我。"

毛头笑笑。"怕你花钱。"

陈也嘿的一声。"放屁!"

毛头又笑了笑。

陈也点上支烟,给毛头也点上一支。

"我晓得你的心思,"陈也吐了个烟圈,"你也是好心,怕我看了难过。"

毛头摇头。"不是不是,没那回事。"

陈也喝了口咖啡,有点苦。便多放了块糖。毛头朝他看,忍不住道:"怎么样,还有希望吗?"

陈也不语。半响才摇了摇头。

毛头说:"那就领养一个吧。外面多得是。"

陈也说:"我爸妈说,领养的哪有自己生的好。他们劝我,趁年轻,早下决心。"他说完,不小心把烟呛进喉咙,咳嗽起来。

毛头嗯了一声。"老人有这种想法,也正常。你呢,怎么想?"

陈也没吭声。

毛头叹了口气,说:"这是中国人的死穴。要是碰到外国人就一点事没有了——我说,你们干脆移民到外国去算了。"

陈也笑笑:"少说这种没用的话——我也想移民啊,你给我钞票?"

毛头也笑笑,又道:"其实小孩也没多大意思,烦起来的时候,恨不得扇他两巴掌,再把他卖到乡下去。真的——我可不是安慰你,是真的。"

陈也朝他看看,狠狠地吸了口烟,整张脸都皱了起来。

陈也爸妈包了些虾仁馄饨,装了两袋让陈也送到苏娜那里。
"让我孙子好好尝尝。"陈也妈妈着重加了这句。

陈也没说话,上班前到苏娜那里转了一圈,敲了半天门,没人在。陈也想馄饨在常温下放久了不好,便准备拜托隔壁邻居转交给苏娜。正要敲门,听见楼梯上有脚步声,一看,苏娜正慢慢地走上来。

苏娜的冰箱里空空荡荡,只有冷冻室里放着几包速冻水饺。陈也在一旁见了,便道:"老是吃这些不好。"

苏娜点头,说:"我晓得,可我哪来时间烧饭?"

陈也见到她发青的眼圈,问:"昨晚没睡好?"

苏娜嗯了一声。

陈也又问:"孩子呢?"

苏娜说:"放在我妈那儿——我又要跑业务,又要照顾孩子,哪有这么多精力——哎,你坐呀!"

陈也朝她看看,发觉她心情似乎不好。苏娜一屁股坐在沙发上,从口袋里摸出一包烟,扔给陈也一支。

"你怎么——抽烟对小孩不好。"陈也劝她。

苏娜有些不耐烦地道:"我晓得。当着他的面,我不常抽。"

陈也摸摸头,站起来,说:"我要上班了——这个,那些虾肉馄饨是我妈亲自包的,一个个虾仁拆出来的,比外面买的好多了。"

苏娜说了声"谢谢",送他到门口。她说:"再见。"

陈也也说:"再见。"与此同时,他闻到她嘴里有一股浓重的酒味。并且看清了她那两排被烟熏得有些发黄的牙齿。

周末,李招娣的妈妈让陈也夫妻过去吃饭。李招娣先过去了,陈也下了班直接过去,在小区门口买了一串香蕉,正要进楼洞时碰到赵强。赵强见到陈也,立刻打招呼:"嗨!陈也!"

陈也便也打了个招呼。"你好。"

赵强边走边道:"听来娣讲,妈今天烧了许多好吃的小菜,猪头肉,红烧猪爪,清炒腰花——都是你喜欢的。"

陈也哦了一声。

赵强朝他看看,说:"脸色不大好,是不是身体不舒服?"

陈也说:"没有。上早班,起得太早了,没睡好。"

到了家门口,赵强敲门。一会儿门开了,李招娣妈妈"哟"的一声:"陈也来了啊!"殷勤地把陈也迎进去。

李来娣也早到了,和李招娣两个人在厨房帮忙。李招娣爸爸亲自给陈也泡了杯茶,端上来。李招娣妈妈剥了根香蕉,送到陈也嘴边。赵强掏出烟,先给李招娣爸爸一根,再给陈也一根。李招娣爸爸忙不迭地拿出打火机,给陈也点上火。

一会儿菜做好了,端上了。三个女人摆碗筷,李招娣爸爸和赵强搬凳子。陈也要帮忙,被李招娣妈妈死死拦住。"你管你坐,你管你坐——"

陈也只好坐下。李招娣在他旁边坐下。倒上酒和饮料。还没吃几口,李招娣妈妈便把陈也面前的小碟堆满了菜。

"多吃点多吃点——都是你喜欢的。"

陈也点头,说:"我自己来,姆妈你们自己吃呀。"

李来娣说:"陈也——"话音未落,便给李招娣爸爸喝住,"搞什么,叫姐夫!你这个小姑娘一点规矩也不懂。"

李来娣咻的一声:"我一直叫他名字的,又不是第一次。"

李招娣爸爸说:"以前错了,就要一直错下去?姐姐的老公当然是叫姐夫了,你姐夫不跟你计较,你别把客气当福气——叫姐夫,以后一定要叫姐夫!"

李招娣爸爸说完，竟还朝陈也笑了笑。陈也看出他这笑里有讨好的意味，心里忽然有些难受，一下子连胃口也没了。又不能表现出来，只好慢慢地吃。

　　一时间，便没有人说话了。过了一会儿，李招娣问陈也：

　　"我帮你舀点汤好吗——是老鸭汤，放了虫草的。"

　　陈也说："好——我自己舀。"

　　李招娣没说话，一把将他的碗拿去，走到厨房，舀了碗汤过来。陈也喝了两口，觉得很咸。不好说什么，便一口一口喝下去。

　　李来娣也舀了碗汤，一喝，便叫起来："要死了，打翻盐钵斗啦？"

　　李招娣妈妈连忙舀了勺喝，慌慌张张地道："怎么会咸的呢，怎么会咸的呢，我放盐一向很准的——哎哟，陈也，你咸了是吧，哎哟，真是的真是的——"

　　陈也忙道："没事的。也不是很咸。"

　　这时，李招娣爸爸张口结舌起来："要死了，你放过盐啦？我以为你没放，所以刚才又放了两勺盐——"

　　李招娣妈妈恨恨地朝他男人发火："你不会先尝尝味道啊？再说了，放盐平常都是我的事，你多什么手，真是的——哎哟，陈也，这可怎么办啊，来，多吃点糖藕，这汤不要喝了，我帮你倒掉它——"

　　陈也还来不及说话，李招娣妈妈便已冲到面前，将他的汤碗飞也似的撤走。

　　她一边撤，一边叫："老李，你帮陈也再去泡杯茶，啧，真是要命，这么咸的汤喝下去，嘴巴肯定干死了，作孽啊。招娣你要不切个西瓜？来娣你帮我到冰箱里拿个番茄，再拿两个鸡蛋，我烧个番茄蛋汤算了，汤总是要喝的——陈也，不好意思哦，把你咸死了是吧？你这孩子也是的，咸你就说嘛，这么不声不响喝下半碗，可怎么得了——对了，这个猪爪不错，我炖了半天了，你尝尝，看味道怎么样——"

126

第 二 十 章

医生对李招娣说:"这几天是你的排卵期,你要充分利用这段时间,跟你爱人尽量地同房——"

李招娣问:"能怀上吗?"

医生说:"这个——你自己身体的状况你自己清楚。我现在只能对你说,不要心急,心态一定要放轻松,这样怀孕的可能性才能增大。"

李招娣又问:"可能性有多少?"

医生说:"我真的很难回答你。有人可能几个月就能怀上。也有人要好几年,自己都失去信心了,突然一下子就怀上了。当然也有人一辈子也没怀上。你要晓得,人的身体真的是很复杂很奇妙的,我不能给你一个准确的答复。"

李招娣朝她看看,叹了口气。

"你说了半天还是等于没说——我都看了不晓得多少医生了,像你这样放屁的话,我都能说得比你好——对不起,我不是说你放屁。我、我心情实在是差极了,你别往心里去。我都不晓得该怎么办了,你不晓得,有时候我真恨不得一头撞在墙上,死了算了——"

李招娣回到家,陈也坐在沙发上看电视。电视里在放动画片《黑猫警长》。陈也咧着嘴,看得津津有味。他手边还有一包瓜子。一边看电视,一边吃瓜子。

"回来啦?"他头也不抬地道。

李招娣嗯了一声,拿着菜进厨房了。她系上围裙,掏出袋里的鲫鱼往水斗里一扔,鲫鱼立刻晕过去。李招娣开始刮鳞。一片片银白的鱼鳞细细碎碎地跌落在水斗里。随后,拿剪刀将鱼剖开,掏出内脏,往垃圾桶里一扔。李招娣小心翼翼的,没有把鱼胆弄破,鱼鳔也完整地取出来了。陈也很喜欢吃鱼鳔,除了这条鱼里的鱼鳔,李招娣还问卖鱼的那个男人多要了一大把。

电饭煲插上电。李招娣在铁锅里倒了点油,烧热了,将鱼放进去。鱼身上水没有沥干,锅里立刻便噼里啪啦爆开了。李招娣脸上被溅了好几滴,疼得叫起来。陈也听见了,进来问:"你怎么了?"

李招娣说:"没怎么。"说完便将鱼翻了个身。又是几滴油溅出来落在她手臂上。立时便是几个红点。李招娣"啊"的一声。陈也说:"快到水龙头下冲!"抓着她的手臂便放到水龙头下。

李招娣被他抓着,眼泪不知不觉便落了下来。

陈也朝她看了一眼,说:"烧了这么久的菜了,还是这么笨手笨脚,不晓得把鱼先沥沥干。"

李招娣说:"我一直是这么笨手笨脚的,你又不是第一天晓得。"

陈也摇摇头,叹了口气道:"笨手笨脚嘴巴还这么老——算了算了,还是我来弄吧,别把你给弄破相了。"

李招娣说:"我已经破相啦!脸上都起水泡了。"

陈也一看,便从冰箱里拿了两块冰出来给她,"你好好敷一敷吧,小心别成赤豆粽子——你现在能拿的出手的,也只有这张脸了——"

李招娣听了,朝他看。

陈也说:"你走开,我来烧。"拿起锅铲煎鱼。

李招娣在旁边看了她一会儿,噔噔噔便出去了。陈也一边煎鱼,一边竖起耳朵——她似在客厅里翻包,有钥匙的声音,还有拉拉链的声音。陈也一颗心顿时提了起来。

很快的,李招娣又进来了。二话不说,往小板凳上一坐,便开始择菜。陈也愣了愣,还没反应过来,便听李招娣说道:"我现在算是体会到什么叫走投无路了。我就算现在回娘家,我爸妈肯定马上就把我赶回来。我是真的走投无路了,没地方去,只好赖在这里——我晓得,你是存心想把我气走——你最好我现在就走,对吧?"

陈也想说"不是的",犹豫了一下,没开口。

李招娣顿了顿,说:"我晓得,你就是这样想的　我晓得的。"话里隐隐带着哭腔。

接下去两人便不再说话了。吃完晚饭,李招娣放下碗,到卫生间去洗澡。泡在浴缸里,看着蒸气缓缓上升,给旁边的镜子蒙上一层薄雾。李招娣站起身,换上一条蕾丝边的黑色睡裙。这还是刚结婚的时候,陈也给她买的。影影绰绰的很性感,穿着比不穿还迷人。李招娣一直不爱穿它,嫌太露。陈也倒是蛮喜欢她穿这条睡裙,说看着就非常有魅力。那时李招娣很不满意这句话,说:我就算不穿成这样,也非常的有魅力。

现在,李招娣穿上了它。

她一边穿,一边想:"那个鬼,说我除了一张脸,什么都没有了——现在,我是真的什么都没有了,我连脸都不要了,脸都没有了,彻底的什么都没有了。"

陈也走进房间,看见李招娣躺在床上,穿着那条黑色蕾丝睡裙,毯子也不盖,两条腿一上一下地搭着,白生生的手臂撑着头,长发披到肩上。一只手抚着胸口那圈蕾丝花边,眼睛眨也不眨地看着他。

陈也一愣。

"你——"他话未说完,就见李招娣招了招手,示意他过去。陈也迟疑了一下,走到床边,坐下。李招娣看了他一会儿,问:"你怎么不脱衣服?"

陈也说:"我为什么要脱衣服?现在还早,我还不想睡觉。"

李招娣说:"我想睡觉了。"

陈也点头说:"好,那你就睡吧。"

李招娣说:"我想和你一起睡。"

陈也怔了怔,说:"好,你等我一会儿,我先去洗个脚。"他说着,便朝卫生间走去。李招娣看着他的背影,忽道:"等等。"

陈也回头看她:"怎么?"

李招娣脸涨得通红,半晌才道:"放在以前,我要是穿成这个样子,你老早就凑过来了。你不晓得我有多难为情。我都快成女流氓了,躺在床上勾引男人,男人还爱理不理的——算了,不说了,你快去洗吧,洗完就快点过来。你就当是帮个忙,配合一下,这几天是我的排卵期,不能浪费。我这么说你明白了吧?麻烦你当几天配种的公猪,我呢,就是母猪。唉,我要真是母猪倒好了,人家母猪一生就是一窝——"

李招娣对陈也说:

"医生说过的,姿势也很有讲究,你给我拿个枕头过来,我要垫在下面——嗯,对,就是这样——你别压着我的肚子,人抬高一点,嗯,好——

"放松,放松……医生说的,男方一定要心情放松舒畅,精子才会质量高。只有高质量的精子才能到子宫最深处,最有机会和卵子结合——你不要苦着脸,我们是在过夫妻生活,又不是让你吃苦头——咦,你怎么回事,这么快——

"你休息好了没有?要是休息好了,我们就再来一次。我妈帮我买了虎鞭了,明天我就去拿来给你熬汤喝——嗯,不是我逼你,谁让女人一个月才这么两天是排卵期啊,时间宝贵,错过了就再要等一个月——你看着我,哦不,你看着我床头柜上那张小孩画报,看了你就有劲了——

"你怎么——唉,看样子只好我来帮你了——我真的成女流氓了,下作得要命,什么事都做得出——反正我也豁出去了,只要能怀上孩子——你不要紧张,越紧张越不行,放松,就像我们新结婚那个时候一样——请你帮帮忙,就当是我求你,振作起来,十二点之前我们争取再来个两到三次——"

陈也有气无力地说：

"我不行了，真的不行了——你真的把我当公猪了是吧，这种事本来是乐趣，被你搞成了像在用刑。我人都软了，连说话的力气都快没有了——我看出来了，你这个女人是要把我往死里搞，让我彻底废掉，然后你就可以跟人家讲，不是你不行，是我不行，对吧——我不管了，我现在要睡觉了，就算你跪下来求我，我也要睡觉了。我困得要命，我的手脚发软，我眼前发黑，我的眼皮已经耷拉下来了，我耳朵什么也听不见了，我、我开始做梦了——"

第二十一章

一九九三年的除夕,苏娜带着陈小昆,到陈也爸妈家吃年夜饭。陈也爸妈看到陈小昆,都喜欢得不得了。苏娜对他说:"叫爷爷、奶奶。"

陈小昆奶声奶气地叫道:"爷爷、奶奶。"

陈也爸妈笑得眼睛眯成了一条线。"乖囡。"陈也爸爸取出早就准备好的一个红包,交到他手里,"亲爷爷一口好吧?"

红包很厚,陈小昆的小手拿不住,苏娜便接过去,对儿子说:"亲爷爷一口。"

陈小昆扭动着身体,不是很乐意。苏娜抱着他凑到陈也爸爸面前,迎上去,"乖,亲一个!"陈小昆不大情愿地在陈也爸爸颊上亲了一口。陈也爸爸立刻乐开了花,在陈小昆的小脸上连着重重亲了好几口。

陈也妈妈到房间里拿了一套玩具出来。是几天前让陈也帮着去买的。德国货,三百多块钱一套。还有一件小滑雪衫,也是名牌货。老两口平常舍不着吃,舍不着穿,给孙子花钱却是眼睛眨也不眨。

苏娜在一旁道:"真是——唉,这么破费,多不好意思啊。"

陈也妈妈说:"有啥不好意思?爷爷奶奶给孙子买点东西,天经地义。"

苏娜说:"话是这么说,可——这次我收下了,二老下次千万别再破费了,把钱省着自己用吧。孩子还小,买这么好的东西,他又不懂。"

陈也爸爸笑呵呵地说："我们的钱，就是给孙子用的。给他用，我们心里不晓得有多舒服。"

苏娜朝陈也苦笑了一下。李招娣见了，在陈也耳边轻声道："装腔作势，得了好处还卖乖。"

陈也斜了她一眼。

陈也爸爸叹了口气，说："要是陈昆还在就好了，全家人一起吃年夜饭，不晓得有多开心！"陈也妈妈也叹了口气，眼圈登时就红了。

陈也忙道："过去的事就别提了，现在不是也蛮好？三代同堂，有得吃有得喝，健健康康，也不缺钱花——咦，我怎么总觉得小昆这孩子脸色好像不大好，有点黄，是吧？"

大家一看，真的是这样。陈也妈妈说："别是肝炎吧。"

陈也爸爸说："你不要自己吓自己。等过了年，带他去医院查查不就好了。"

李招娣在一旁道："就是——说不定是肚子里有蛔虫，吃点药就好了。"

陈也妈妈听了，冲她一句："你怎么晓得？你又没经验。"

李招娣顿时脸就红了。苏娜说："这小孩子从小脸色就黄，我带他去查过，说是缺钙，多喝点牛奶就好了。"

陈也妈妈说："小孩的事不能马虎，别听一个医生的，过几天我陪你去医院，好好地查一查——苏娜你自己也要当心身体，我记得第一次看到你的时候，你脸还是圆滚滚的，现在你看，都削成瓜子脸了。我晓得你上班蛮辛苦，做保险要拉业绩，可身体还是要当心。这样，以后你就常过来，想吃什么小菜，就说一声，我烧给你吃——哎，你说是吧？"她边说，边朝陈也爸爸看。

陈也爸爸不住点头："就是，就是！"

李招娣默不作声地啃一只鸡翅膀，啃得很仔细，干干净净，骨头上的肉一点不剩。啃完了，又拿起一只鸡翅膀，继续啃。一连啃了三四只。陈也朝她看看，轻声说："哎，一盘鸡翅膀都快被你啃光了。"

李招娣头也不抬地说:"你放心,我明天就买两斤鸡翅膀来还给你爸妈。"

陈也皱眉道:"别十三点兮兮的。"

李招娣哼了一声,先是愣愣的,忽的站起来,拿着酒杯,对陈也爸妈道:

"爸、妈,我敬你们一杯。"

陈也爸妈举起酒杯,与她碰了碰杯。

李招娣看着他们,嘿嘿笑了笑。

"爸,妈,过完年你们带陈小昆去看医生,正好,我和陈也去办离婚——这个,民政局旁边就是医院,方便。我们一起去,等两件事办完了再一块儿吃顿饭。高高兴兴结婚,高高兴兴离婚——你们说好不好?"

第二十二章

陈也爸爸对陈也说：

"她自己说的，我们可没有逼她。她也算有自知之明，晓得女人生不出孩子，哪个婆家都容不了她。她自己提出来也好，至少大家还不至于撕破脸皮——陈也啊，你今年三十一岁，快点再找个老婆生孩子，时间还来得及。快点下决心吧！"

陈也妈妈对陈也说：

"要是她还有希望，我们也不至于这么绝情。可医生都说了，基本没有怀孕的可能性。你自己说，你想不想要小孩？你要是不想要小孩，那就当我们放屁，你们继续过你们的——我跟你讲，一个家里没个小孩，不像样的呀。我们真的是为你好，为你打算——你姐姐昨天是不是也打电话给你了？我跟你讲，我们都是过来人，考虑事情比你全面，你这个人啊，有时候就是有点傻乎乎的——哎，我讲了半天，你到底晓得了吗？"

陈也说："我晓得——-"

"晓得你还不快点行动？再拖下去有什么好处？"陈也爸爸急道。

"你现在不下决心，将来你要后悔的，一定会后悔的。"陈也妈妈道。

毛头股票又赚了一笔，打电话叫陈也、三宝和小陶一起去绿杨村吃饭。

小陶最近正在筹备婚事。他老婆祝芳是电力局的职工,效益好待遇高。三宝常戏称她是"电老虎"。陈也见过她一面,长得矮矮小小,脸色黑黑黄黄的,不大起眼。配白净的小陶,长相上是差了一截。两人是相亲认识的。小陶家境不大好,工作也普通。祝芳的爸爸是造船厂的工程师,家里条件不错。结婚的钱,大半倒是女方掏出来的。

三宝说:"小陶门槛精,最会算计,连讨老婆也算得这么精。"

毛头说:"你妒忌人家啊?——还是小陶本事大,挖了个金元宝。这样的老婆好,最实惠!"

小陶笑道:"有什么好,还不是一样,讨娘子生儿子,人就是这么回事。"

三宝说:"那不见得吧。天桥下睡着的那些人,也是有娘子有儿子,你说他们好还是你们好——你这小子不老实,心里明明乐开了花,嘴巴上还要装榫头!"

小陶呵呵笑着。

三宝又问:"你奶奶肯定乐开怀了吧?"

小陶说:"也没有——我奶奶嫌她下巴太短,屁股又太小,说是没福气的长相。我跟她说过好多遍了,是迷信,她就是不听。"

毛头说:"没办法,年纪大的人就是这样。我结婚的时候,我外婆还说我老婆嘴巴上头生了粒痣,是等吃的痣,将来要没饭吃的。现在不是也蛮好?我老婆那个嘴巴刁的啊,饭倒真的是不吃的,整天小核桃松子话梅就吃饱了。"

陈也在一旁闷声不响。毛头递给他一支烟,说:"你怎么样,拿定主意了吗?"

陈也不说话。三宝叫起来:"朋友,爽气点。好就好,不好就拉倒,拖什么拖?拖到后面对大家都不好。爽气点!"

陈也看他一眼:"爽气?我不晓得要爽气?事情没轮到自己头上,轻巧话谁不会说!"他说着,狠狠地吸了口烟。

小陶问:"你还喜欢她吗?"

陈也还没回答,三宝又叫起来:"帮帮忙,你以为像你一样新结婚啊,人家都老夫老妻了,还问这种话——"

毛头朝三宝皱眉:"你吵死了。现在是谈严肃问题,不要老是搞七捻三。"

三宝一挥手:"好好好,我不说话了。你们自己讨论,等有结果了告诉我一声,好吧?要是不离,我请你们吃饭庆祝;要是离,我也请你们吃饭,告别宴嘛!"

陈也伸手抓头皮,抓了一遍又一遍。

"我发现我这人的运气实在是不好。托福考不出,官当不成,好不容易股票赚了点小钱,以为开始转运了,谁晓得老婆又不会生小孩——你们说,换了你们,你们怎么办?说真话,一定要说真话。"

毛头吸了口烟,说:"我肯定离。"

小陶说:"我倒是无所谓,就怕我爸妈心里不舒服。"

陈也道:"别说废话,说重点——离还是不离?"

小陶想了想,说:"离的可能性大。"

陈也又问三宝:"你呢?"

三宝说:"我不离。"

毛头嘿嘿笑起来。小陶朝他看,也笑。陈也问他:"为什么不离?"

三宝说:"我要是不离,她肯定对我感激得要命,对吧?我让她干什么,她就得干什么,我让她往东她不敢往西,让她给我舔左脚她不敢舔右脚。我整天就像老太爷一样,什么也不干,让她侍候得舒舒服服的,饭来张口衣来伸手——嘿,不要太灵光哦!"

毛头看了他一会儿,说:"我发现你小子大概得过小儿麻痹症,脑子坏得蛮严重。"

小陶笑道:"他肯定是在家里被老婆压迫得狠了——他老婆要是听到这些话,肯定回去让他跪搓板。呵呵。"

吃过饭,陈也沿着南京路慢慢地走,五光十色的霓虹灯闪啊闪,在他脸上投下一道又一道的光影。他走得很慢,一边走,一边漫不经心地朝周围看。上海是越来越热闹了。才几个月没来南京路，便又多了些新的商店出来。"先施百货"新开张，电视广告上倒是做了许久"先施又回来了"，他一次也没来逛过。穿着粉红色套装的工作人员在门口发单子，大多都是化妆品的促销广告。

要是李招娣在旁边，肯定会进去看看。这个女人，哪怕家里的化妆品堆得像山那么高，她也会毫不犹豫地冲进去买个一件两件。这就是男人和女人的不同之处。男人只有等实在没衣服穿了，才会去逛服装店。女人目的性没那么强，逛街对她们而言，就和吃饭差不多，要是隔一阵子不逛，说不定会憋死的。

不知不觉，陈也也走了进去。走过化妆品柜台，他看到那个营业员脸上的粉足有两寸厚，眼圈上下画个密密实实，涂了深紫色的眼影。像是足有半年没睡好觉。另外几个柜台的营业员也差不多，都是夸张得过了头。

陈也觉得，李招娣足可以当她们的老师了。说来也怪，李招娣虽然讲话做事不着调，但在化妆打扮这方面倒是蛮有天赋。衣服怎么搭配，颜色怎么均衡，她是永远不会弄错的。随随便便一弄，就比别人好看得多。

当然了，她本来就比别人好看得多。想到这里，陈也不禁咧了咧嘴。身边走过的那些女人，没一个比李招娣好看。脸蛋、发型、身材，没一样比得上。

陈也逛了一圈，出来继续朝前走。很快到了外滩。

栏杆边都是一对对的情侣。小贩向他们兜售一枝枝的玫瑰花。有些男的不好意思，便买下来。价钱比花店要贵很多。然后像电影里那样，含情脉脉地交给女的。陈也想，中国人也开始流行送花了。幸亏自己谈恋爱谈得早，否则买花又是一笔开销。其实买花有什么意思，一点儿也不实惠，还不如买点吃的。

不过，陈也想，就算放到现在谈恋爱，李招娣也不一定喜欢花。她在这方面和陈也是一致的，比较实惠，宁可多买几瓶椰奶喝养颜，或是多买几套化妆品。化妆品和花比起来，陈也觉得还是化妆品好，至少能涂在脸上美一美。不像花，放几天就谢了。没意思。

陈也走到轮渡口,刚好一辆船到。他快步上船,抢了个船头的座位。

船开了。夜里的风特别冷,刮在脸上生疼生疼。陈也把大衣紧了紧,低下头,往脖子里哈气。船头有好几个人都回舱里了,只有他还稳稳坐着。朝远处看,浦东这两年的灯光也亮了许多,不像过去,一到晚上便黑漆漆的。

下了船,陈也不想坐车,便还是走路。沿着浦东大道直走。浦东到底是浦东,一出轮渡门,便荒凉了许多。路上看不见几个人。陈也想,过几年应该会好些。

不远处的建筑工地上,起重机轰隆隆地响,不晓得造什么,地基都打好了。报上说要把陆家嘴建设成金融中心。那么这附近应该都是银行,证券公司才对。陈也看过杂志上的构想蓝图———一幢幢大厦,高耸入云,旁边是绿地。将来还要造地铁。啧啧,真是不得了。

陈也看着看着,忽然想到以前这里是浦东公园。他过去的家也在不远,花园石桥路。现在全变成工地了。陈也和李招娣第一次见面,便是在浦东公园。那天,陈也拿着《新民晚报》,等了李招娣足足半个多小时。因为李招娣的鞋跟断了,不好走路。她把鞋跟扔进草丛里,又让陈也把鞋跟捡回来。

陈也盯着工地看了一会儿,想找出当初是在哪个位置,可隔了这么久,他实在是记不清了。那时的李招娣,比现在要年轻一点,也要凌厉一点。她晓得自己长得漂亮,就老是不把别人放在眼里,狠三狠四的。其实再想想,她也不是故意这样,她的性格就是马大哈一个,不大为人家着想。结婚后,她也改变了不少。陈也记得,谈恋爱那阵,她说自己什么也不会做,将来洗衣做饭都要陈也全包。可现在,她下了班便去买菜,回到家再烧。她从不晓得要把菜沥干再下油锅,菜举得老高,像投炸弹那样扔进油锅。天热的时候,手臂上常常能看到一个个泡。她晾衣服的样子依然是那么惊险,每个月总有一两次会把竹竿落到楼下。有一次差点砸到一个小孩的头,小孩妈妈发疯似的冲上来与她理论,幸好那天陈也也在家,说了半天好话才罢休。李招娣嘟着嘴在旁边一声不吭,等女人走了,翻来覆去地说:我又不是存心的,又不是存心的——

陈也叹了口气。继续走。

他走到一个小饭店,已经打烊了——过去他和李招娣常来这里吃饭,叫一个老鸭煲、一个芙蓉鸡片、一个三鲜锅巴、一个猪头肉。菜的味道蛮好。早几年这儿生意也算可以,现在不行了,周围开了好几家大饭店,"张生记"、"小南国"、"沈家花园"——这里便渐渐冷落了。

那时他们最喜欢坐靠窗的台子,视野好,吃起来也香。陈也咪一口黄酒,吃一口猪头肉,再看一眼李招娣——李招娣油光光的嘴,瞥到他在看她,便朝他白一眼,继续吃。她胃口很好,一大半的菜都是被她吃掉的。男人吃菜比不上女人,女人饭吃得不多,把菜当饭吃。吃完了,她把筷子一扔,往后一靠,摸着肚子说,好饱好饱。再结结实实地打两个饱嗝。周围的人都朝她看,陈也晓得他们心里肯定在想——这个女人好看是好看,就是粗了点。

陈也想到这里忍不住一笑,接着,又叹了口气。

十分钟后,他进了小区,走到楼下,抬头往上看。家里客厅的灯亮着,李招娣还没有睡觉。陈也看看表,已经十点半了。他正要上楼,犹豫着又停下来。

陈也从口袋里摸出烟,点上火,抽了一口。他站着,一边抽,一边思考。很快一支烟便抽完了。他又摸出一支,点上。

抽完第五支烟的时候,陈也不再拿烟了。他先是怔怔的,随即骂了声"他妈的",把地上的烟屁股踩了踩,上楼了。

陈也打开门,见李招娣在客厅里收拾东西。她把一个大皮箱放在地上,旁边是一堆衣服。她一件件地叠,再把衣服塞进皮箱里。陈也记得这个大皮箱是结婚时买的,一直没用过,放在壁橱里。现在拿出来,还是很新的样子。

李招娣听见陈也开门的声音,也不回头,使劲把最后一件衣服塞进皮箱。鼓鼓囊囊地,她费了好大的力气才盖上。她说:

"我是个要面子的人,等人家赶就没意思了,我先把冬天的衣服整理好,拿回去,过两天再来拿天热的衣服。还有我的鞋子、化妆品、瓶瓶罐罐——东西太多了,一次拿不完,看样子总得分个三五次——房间里那套音响和家具是结婚时我买的,我拿不回去,就送给你了。你给我买的那些首饰,我不会带走的,放在抽屉里,你送给你将来的老婆吧——"

李招娣说到这里,停了停,打了个哈欠。

"我有点困了。我要睡觉了——我再睡最后一晚,明天就走。"

她说着朝卧室里走。陈也说:"等等。"

李招娣停下来,朝他看。陈也摸摸头,嘴巴动了动,没说话。

李招娣说:"你讲呀。"

陈也又摸摸头,嘿了一声:"我不晓得该怎么讲。"

李招娣说:"随便讲,又不是让你上台做报告。"

陈也干咳一声,朝她看了一眼,忽道:"这个——你留下来吧。"

李招娣愣了愣。"留下来——干什么?还要再试?我跟你讲,我自己都没信心了。算了,别把你搞得下面出毛病,你将来还要结婚,还要生小孩的。"

陈也说:"我不是那个意思——你留下来吧,不管你会不会生小孩,我们都不离婚——你明白了吧?"

李招娣一怔,看着他。

陈也一屁股在沙发上坐下,叹了口气。

"我发现我这个人真是没有用啊——其实我本来真的想要下决心离婚,可我刚才走回来,一路上,脑子里想的全是你,就像敲图章,把你印在我脑子里了。越想越舍不得,越想心里越酸——也不晓得怎么搞的。刚才在楼下,我又想到前两年,我考不出托福,也没当上官,你家里人都劝你跟我离婚,你没答应。现在轮到你不顺了,我要是跟你离婚,那我就太不像话了。人家肯定会骂,陈也这个男人不是东西,股票赚了点钱,就把老婆甩了——"

李招娣摇头,道:"你不是因为股票赚钱才把我甩了,是因为我不会生小孩。别人都晓得的——"

陈也说:"那也不好——我跟你讲,我现在想通了,各人有各人的命。就像陈昆,小孩倒是有的,可自己老早就不在了,有啥意思?我虽然没小孩,可我活得好好的。别人有别人的福气,我有我的福气。我不管人家怎么样,反正我过自己的小日子。老天爷怎么安排,我就怎么过。你讲是吧?"

李招娣低下头,不说话。半晌才道:"你这个人——真是傻乎乎的。"

陈也看着她,说:"你才傻乎乎的。刚才你眼圈都红了,明明想哭的,却故意打个哈欠,装出很困的样子——我就想,我老婆现在真是不一样了,以前是想哭就哭,想闹就闹,现在想哭还要装成打哈欠,生怕被我看出来——"

李招娣带着哭腔道:"你不要再说啦。"

陈也说:"好,不说了不说了,反正我要说的话也都说完了——你把皮箱里的东西拿出来吧,再放回柜子里。你这个人呀,连整理衣服都不会,一件件要叠得平一些才能放进去。像你这样东塞一点西塞一点,皮箱鼓得像个皮球,用不了几次就要坏啦——咦,你怎么又打哈欠了?你想哭就哭吧,不要老是打哈欠。"

李招娣说:"我这次是真的打哈欠,不是想哭。"

陈也说:"困了是吧?困了就睡吧。我也困了,这么一路走回来,小腿都快抽筋了。你老公现在不是二十出头的小伙子了,走这么点路就脚酸背痛,不像过去了。你也一样,每次走楼梯上来都气喘吁吁。我们这是缺乏锻炼。嗯,我们今天早点睡,明天六点钟爬起来去跑步——你不要朝我撇嘴,我这也是为你好,你看隔壁的阿妹头,整天光吃不动,三十出头就像大妈似的,你不要学她的样——我现在就去把我的跑鞋翻出来,还有你的,也不晓得被你扔到哪里去了——咦,你又打哈欠了。很困是吧?你先去洗吧,你洗完我再洗。"

李招娣摇头说:"这次不是困,是又想哭了——我也不晓得我为什么要哭,我心里很酸很酸,就像你说的,像吃了个话梅那样酸——你先去洗吧,我想坐在沙发上哭一会儿。我今天要晚点睡觉,我要是早睡的话,明天起床眼睛就会肿得像核桃那样——你去洗吧,别待在这里,我哭起来的样子很难看,我不想被你看到。呜——我真的要哭了,你快点进去,快点,呜——呜——"

第二十三章

过年后,陈也父母和苏娜带陈小昆去医院做了个体检。不久,检查报告出来——陈小昆是先天性肝功能不全。陈也父母急得要命,问医生:这种病要不要紧?

医生说:"应该不会有生命危险。但肝上面的毛病你们是晓得的,很麻烦,不能够根治,只有多调养多注意,适当锻炼,又不能太累。吃东西也要当心。孩子还小,你们做大人要多费些工夫了。"

走出医院,陈也父母便对苏娜提出,由他们来带陈小昆。

"你天天上班,哪来时间照顾他?这小囡体质差,不能再出问题了。"

苏娜同意了。

陈也父母把陈小昆带回家,专门腾了个小房间给他。陈也妈妈打电话给陈也,让他到苏娜那里跑一趟,把陈小昆的衣服用品带些过来。

第二天早上,陈也赶到苏娜住的地方。敲了半天门,没人。

陈也只好先去上班,下了班回家吃完饭再过来。苏娜住在徐汇区,跑一趟要转三辆车。这次依然还是没人。陈也想,你总要回来睡觉吧。便在门口等着。

陈也坐在楼梯上,靠着墙,不知不觉睡着了。也不晓得过了多久,感觉有人推他。"喂,醒醒!"

陈也睁开眼,看见苏娜站在面前。他连忙爬起来。看表,已经过了十二点了。

"你怎么来了?"苏娜问他。

"我妈让我来拿小昆的东西——我早上已经来过一次了,你不在。"

苏娜说:"哦,昨天睡在朋友那里。进来吧。"

她拿钥匙开门。陈也瞥见她穿着不及膝盖的短裙,上面也只是件薄薄的滑雪衫。"你冷不冷?还没出正月呢,小心得关节炎。"

苏娜笑了笑。进屋换了鞋,给陈也拿了双拖鞋。陈也说:"我就不进去了,这么晚了,拿了东西我就走。"

苏娜说:"都这个时候了,你怎么走?叫出租啊,开销太大了——就在这儿将就一晚吧,睡沙发。"

陈也吓了一跳:"啊?这个,不行的。"

苏娜说:"有什么不行?我都不在乎了,你怕什么?我这个是两用沙发,可以翻下来当床的,睡着很舒服,你放心好了。"

陈也说:"我老婆见我不回去,要发火的。"

苏娜说:"发什么火?你又不是在外面有花头——我进去把小昆的东西理一理,放在茶几上,明天我休息,要睡懒觉的,你拿了东西就管你走吧,别吵醒我,把门锁上就行。"她说着,便进屋了。一会儿出来,扔了条被子给陈也。

陈也愣了一会儿,忽地大声道:"哎,我说——你下次还是给我留个电话吧,联络起来也方便。"

苏娜在卫生间里回答:"我没电话的。你要是想方便,就给我配个大哥大,保证随时能联络到——你肯不肯?"

半夜里,陈也伸了个懒腰,睁开眼睛,见阳台上有个人影晃了晃。他吃了一惊,再一看——是苏娜。又闻到一股烟味。她在阳台上抽烟。

陈也没说话。爬起来上了个厕所。再过来的时候,发现苏娜坐在沙发上。灯亮着。她穿着睡衣睡裤,头发很整齐,应该是没有睡过。手里斜叼着一支烟,像电影里那些国民党女特务那样,两手交叉,嘴巴一抿,喷了口烟出来。

陈也怔了怔。"你——没睡啊?"

苏娜嗯了一声。

"跟你商量个事好吗?"她忽道。

陈也道:"你说。"

苏娜停了停,道:"你坐下来,让我仔仔细细看你一会儿,好吗?"她说完一笑,摇摇头,"你是不是觉得我像神经病?你要是不答应就算了,没关系的。"

陈也迟疑了一会儿。

"好的。我坐着。你过来看吧。"

陈也在沙发上坐下来,抹了抹脸,把头发朝后捋去。苏娜怔了怔,站起来走到他面前,蹲下来,看着他。

她眼睛眨也不眨地看着陈也。仔仔细细地,从头发到眉毛,再到鼻子,再到嘴巴。她的目光,像是在看自己的孩子,又像是在看一样珍宝,眶里蕴着泪,一闪一闪,透着光。她似是想说话,嘴巴在动,却一句话也没有说出来。

陈也觉得,她看他的目光,像是很近,又似是隔得很远。

忽然,苏娜伸出手,像是要摸他的脸。陈也怔了怔,忍住了没动。苏娜的手在离他的脸不到一公分的地方停住了。她道:"可以了——我去睡觉了。"

陈也哦了一声。

苏娜走出两步,又停下来。转过身。

"谢谢你哦。"她轻声道。

第二十四章

冬去春来,转眼又到了夏天。陈小昆上幼儿园了。陈小昆现在住惯了,和爷爷奶奶越来越亲,苏娜隔几天便来看他。她要给陈也父母钱,陈也父母无论如何也不肯收。"孙子是我们的,给什么钱呀——再说了,你一个人也不容易,把钱留着吧。"

苏娜走后,陈也对爸妈说:"别这么讲话,什么'孙子是我们的',那她还是小昆的妈妈呢,人家听着会不舒服的。"

陈也妈妈想了想,对陈也说:"我觉得,小昆以后还是跟着我们比较合适。"

陈也问:"什么意思?"

陈也爸爸在一旁道:"她年纪还轻,早晚是要再嫁人的。小昆跟着她,将来还要看后爸脸色。再说了,对她自己也有好处,拖个小孩,哪个男人敢要她?"

陈也嘿的一声:"你们又不晓得人家心里怎么想——她要是怕嫁不出去,当初也不会把小昆生下来了。"

陈也爸妈一想也是,便不再说了。

苏娜买了个BB机,把号码告诉陈也了。

"除了我爸妈,你是最早知道这个号码的人。是中文机,能留言的。"她在电话里道。

陈也笑了笑。"谢谢你了。我以后就不用在门口傻等了——看样子最近保险做得不错是吧?"

苏娜说:"干我们这行的,没个通讯工具不方便。"

陈也说:"这倒也是——我是乡下人,到现在还没打过拷机呢,你把号码告诉我,小心我没事就拷你。"

苏娜笑道:"没关系,随便拷。"

挂掉电话后,陈也便照着苏娜说的号码打了个拷机。拷台小姐问他"回拷还是留言",陈也说"留言",也不晓得留什么言,想了一会儿,便道:"没事,随便玩玩。"拷台小姐惊讶道:"就留这句话吗?"陈也有些不好意思,说:"对。"

过了两天,苏娜到陈也父母那里,见到陈也,便朝他笑。陈也不解,问她:

"有事吗?"

苏娜说:"没事,随便玩玩。"说完笑得更起劲了。

陈也想想,也觉得好笑。便也跟着笑。

陈也爸爸给陈小昆洗澡。陈也妈妈在一旁烧水。小孩子洗澡最调皮,人不好好坐着,手脚乱动,扑腾个不停,把浴盆外的地板都弄得水漫金山似的。陈也妈妈给陈小昆泼了一脸水,便笑骂道:"小赤佬,跟你爸爸小时候差不多,洗个澡这么牵丝绊藤。"

陈也爸爸一边给陈小昆搓背,一边朝他脸上端详。陈也爸爸对老伴说:"哎,你说,这孩子长得像不像陈昆?"

陈也妈妈说:"眼睛嘴巴不大像,鼻子有点像——男孩子嘛,像妈妈有福气。"

陈也爸爸说:"我看他也不大像苏娜——嘿嘿,这个小赤佬啊,不像爷,不像娘,像隔壁头的张木匠。"

陈也妈妈嘿了一声:"十三点!"

陈也在旁边听了,道:"陈昆长得不怎么样,苏娜的长相也一般,这孩子门槛精啊,谁都不像,比爸妈都好看。"

陈小昆最近肝病有些发作,脸色很差,吃饭睡觉都不踏实,动不动就哭个不停。陈也爸妈带他去医院看了几次,医生还是那几句老话——肝病是富贵病,要慢慢调理。陈也爸妈便又带陈小昆去看老中医。老中医配了两帖中药,叮嘱了一些禁忌。陈也给苏娜打拷机,告诉她陈小昆身体不大好。苏娜在电话里似是忙得很,说:"我现在有事,等忙完了晚上过来。"

晚上,苏娜来了,陈小昆哇哇大哭,饭也不肯吃。陈也妈妈急得要命,便问苏娜:"这孩子怎么会这样的呢?是不是你怀孕的时候不当心?"

苏娜一愣:"没有啊。"

陈也妈妈摇头说:"大人倒也算了,小孩才几岁,这个样子真作孽。啧啧。"

苏娜抱过陈小昆,拿勺子喂他吃饭。陈小昆手一翻,她没拿牢,碗跌在地上,里面的饭菜全撒了出来。陈小昆哭得手足乱蹬。陈也便把孩子接过去。李招娣说:"肯定是吃中药吃反了胃。这么小的孩子,吃什么中药呀。"

陈也爸爸眼睛一瞪:"中药是调理身体的。中国人几千年就是靠吃中药过来的,你们以为西药好啊,西药毒性厉害,哪有中药温和。"

陈也说:"吃药倒是不怕,就怕没效果——过两天我带小昆到浦西的医院去,看专家门诊,把病搞搞清楚,看到底是怎么回事。"

几天后,陈也带陈小昆去浦西的一家医院看专家门诊。那个上了年纪的老医生是肝脏疾病的专家,他说,陈小昆的肝是先天性发育不全,随着年龄的增大,出现各种症状的可能性也会越大,甚至可能发生癌变。比较有效的做法是——换一个肝。但换肝手术花费很大,而且也有一定的风险。

陈也听了,呆了半晌。

回去的路上,陈小昆想吃紫雪糕,陈也便抱着他到商店里买。付了钱正要走,忽听旁边有个女人在叫:"飞飞!飞飞!"

陈也没在意,继续往前走。那女人叫个不停:"飞飞!飞飞!徐小飞!"

陈也回头看了一眼,见一个四十多岁的女人径直朝自己走来,对着怀里的陈小昆道,"飞飞,你不认识我了?"

陈也愣了愣,问:"你是谁?"

话音未落,就听陈小昆轻轻叫了声:"莎莎阿姨。"

女人说:"哎哟,飞飞呀,阿姨叫了半天,你才听见啊?"她边说边狐疑地朝陈也看,"这个人是谁啊?"

"是我叔叔。"陈小昆奶声奶气地道。

女人惊讶地道:"叔叔?亲叔叔啊?我怎么不晓得你有个叔叔——你妈妈呢?"

陈小昆说:"妈妈上班班。"

女人在陈小昆脸上摸了一下,说:"阿姨有事先走了,再见。"

陈小昆也说了声:"再见。"

陈也看着那女人的背影,问陈小昆:"她是谁?"

陈小昆回答:"她以前住在我家隔壁的。"

陈也哦了一声,又问:"她怎么叫你飞飞?还叫你徐小飞?"

陈小昆抿了抿嘴,低下头。

"我本来是叫徐小飞的,后来妈妈给我改了名字,妈妈对我说,以后我就叫陈小昆,如果别人叫我徐小飞,就不要睬他。妈妈让我不要跟你们说——"

陈也愣住了。

陈也跑去找苏娜。问她要陈小昆的户口本。

"幼儿园要小囡的户口本,也不晓得派什么用场——"

苏娜便去抽屉拿了户口本给他。陈也打开一看,见陈小昆"曾用名"一栏里赫然填着"徐小飞"。

"咦,小昆原来叫徐小飞啊?"陈也问她。

苏娜嗯了一声。"他出生时医院说要先取好名字,我想姓苏不大合适,我妈妈姓徐,就随便给他编了个名字。我以为这个瞎编没关系的,谁晓得后来报户口就是拿这个名字报的。只好再改过来。嘿,我真是自找麻烦。"

陈也听了,没说话。

苏娜去厨房倒茶时,陈也见茶几旁放着一幅苏娜怀抱陈小昆的相框,便拿过来看,谁料一个失手,把相框落在地上。相片也跌了出来。陈也连忙拿起来,正要放好,忽的发现相框背后竟另外还有一张照片——是苏娜和一个男人,男人手里抱着一个才几个月大的婴儿,看眉目依稀便是陈小昆。

陈也仔细端详这男人的相貌,竟与陈小昆十分相似。陈也一怔之下,忽然想起几天前爸妈的话——"不像爷,不像娘,就像隔壁头的张木匠"。

苏娜端着茶过来,见陈也盯着照片看,愣了愣。与此同时,陈也抬起头来,一脸惊愕。苏娜触到他的目光,不由得浑身一震。陈也呆了几秒钟,把照片放好。

"这个,我不小心把照片跌出来——不是存心看的。"

苏娜也呆了一会儿,放下茶杯。在一旁坐下。

"没关系,"她缓缓地说道,"让你看见了也好。免得我一天到晚心里不踏实——照片上那个男人是小昆的爸爸,叫徐磊。陈昆在北京的那段时间,我很寂寞,就认识了他,本来也是玩玩没当真,谁晓得一不小心有了孩子。陈昆去世后,我就和他结婚了,不到一年又离婚了。"

陈也怔怔听着,没说话。

"我一个人带着小昆——其实他应该叫徐小飞,'陈小昆'是我后来改的。我本来没打算骗你们,可小飞身体不好,医生说要根治必须换肝,要很多钱。我哪来这么多钱?他爸爸早就再婚了,根本就不管这孩子。我娘家也没钱。我一下子想到你们——那天我是故意到陈昆坟上去的,我猜你们肯定也会去——对不起,我——实在是没法子——"

苏娜说到这里,一下子顿住了。她低下头,从口袋里摸出烟,点上一支。她吸了一口,头向一边别去。陈也看到她的身体微微发颤,拿烟的手也在抖。

"我——"陈也站起来,道,"这个,我先走了。"

苏娜低着头,也不站起来。"我明天就去把孩子领回来。"

她说完,深深地吸了口烟,又吐出来。

第二十五章

苏娜把徐小飞接走了。留下一个信封,里面是几千块钱。

"前阵子的事,真是不好意思,你们给孩子的钱,我现在还给你们。还有你们送孩子的东西,我一时凑不齐,等过段时间就折成钱给你们。"

徐小飞黄黄的小脸,五官耷拉着。临走时,苏娜对他说:

"跟爷爷奶奶叔叔婶婶再见!"

徐小飞便一个个地说再见。伏在妈妈背上,眼巴巴地朝他们看。

苏娜走后,陈也妈妈叹了口气,到厨房择菜去了。陈也爸爸手里摆弄着一副新的橡皮泥玩具,不住地摇头,道:"昨天买的,好几十块钱——现在派不上用场了。"

李招娣在一旁道:"爸,你要是没用,就给我吧。我拿去送给我外甥。他生日快到了,这样我就可以少花一笔钱——喏,你们讲的呀,钱要省着花。"

陈也爸爸说:"你拿去好了。也免得我看了伤心。"说罢又摇了摇头。

吃完饭,陈也和李招娣便回家了。自行车骑到半途,轮胎没气了,两人只好推着车走。李招娣说:"那个苏娜啊,我老早就看她不像好人。嘿,倒是没想到她这么阴险,还设个圈套让我们钻。"

陈也叹了口气,说:"一个女人带个孩子,也不容易。"

李招娣听了,朝他看:"你倒是蛮有同情心的——幸亏发现得早,要不然小赤佬换个肝,你爸妈的老底就要给他掏空了。"

陈也嘿了一声:"也没那么严重。"

两人穿过一条马路时,刚好从旁边饭店里出来一男一女。女的竟是苏娜,男的穿西装打领带,四十多岁。苏娜似是有些喝醉了,脚下打飘,男的一手拿包,另一手挽在她腰间,两人相偎依着,缓缓朝前走去。

李招娣一愣,说:"倒是蛮巧——这女的真不要脸,前脚刚被戳穿西洋镜,后脚就去陪男人喝酒。"

陈也说:"人家是做保险的,多做成一笔就是一笔收入——喝点酒也没什么,我听毛头讲,外面有些女人做保险,陪男的睡觉都有。"

正说话间,苏娜和那男人上了一辆出租,往前开一段,便转弯了。

李招娣奇道:"她不是住在徐家汇吗,车怎么朝北开?"

陈也说:"你管人家那么多闲事做什么?"

李招娣眼珠一转,说:"说不定真给你讲准了——为了拉业务,陪人家睡觉。"

陈也摇头道:"你们女人啊,讲起人家坏话来,劲头比什么都足。"

回到家,陈也洗完脚,躺在床上看晚报,一会儿,电话响了。

他接起来。"喂?"

"喂,是我。"电话那头是个女人的声音。很轻。

陈也愣了愣,这才听出是苏娜。

"有事吗?"陈也问她。

苏娜先是不说话,过了一会儿才道:"也没有什么事——就是有点想你,呃!很想你——"她似是大着舌头,声音有些含混不清。

陈也心里咯噔一下,手心的汗顿时便冒出来了。还没来得及说话,李招娣从卫生间走出来,看见他,便道:"谁的电话——咦,你的脸怎么这么红,发烧了?"

陈也便对着电话道:"嗯,这个——你打错了。"

他挂掉电话,对李招娣说:"不晓得是谁,打错电话了。我脸很红吗——我头好像是有点痛,我的喉咙也有点痛,我大概是感冒了。老婆,你去帮我冲点板蓝根好吗?"

陈也靠在床上,心扑通扑通跳个不停。他想:苏娜一定是刚才喝醉酒了,说胡话了。她说想我,其实就是想陈昆。她老是把我当成陈昆。

李招娣给陈也冲了杯板蓝根,陈也一边喝,一边朝电话看。他想,要是电话再响,李招娣就会拿起来听,她听到苏娜的声音,肯定会很想不通。那样事情就闹大了。陈也有些紧张,同时也觉得有些好笑——自己一点儿坏事也没干,竟然会有做贼心虚的感觉。

过了几天,苏娜又给陈也打了个电话。
"上次我喝多了,把你吓坏了是吧?"她在电话里咯咯的笑。
陈也说:"没关系——吓倒也没怎么吓。"
苏娜还是笑,忽道:"帮个忙行吗?"
陈也愣了愣,道:"你说。"
苏娜道:"最近有个男的,买了我两份保险,就整天缠着我,黏膏糖似的,怎么赶也赶不走。我跟他说,我已经有男朋友了。他就让我带出来看看,否则他绝不死心。嘿,怎么会有这种人!哎,你最近有空吗?"
陈也又愣了愣。"有空——怎么?"
"有空就帮个忙,冒充一下我的男朋友。放心,只是吃一顿饭,说两句话,什么事也没有——你肯不肯?"
陈也犹豫了一下。"这个,不大好吧?"
"有什么不大好?又不是让你真的当我男朋友——算了算了,你要是不肯就算了,是我不好,不该为难你这样的老实人——也无所谓,那个瘟生愿意缠就缠吧,反正我也不会少块肉。"
苏娜正要挂电话,陈也问她:"小昆——嗯,孩子最近好吗?"
苏娜说:"蛮好,我给他找了个二十四小时全托班,每个礼拜接回来一次。"

陈也又问:"他的病怎么样?"

苏娜嘿的一声:"还能怎么样,就是那副样子——我现在什么也不想,就想多赚点钱,把他的病给治好。你不晓得我现在急吼吼的样子。谁买我的保险,谁就是我的衣食父母,谁要是现在一口气买个一百份保险,就算让我陪他睡觉也可以——嘿,是不是又把你吓坏了?"

陈也忙道:"没有没有——我也不是这么容易吓坏的。其实,我吓不吓坏都没什么,最主要是你自己。你——也别太心急了,有些东西急也急不来——你不晓得,你这个样子,我听了心里不大好受。"

苏娜嘻地一笑:"你为什么要不好受?我又不是你的什么人。"

陈也摇头说:"我也不晓得为什么,反正就是不好受——你不要误会,我没有别的意思,我、我是实话实说——我希望你能过得好一点,孩子也过得好一点。"

苏娜飞快地道:"那容易,给钱哪——你肯吗?"

陈也一怔,结结巴巴地道:"这个,嗯,这个——"

苏娜笑起来:"我跟你开玩笑的,就算你给我,我也不会要的。我已经丢过一次人了,不能再丢人了。"

陈也嗯了一声,老老实实地说:"小昆——孩子要是我的亲侄子,我肯定把钱给你,就算倾家荡产也无所谓,可他——这个,我要是把钱给你,人家会骂我是戆大、是冲头,我老婆肯定也不会答应的。"

苏娜愣了愣,随即咯咯直笑,说道:"陈也,你怎么会这么可爱呢——你你你,简直是太可爱了!"

星期六,陈也陪着苏娜来到一家西餐厅,服务生把他们带到一张靠窗的桌子。已经有人先到了——一个男人头发梳得光光的,齐齐地向后捋去,西装笔挺。陈也看见他,便觉得自己穿得有些寒酸了。虽然是做戏,但也不应该让苏娜丢面子。

苏娜挽着陈也的胳膊,亲亲热热地坐下,朝男人打招呼:"你好呀,蒋先生——这是我男朋友,这是蒋先生,陈也我常跟你提起的,平常老照顾我的那位蒋先生。"

陈也说:"你好。"朝他伸出手。蒋先生也说了声"你好",两人握了手。

蒋先生把菜单给陈也。"吃什么?"

陈也说:"我无所谓的,随便好了——其实应该女士点菜才对。"又把菜单给苏娜。蒋先生笑了笑,说:"吃西餐都是自己点自己的,不用客气。"

陈也哦了一声,便凑近苏娜,问:"亲爱的,你吃什么——你吃什么我也吃什么。"

苏娜一笑,嗲嗲地说:"好的呀。"

一会儿菜上来,陈也和苏娜是牛排,蒋先生是鱼排。陈也把盘子端到面前,拿起刀叉。他不大会吃西餐,一刀下去,牛排顿时飞了出去,不偏不倚,刚好跌进蒋先生盘里,溅起几滴酱汁,落到蒋先生脸上。

陈也暗叫一声"糟糕",蒋先生朝他看看,拿纸巾擦了擦脸,没说话。

陈也脸有些发烧。讪讪地站起来,把那块牛排拿起来,放进自己盘里。"不好意思,"他对蒋先生道,"这个,手有点滑。"

"没关系。"蒋先生一边说,一边朝苏娜看了一眼。

苏娜放下刀叉,搂住陈也的胳膊:"亲爱的,都是我不好,刚才非要让你抱我走那么长的路,对不起哦,害你连刀叉都不能用——这样吧,我喂你吃,"她说着,便切下一块牛排,"张嘴,啊——"

陈也一愣,只得张开嘴,咬住牛排。

"好乖,来,再来一口——"苏娜又切下一块牛排,笑吟吟地对蒋先生说,"不好意思哦,我们俩一直是这样喂来喂去的,自己不觉得什么,我晓得旁边人看了肯定挺别扭。影响你吃饭了,是吧——乖囡,来,张嘴,再一口。"

蒋先生勉强笑笑:"没关系。"

陈也对苏娜说:"亲爱的,你把你的给我了,那你吃什么?"

苏娜说:"我吃你的呀,傻瓜!"她笑着把陈也那盘牛排端到自己面前,"牛排味道不错,对吧,亲爱的?"她问陈也。

陈也嗯了一声。

苏娜拿起自己的纸巾,给陈也嘴边擦了擦。"你呀,老是忘了擦嘴,说了一万遍,还是改不掉,像小孩一样。"

这时,蒋先生似是被鱼卡了喉咙,咳嗽起来,"咳——咳——"

陈也说:"蒋先生,你要不要紧?快,喝口水。"

蒋先生喝了水,然而还是咳个不停,脸涨得通红,死命地咳。陈也把服务生叫来,问:"这里有饭团吗?"服务生一愣:"饭团?"

陈也说:"这位先生喉咙被鱼刺卡住了,你拿点饭团过来,咽下去就好了。"

服务生说:"饭团没有,只有饭。"

陈也说:"那你就拿点饭过来吧。"

服务生哦了一声,又问:"请问是咖喱饭、芝士饭,还是海鲜饭?"

陈也有些火了:"你这人怎么回事——不管什么饭,只要是饭都可以!"

一会儿,服务生拿了一大盘饭过来,陈也用叉子挑起一大块,让蒋先生咽下去。"不要嚼,整块地咽下去。"蒋先生依言咽了下去,刺还是卡着。陈也又挑了一块更大的饭团,"咽下去——"

几个饭团下去,蒋先生的刺总算是咽了下去。他长长地呼出一口气,脸色也由红转白,"老天,"他道,"半条命都去掉了。"

从西餐馆出来,陈也和苏娜送蒋先生上了车。临走前,蒋先生一再地对陈也说:"苏娜是个不错的女人,你要好好待她。"

陈也嗯了一声,说:"我晓得了——这个,你好走。"

蒋先生又朝苏娜看了一眼,眼里满是不舍。苏娜嗲嗲地笑道:"蒋先生你放心好了,他一定会对我好的——还有,你以后要是想买保险,千万别忘了来找我。我给你优惠,长期优惠。"

蒋先生说:"好。"关上车门。车随即启动了。陈也和苏娜朝他招了招手。

车子转弯了。苏娜嘿的一声,挽住陈也的胳膊。"看不出你老老实实一个人,戏倒演得不错,可以打一百分。"

陈也忙不迭地甩掉。"现在没事了,我可以走了吧?你这个人啊,好不容易把人家给弄死心了,临走了又去招惹人家——"

苏娜嘴一撇:"我招惹他什么了?"

陈也说:"你要是不想招惹他,又何必让他以后再来买你的保险?你这个人啊,讲得好听点,叫头子活络,讲得不好听,就是'百搭'。我跟你讲,以后再惹上这种麻烦,别来找我。我最怕你这种人了。"说着摇了摇头,转身要走。

苏娜又是一笑。

"我倒是蛮喜欢和你在一起的,"她搭住他的肩,"干脆你做我男人算了。"

陈也跳起来。

"你不要瞎三话四。给我老婆听见就讨厌了。"

苏娜笑道:"你慌什么,你老婆又不在——嘿,你干吗这么怕老婆?你老婆很凶吗,我看也还可以呀。是不是男人找个漂亮的老婆,就会得妻管严?"

陈也摇头说:"你别讲得这么难听。什么妻管严?对老婆好就叫妻管严?我不跟你多说了,我真的要回家了。你自己保重吧,多关心你儿子的身体,要是有事就——呃,不说了,走了。"刚走出两步,听苏娜在后面叫道:"喂!"

陈也回头看她。苏娜嘴巴一动,似是想说什么。半晌,才轻声说了句:"这次谢谢你了哦。"

陈也瞥见她额头一绺头发被风吹得轻轻扬起,脸颊那儿削下去,显得颧骨很凸出——她是比以前瘦多了。眼窝那儿有些陷,脸色很黄,涂了粉也遮不住,反倒显得更干了,鼻子上粉没涂均匀,一块一块的。陈也看着看着,不知怎的,心头竟涌上一阵怜惜。他朝她挥了挥手,一句话从嘴里飞快地蹦出来:"有事就找我。"

　　说完,急急地转过头,暗骂自己:"陈也啊陈也,你这个十三点,你还真的想当冲头啊?"

第二十六章

　　陈也做股票跟别人不一样,他不喜欢整天盯牢屏幕,跟着上面的曲线把一颗心弄得七上八下的。陈也挑定一只股票,业绩什么都过得去,市盈率也不高,就买个七八百手,放在那里,也不理它,等过几个礼拜再去看它,跌了就再补一点,高了就抛掉。一次,李招娣问陈也:"你做股票是不是包赚不赔的?"

　　陈也就笑起来:"世界上有什么生意是包赚不赔的?你这个人啊,讲话就是不动脑子。"

　　李招娣说:"我妹妹就说你股票做得好,包赚不赔——她也想炒股票,让你教教她,有什么好股票就推荐两只。"

　　陈也嘿的一声,说:"你妹妹干什么想炒股票?她男人生意做得那么好,钞票那么多,还用她操这个心?她太太平平在家里带带小孩就好了。"

　　李招娣摇了摇头,说:"现在不一样了——我妹妹怀疑赵强在外面有女人。"

　　陈也一惊:"什么?"

　　李招娣眨了眨眼睛,说:"她告诉我,赵强最近老是不回家过夜,问他,就说跟人谈生意——你说,什么生意要谈通宵?我妹妹还说,她几次闻到赵强衬衫上有女人香水味,还看到过一根长头发——"

　　陈也皱眉说:"你们女人啊,就喜欢瞎猜八猜。又没有证据,不好乱讲的。我关照你,这种事情很敏感的,人家夫妻间的事,你又不清楚。别在你妹妹面前火上浇油。我还不晓得你这个人,碰到这种事情,就像打了兴奋剂一样,全身的汗毛都竖起来了——"

李招娣说:"帮帮忙,这是我亲妹妹,我总不见得想看她的好戏咯?"

陈也说:"你晓得就好。"

李招娣叹了口气,说:"李来娣说了,男人靠不住,要给自己留条后路。这后路嘛,就是钞票。我跟你讲,她有三万块私房钱,准备拿出来炒股,你帮她盯着点。她要求也不是很高,到年底翻个倍就行了——"

陈也忍不住说:"哎哟,她也不算太心黑嘛。"

李招娣狠狠地瞪了他一眼,说:"我可是在我妹妹面前打过包票的,只许赢不许输。你一定要给我争口气。万一到时候输了,你就算倒贴也不能掉我的面子,晓得了吗?"

陈也朝她看了一眼,苦笑了笑。

"我晓得了,你你这个女人哪里是把我当老公,简直是把我当成了冤大头。算了算了,你妹妹也不要买股票了,我直接把钱给她算了,也省得麻烦——"

这天,陈也下了早班出来,在厂门口碰到苏娜。苏娜穿一件流行的高腰呢子上装,腰上挎个小包,甜甜地叫了声"陈也",陈也先是一愣,随即响亮地道:"你好!"

苏娜走近了,笑道:"怎么今天这么有礼貌?哦,我知道了,你是存心做出这副光明磊落的样子,给别人看,对不对?嘿,你越是这样呀,就表示你心里其实不大光明磊落,有点那个,这叫欲盖弥彰——"

陈也急得嘘她:"你别瞎讲——"

苏娜又是一笑,从提包里拿出两张票子,递给他。

"喏,赵志刚在天蟾戏院的折子戏专场,"她道,"客户给的——给你爸妈看吧。记住别说是我给的。"

陈也怔了怔。"这个——不用了,你自己留着吧。"

"有什么好客气的,"苏娜道,"反正也是借花献佛——前阵子他们帮了我那么多忙,挺过意不去的,也算是我的一点心意。你爸妈喜欢看越剧的,是吧?"

陈也点头,说:"喜欢,尤其是赵志刚,那个什么《沙漠王子》,听了几百遍还听不腻,连我都差不多会唱了。"

苏娜笑道:"那不是正好?你就别推辞了,拿着吧。"说着,硬把票塞在他手里。陈也拗不过,也笑了笑,说:"谢谢你了。"

苏娜说:"都这么熟了,还说这种客套话?"

陈也问她:"最近保险做得还好吧?"

苏娜说:"蛮好。刚签了两份大单。都是熟人介绍的。"

陈也又看了她一眼,说:"这就好——不过我劝你一句,你听得进就听,听不进就当我多管闲事,当我放屁好了——女人家做事还是要稳一点,钞票倒在其次,顶顶要紧就是——那个,就是要稳一点。我这人不大会说话,你懂意思就好。"

苏娜忍不住笑起来:"我当然懂你的意思,你是怕我再弄个蒋先生什么的出来,麻烦你是吧?"

陈也摇了摇手。"麻烦倒也没什么麻烦——我是为你好。女人家毕竟是女人家,有些事情男人能做,女人就不能做,男人做了没什么,女人做了弄得不好人家会戳着你脊梁骨骂的。一点意思也没有,你又何必到这个地步?"

苏娜看了他一会儿。"你讲话的口气,好像是我爸,又好像是我老公。"

陈也一怔。"我要是你爸爸,老早就把你骂死了。"

苏娜嘿的一笑,道:"你怎么不说是我老公?"

陈也一时语塞,有些狼狈。

苏娜怔怔地看着他,半晌,忽道:"傻瓜——我走了。"说罢,一甩包转身走了。

陈也看着她的背影,心想:她为什么要叫我傻瓜,我有这么傻吗?

第二十七章

毛头找陈也借钱。二十万块。毛头前阵子开始做期货,买石油跌,谁晓得石油价一下子飞涨,他血本无归。毛头倒也不十分沮丧,说做期货就是这样,跌得快赚得也快。陈也到股市场里抛了几只股票,拿了二十万块钱给他。

"要是去银行拿存款,我老婆肯定就晓得了。我股票里有多少钱,她也搞不清楚。你晓得的,女人都是小气鬼,再说发起脾气来,我也吃不消。"陈也这话是说给毛头听的,担心他再来借。陈也倒不是怕毛头不还,十来年的交情了,这点把握还是有的,只要赚了钱,毛头肯定连本带利地还回来。陈也是怕他又赔了,还不起。期货不像股票,跌起来一点余地也没有,今天还是西装革履,明天就成垃圾瘪三了。毛头是野胆大,敢玩这种东西。杀了陈也的头,也不敢碰。

"让你抛了股票借钱给我,真是不好意思哦。"毛头说。

陈也说:"这个倒没关系,谁晓得股票明天是跌是涨,抛了就抛了呗。"

毛头写了张借条,落款处端端正正地签上大名"江爱毛"。交给陈也。陈也不要,说:"借条就免了,我还信不过你?"毛头说:"还是拿着的好,这是程序。"陈也说:"我借钱给你,是因为我们是好朋友,拿了借条,感觉就不对了。"

毛头笑笑。

毛头告诉陈也——小陶升官了,现在是街道主任了。

陈也有些惊讶,说:"是吧,我怎么不晓得?"毛头笑道:"上星期刚升的,我也是昨天才晓得。小陶这家伙干活勤快,人又乖巧,我要是领导肯定也提拔他。"

陈也说:"他奶奶这下开心了。"

毛头一笑,说:"八十来岁的人了,也算是有晚福的。和孙子孙媳妇住在一起,有吃有住有照应。讲起来小陶老婆这个人还是很不错的,几年了没红过脸,照样亲亲热热的。人家是娇生惯养的小姑娘,也不容易啊。我们这四个人里头,看样子还是他运气最好——不能这么便宜他,得让他请客啊,而且规格要高,最起码得新雅粤菜馆那种标准——"

小陶真的在新雅粤菜馆里请了客。还要了瓶茅台。三宝问他:

"是你自己的钱,还是公家能报销的?"

小陶笑道:"帮帮忙,当然是我自己的钱。我芝麻绿豆大点官,就能揩共产党的油了?"

三宝已有几分醉意了。说:"不好意思,早晓得是吃你自己的,就不点那么多的菜了,又是扇贝又是龙虾的,对不住,对不住哦。"

小陶笑道:"你吃都吃了,还在这儿说漂亮话。我跟你讲,我身上只有两百块钱,待会儿埋单不够数你要借给我。"

三宝嘿的一声:"妈的,你一个当官的,好意思问我们小工人要钱?我们锅炉厂没几年好混了,效益差到极点,早晚散伙。我跟你讲,等哪天我没饭吃了,就到你这儿来讨饭吃,陶大主任,你可一定要给我口饭吃,啊?"

毛头插嘴道:"晓得了晓得了,你这个人还是老毛病,一喝酒就话多。"

吃完饭,四人走到外面。小陶他们三个是往西边的方向,只有陈也住在浦东。陈也说:"你们先走吧,我走到外滩摆渡回去。"说着朝他们挥手。

陈也正要离开,忽然瞥见赵强挽着个女人从饭店里走出来。陈也一惊,下意识朝旁边柱子后一闪。还当自己看走了眼。再看去——真的是赵强,头发梳得光光的,全部朝后捋去,脖子上那根金链子粗得像麻绳。正笑眯眯地挽着女人说话。那女人大约二十七八岁年纪,烫了时兴的拉丝头,穿一条环领的粉蓝色羊毛裙,皮鞋的跟又高又尖,化着浓妆,眼睛那里紫荧荧的一块,像被人打了一拳。

女人柔柔地倚在赵强肩上,一只手抄在赵强腰上。

陈也直到两人走远了才出来,想到李招娣那天的话,不禁叹了口气。

"这家伙原来真的不是好东西。"

陈也回到家,打开门,李招娣正坐在沙发上打电话。

"——嗯,么么晚了没回来,这男人十有八九有问题,他做的什么生意呀,毒品生意啊,老是深更半夜谈,我跟你讲,你也别太好说话,适当时候也要点点他,别让他太过分,别让他把你当傻子——哎呀,不跟你说了,我男人回来了——我们陈也不像你男人,他是和同学去吃饭,事先都打过报告的——呸,死腔,挂了!"

李招娣挂掉电话,陈也进卫生间撒了泡尿,又走出来。

"又在挑拨离间啦?"陈也道,"看你那副起劲的样子。"

李招娣嘴一撇。"谁挑拨离间啦?我是在讲道理给她听,是为她好。你别看李来娣平常一副凶巴巴的样子,其实碰到事情根本不行,一戳就软,乡下人拉屎头里硬——"

陈也皱起眉头。"你一个女人家,就不能弄点文雅的比喻?"

李招娣站起来,到陈也身上坐下,挽住他的脖子,"一股酒味,让我闻一闻——嗯,蛮香的,应该是好酒。小陶当了官,出手就是大方嘛。看不出啊,呆头呆脑的一个人,居然混得不错。现在是街道主任,再过几年,说不定还能混个区领导什么的。陈也,你这辈子大概是没这个命了。"

陈也朝她看:"后悔了?"

李招娣嘿的一声,搂紧他的脖子。"是呀是呀,后悔了,后悔得要死——要你死掉!"说着,在陈也耳朵上咬了一口。

陈也啊的一声叫出声来:"你这个女人真咬啊——好,我也要咬还!"抓住她的手臂就要咬。李招娣尖叫着,又是笑又是叫,要站起来,陈也牢牢地抓住她,不让她动弹。两人在沙发上闹着,李招娣忽然停下来,问他:"你说——赵强那家伙外面会不会真的有女人?"

陈也愣了愣,说:"我怎么晓得?"

"我觉得他肯定有,"李招娣道,"我有直觉。女人的直觉最灵了。"

陈也也不晓得说什么好,只好假装打了个哈欠。

"睡觉吧。睡觉,这个,我困了。"

过了几天,苏娜又来到陈也厂门口。陈也看见她,照例又是"你好",再慢慢地踱过去。苏娜笑眯眯地朝他看。"看到我,是不是有点烦了?"

陈也嘿的一声,问她:"你就不怕白等,万一我今天上的是夜班呢,你不是要一直到明天?"

苏娜一笑,说:"怎么会呢,你的班头我记得最牢了。今天是早班,明天也是,后天休息,接着是晚班,对不对?"

陈也一愣,说:"对倒是对——万一我换班了呢?"

"那就算我倒霉呗,"苏娜耸耸肩,道,"实在等不到,就只好杀到你家去,对你老婆说,我要请你老公看电影——"

陈也一惊:"什么?"

苏娜笑起来:"干吗这么大惊小怪?又不是只有我和你,还有小飞呢——这个礼拜天,我们三个人先去公园,再去吃饭,然后再去看电影,怎么样?——你别误会,可不是我要叫你去,是小飞想你了,整天问我叔叔呢叔叔呢,说想和你一起玩。我拗不过他,就只好来麻烦你了。"

陈也哦了一声,犹豫着,说:"那——好吧。"

苏娜一笑,说:"那就说定了,星期天见。"

陈也见旁边有几人都在朝自己看,都是面熟不生的,连忙迈开大步走了。边走边骂自己"走得这么急干什么,活脱一副做贼心虚的样子",已经走开几步了,听见苏娜在后面叫道:"星期天,不见不散啊!"

陈也只当作没听见,脚下丝毫不敢停顿。心想这女人真是麻烦,像黏膏糖一样,粘上了就甩也甩不脱。可不知怎的,隐隐的,又似是有些跃跃欲试,喜欢她这样,蛮有意思的——陈也不敢再想下去了,再想就有些不要脸了,就跟赵强差不多了。陈也不能做个不要脸的人。

星期天,陈也对李招娣说有个同事病了,大家一块儿去医院看他。李招娣听了,朝他看了一会儿,说:"我发现你最近事情也蛮多的——好像有问题啊。"

"神经病!"陈也骂了声,心里有些发虚。

约好两点钟在和平公园门口见面,陈也早到了十分钟。等了一会儿,见苏娜穿着一件米黄色的风衣,袅袅婷婷地从马路对面走了过来。

"等了很久啊?"

陈也一愣,问:"小飞呢?"

苏娜先是不语,随即道:"待会儿告诉你。我们先进公园再说。"

陈也瞥见她的神情,便有些不安起来。"不会出什么事了吧?"苏娜摇摇头,到售票窗口买了票,"走,先进去再说。"

两人走进公园,到长凳上坐下。陈也急着问她:"到底什么事?"

苏娜朝他看看,忽的,扑哧笑了出来。

"什么事也没有,"她道,"小飞今天幼儿园搞活动,不能来了。"

陈也这才定下心来,道:"你刚才怎么不说,吓得我还以为出事了。"

苏娜眨了眨眼睛,笑道:"我要是说出来,你还会陪我逛公园吗?"

陈也这才回过神来。

"你这个人啊,"陈也恨恨地道,"我都不知道该怎么说你才好——我看我还是走了,小飞不在,我们两个人逛公园算怎么回事?"

"我们两个人逛又怎么了?"苏娜撇嘴道,"又没做见不得人的事。再说,刚进来就出去,票子不就浪费了吗,无论如何也要玩一会儿再走。"

苏娜不待陈也回答,便拉着他往湖边走:"我们去划船。"

陈也无奈,被她拖着到了划船处,两人挑了艘小船,坐上去。陈也拉开桨,向湖中心划去。天气不错,阳光照下来,落在湖面上,金光点点的。周围的船来来回回,大都是年轻的情侣,姑娘撑着小花伞,小伙子划船。

"我们这个样子,"苏娜笑着问他,"像不像一对谈恋爱的小青年呢?"

陈也朝周围看了看,嘿了一声:"这里反正没有熟人,你高兴怎么说就怎么说吧。我晓得你这个人有点人来疯,越是不让你说,你越是说得起劲。"

苏娜笑起来:"你想得开就好。"

划过船,两人又到草地上坐了一会儿,苏娜从包里拿出话梅,给陈也一颗:"喏!"陈也接过,往嘴里一扔。"好久没吃话梅了。"

"是不是也好久没逛过公园了?"苏娜道。

陈也扳了扳手指:"嗯。最起码有三四年。"

"平常不和老婆来吗?"

"都老夫老妻了,谁还会来这里,"陈也说,"去菜场逛逛倒差不多。"

苏娜看了他一眼。笑笑。

陈也说:"你别这么对着我笑。你一笑,我就晓得你又在动啥坏脑筋。鸡皮疙瘩都起来了。"

苏娜摇头，说："天地良心，我可没动坏脑筋。我只是在想——你老婆找到你这样的老公，运气真好。"

陈也一怔，摸了摸头，有些不好意思："是吗？"

苏娜很郑重地点了点头："不是一般的好，而是好极了，好到天边了。说句实话，我很羡慕李招娣——我可不是开玩笑。"

陈也笑了笑，想再说什么，瞥见苏娜的神情，却又不晓得怎么说好："嘿，这个——你这么说，我要脸红的——表扬人也不好这么直接的。"

苏娜呵呵地笑起来。

"我亲你一下好吗？"她忽道，"反正是你自己说的，这里又没有熟人。"

陈也有些吃惊了："你——"

苏娜不待他说完，忽的直起上身，凑近了他，在他脸上重重地亲了一下。"啵！"亲完了，又坐回去。动作非常利索。陈也脸上顿时出现一个鲜红的唇印。

"你——"陈也被她这个举动惊得呆住了。

"你这副样子，怎么像是被我揩油了似的？"苏娜一笑，柔柔地问他，"我亲你，你不喜欢吗？"

陈也兀自愣愣的，半响才回过神来。

"你这个人——真是——"陈也忙不迭地拿衣袖把脸上的唇印擦掉，"我跟你讲，别再开这种玩笑了。你是无所谓，我可是有家有口的，被人看见了，我就一生一世也讲不清了。"

苏娜掏出一张纸巾，递给他："拿这个擦吧。"

陈也接过，擦了两擦，随即一骨碌爬起来："该走了。"

苏娜点点头："好啊，时间也差不多了，该去吃饭了，晚上还要看电影呢。"

陈也把头摇得像拨浪鼓："不去了不去了，回家了——再待下去就不对了。"

"有什么不对？"苏娜朝他看看，幽幽地说，"你就那么不喜欢和我待在一起吗？"

陈也愣了愣:"不是喜欢不喜欢的问题,而是应不应该的问题——我不跟你瞎缠了,我晓得你是故意在逗我,你比我聪明得多,我缠不过你。"

苏娜怔怔地看了他一会儿,叹了口气,也爬了起来。

"走吧。"她拍了拍身上的草,径直朝前走去。陈也一怔,急忙也跟了上去。

两人出了公园。陈也对她道:"再见。"

苏娜说:"再见。"转身便走了。陈也没料到她说走便走,有些意外,又觉得似有话还没说完,怔怔地看着她的背影,心里竟有些空落落的。差点想把她叫住。陈也忍不住暗骂自己:你是傻子啊?你是不是嫌日子忒太平了,想弄点事情出来?

第二十八章

一连好几个礼拜,苏娜都没有再找过陈也。有几次陈也下了班,下意识地朝旁边张望一下,见不到人,便径直走了。心想:不来最好,来了倒麻烦了。想是这么想,心里却又有些遗憾——一个男人下了班,门口常有一个年轻女人等着,无论如何是件挺值得骄傲的事。

李来娣和赵强大吵了一架,决定搬到陈也家来住。这个结果多少让陈也有些吃惊。李招娣却说:"我爸妈年纪大了,晓得了肯定要急煞,我这里也算是半个娘家。李来娣说了,她不会真和赵强离婚的,就是想警告一下这家伙。"

陈也说:"那还吵个屁啊。你们女人就是作。"

李招娣说:"管它呢,反正吓吓他也好。"

李来娣拎着一个旅行包,来了。李招娣姐妹俩睡大房双人床,陈也在小房间搭张钢丝床睡。李来娣苦着脸,对陈也说:"陈也,麻烦你了哦。"

陈也说:"没啥,没啥。"抱着被头铺盖进屋睡觉了。

小房间是朝北的,晚上睡觉有点冷飕飕,陈也抱紧被子。窗帘没拉牢,他看到窗外的月亮,大概快要十五了,月亮很圆很亮,挂在树梢像个咸蛋黄。陈也眨也不眨地看着它。他发现,月亮其实并不是一动不动的,而是从里面不断往外溢着什么,外面那层光圈也跟着泛啊泛的,像微风拂过的水面。

陈也以前在大房间睡觉的时候,从来没有这样看过月亮。就算看了,也是粗略而过,不会像现在这样看得仔细。陈也看着看着,便想:这个时候,世界上不晓得有多少人在看月亮,每个人头顶都有个月亮。其实月亮只有一个。这个人眼里的月亮,也就是那个人眼里的月亮。月亮是不会偏心的,只要不是阴天或是下雨天,人人都看得到。陈也也不晓得自己怎么会想到了这个,傻了似的。陈也想,就算隔得再远,月亮总是不会变的。

陈也在这一瞬间想到了陈娟。记得有一次陈娟回到上海,说,上海的月亮好像也比云南的要亮。陈也笑她是傻子,说月亮哪还有两样?陈也晓得姐姐是心里存了别的想法,才会有这样的感慨。陈也又想到了陈昆。不晓得那个世界里,有没有月亮?陈也记得他小时候是最怕黑的,做了错事,被爸爸关在小阁楼上,黑压压的一点光也没有。他哭得差点背过气去。

不知怎的,陈也竟又想起了苏娜。她那张脸在眼前一闪而过。陈也有些吃惊,便想自己真是越来越不要脸了,一个人睡觉,不想老婆,居然想别的女人。

陈也把被子蒙住头。

不出三天,赵强就来接李来娣了。他笑眯眯的,把一只崭新的香奈儿的提包放在李来娣面前。"老婆,回家了。"他温柔地说。

李来娣把头朝旁边扭去,不看他:"死开点!"

"东方商厦买的,正宗法国货。"赵强丝毫不以为忤,"五千多块,售货员讲是今年秋冬新款,刚上市的——老婆,回家吧?"

"哎哟!"李来娣怪声怪调地叫起来,"这么贵的东西,你怎么不给你姘头?"

陈也在一旁看着,心想:"这个女人蓬扯得太足了。"

赵强还是笑:"姘头?什么姘头?我不晓得——我只晓得这么高级的东西,只有我老婆才配用,我老婆是世界上最灵光的女人。讲句不好听的话,别的女人在我赵强眼里,就跟狗屎差不多——老婆,我们回家吧?"

陈也干咳了几声。他想赵强这小子做功实在是没得说。像真的一样。

李来娣重重地哼了一声。

李招娣走过去,拍了拍李来娣的肩,眼睛瞟着赵强:"你们夫妻耍花枪,不要打击一大片呀。'别的女人都是狗屎',那我也是狗屎喽?——李来娣,算了算了,别耍小孩脾气了,先回去再说,哦?"

赵强一个劲地说:"就是就是。"

"赵强,"李招娣对他道,"下次你再把我妹妹气成这样,我就不会这么容易放过你了——生意要紧,老婆就不要紧了吗?你三天两头野在外面,身上不是香水味就是长头发,换了我也会以为你有花头了——"

陈也咳嗽一声,说:"没事了就好。赵强,留下吃完饭再走。"

赵强忙道:"不了,我买了晚上的电影票,《唐伯虎点秋香》,老婆,我晓得你最喜欢周星驰了,对吧?我是这么计划的——我们先去沈大成吃饭,再去看电影,然后再陪你逛南京路,买几件衣服——你看可以吗?"

李来娣又是重重地哼了一声。

李招娣从房间里拿出她的换洗衣服,统统塞进她带来的旅行包里,"走吧,"李招娣说,"我们陈也在小房间也睡了好几天了,你再不走我们陈也就要发火了。别到头来你们夫妻倒是和好了,我们夫妻又翻脸了。走吧,走吧。"李招娣一边说,一边把旅行包交给她。

赵强连忙接过旅行包:"不好意思哦,打扰你们了。"

陈也说:"打扰倒也没什么打扰的。"

"那好,那我就再住几天!"李来娣已随着赵强向门边走去,嘴巴却还硬撑着。话音刚落,便被李招娣一把推了出去,将门关上。

"这个小女人!"李招娣摇头。

"我没说错吧,你们女人是不是作?"陈也朝她看。

李招娣眼睛一瞪:"你还好意思说,人家老公给老婆买五千多元的皮包,你呢,你给我买什么了?"

"人家是来赔罪的,当然要买东西,你老公行得正坐得直,不用来这套。"

"嘿,那我宁可你偶尔犯点小错误,然而再买点东西来讨好讨好我。"

"你说真的?"陈也瞟她,"那我就真的出去找花头了哦?"

李招娣嗤的一声,伸出长长的手指,点着他的额头。"你去找呀找呀——不是我小瞧你,你呀,左看右看都不像有花头的人。你晓得你额头上写了两个什么字?——'木头'。嘻,你就是一块木头,你晓得吗?"

陈也看了她一会儿,先是不说话,随即自言自语道:"你们这些女人啊,自己男人在外面寻花头,就气得一塌糊涂,要是没花头,就说他是木头。男人怎么做都是不对的,男人怎么做你们都看不顺眼。你们啊你们——罚你们下世也做男人,你们就晓得做男人的苦了。"

第二十九章

陈也爸妈劝陈也去领个孩子。

"你现在不觉得,等你到四十岁的时候,就晓得小囡有多重要了。招娣生不出小囡那是没办法,但至少可以去领一个嘛。孤儿院里挑个聪明漂亮的男小囡,最好是刚出生不久的,没意识的,从小养起,就跟自己亲生的差不多——"

陈也说:"这个,再考虑考虑。"

陈也妈妈叹了口气,忽道:"不晓得那个小囡现在怎么样了——"

陈也知道她说的是徐小飞。

陈也妈妈又叹道:"要是当初不晓得真相,一直瞒下去,倒好了。"

陈也爸爸数落老伴:"你啊,你这是自欺欺人。"

陈也妈妈说:"自欺欺人就自欺欺人——那个小囡多好玩啊,胖乎乎肉嘟嘟,皮肤雪白,讲起话来奶声奶气——你敢说你不喜欢?"

陈也爸爸也叹了口气,说:"喜欢又有什么用?他又不是我们的亲孙子。"

两个老人唉声叹气了一会儿。陈也想,爸妈年纪越大,越是喜欢小孩。

陈也回到自己家,一进门,李招娣刚好挂掉电话,见到他,便道:"毛头刚刚找你——你再打过去吧。"

陈也猜多半是那笔钱的事,便道:"嗯,我待会儿再打。"

吃完饭,李招娣去洗碗,陈也便到房间里,打电话给毛头。

"妈的,又赔了。"毛头告诉他。

陈也心里一凛:"哦,赔了。"

"兄弟啊,"毛头道,"那笔钱我先缓一缓,过阵子再还你好吗?"

陈也迟疑了一下:"这个——"

"天晓得我居然这么背,买涨就跌,买跌就涨,他娘的,财神菩萨存心跟我对着干——要不这样,我先还你个两三万,其余的再慢慢还,好吗?"

陈也犹豫着说:"我倒是没什么,就怕我老婆晓得了,那就真的天翻地覆了。"

"你不是说股市的钱她不清楚的嘛,"毛头道,"算我求求你了,我现在真是到绝路了,我连我新买的那套家具都卖掉了,还有我老婆的金项链,也卖了。早晓得就不玩这么大了,现在倾家荡产了,什么都没了。陈也,我们这么多年的兄弟了,要不是走投无路,我也不会跟你来这套。再说,最近股市狂泻,幸亏你兑了现,要不然这笔钱放在股市不是也没了?——你相信我,等我周转过来,我第一个就还给你。好不好?我求求你了——"毛头越说越急,到后来隐隐带着哭腔。

陈也无奈,说:"好吧好吧——你尽量早点还吧。"

"谢谢你了,谢谢你了。"毛头激动极了,一个劲地道。

挂掉电话,李招娣湿着头发走进来:"哎,我问你呀,"她道,"这几天股市像发了瘟病一样,日日跌夜夜跌,你的股票怎么样,抛了没有?"

"哦,"陈也故意叹了口气,"谁晓得会这样跌法,都来不及抛。"

"什么?"李招娣紧张了,坐到他身边,"真的没抛?——惨了,这下真的跌得连爹妈家都不认识了。还剩多少,快点抛了吧,别连老底都输光了。"

"我晓得的,"陈也说,"做股票是你懂还是我懂?这种跌法,是庄家在炒作,等你们散户一个个吓得全出了局,他们就不慌不忙全部吃进,再把股票拉起来,到时候抛掉的人吐血都来不及。"

"真的?"李招娣半信半疑的,"还是抛掉一点吧,保险。"

陈也嗯了一声,说:"我心中有数。"

睡觉了。陈也躺在床上,心想:"世界上的事情有时候真是说不清,自己借钱给毛头,谁晓得股票竟然真的跌了,看来好心还是有好报啊。"陈也想到这里,不禁咧嘴笑了笑,像是捡了个皮夹子。再一想,忍不住又笑自己傻。

这时,电话忽然响了。陈也拿起电话,道:"喂?"

电话那头是苏娜火急火燎的声音:"喂,陈也吗?"

陈也吓了一跳:"这么晚了,有事吗?"

"小飞——小飞——"苏娜喘着气道,"小飞发高烧到四十一度,人都快烧焦了——我已经叫了救护车,我怕——我怕他会出事——"

"我马上过来!"陈也挂掉电话,一骨碌掀开被子,跳下床。李招娣被吵醒了,睁开眼睛,迷迷糊糊地道:"怎么了?"

"我——单位里有急事,要马上赶过去。"陈也边穿衣服边道。

"什么事啊,深更半夜的——"李招娣问他。

"不是很清楚,好像是出了事故——"陈也拿了钥匙,"你管你睡吧,我去看看就回来——"

"深更半夜的,又这么远,你怎么去啊?"李招娣急道。

"叫出租车,说好能报销的。"陈也说完,便出了门。

陈也叫了车,很快赶到苏娜家,见她家灯还亮着,晓得救护车还没来,噔噔噔上了楼,敲了门。过了好一会儿,苏娜才来开门。

"小飞怎么——"陈也瞥见她只穿了一条薄薄的睡裙,透明得能看见里面的内衣,便一下子止了口,"你——"

苏娜似是喝了酒,脸红红的,一说话,便是一股冲人的酒气:"你来啦——动作蛮快的嘛,"她笑了笑,挽住陈也的胳膊,"来,进来,进来再说嘛。"

陈也走进屋,叫了声"小飞,"走到小房间,一看,小飞躺在床上,呼吸均匀,显是睡得正香。脸色很正常,没有任何异样。陈也回过头,看苏娜。

"想不想喝酒?"苏娜笑着问他,"我这里有红酒、黄酒、白酒,连洋酒也有,威士忌。你想喝哪一种?"

陈也一动不动地看着她。过了一会儿,长长地吐出一口气。随即,迸出一句"神经病",开门便要走。

"等一等。"苏娜拦住他。又笑了笑,"怎么刚来就要走?"

陈也看着她,说:"我从来没见过像你这么无聊的女人。"

苏娜笑起来:"你见过几个女人?你晓得什么是无聊?我只不过是有些闷了,想找你过来说说话。我没有恶意啊,你为什么要说我无聊?"

陈也气极,道:"你千不该万不该,不该骗我说小飞病了——你到底是不是他妈妈啊?哪有妈妈这样咒自己儿子的。"

"我要是不说他病了,你会来吗?呃!"苏娜斜睨着他,响亮地打了个酒嗝。

陈也朝她看了一会儿,摇头道:"你喝醉了,我不跟你计较。请你记住,下次再也不要来找我了——我很讨厌你。"

苏娜睁大眼睛。"你讨厌我——你为什么要讨厌我?你不觉得我很可怜吗?每次我要见你,都得拿儿子出来当借口。上次是这样,现在又是这样。"

陈也一愣:"上次?嘿,其实我老早就该想到上次也是你耍的花样——你到底是什么意思?捉弄我吗?看到我和陈昆长得一模一样,就拿我当替代品,对不对?"陈也是真的有些气了,"我跟你讲,我不喜欢人家跟我开这种玩笑。我承认我这个人有时候傻乎乎的,可你也不能看我好欺负,就一次一次的——"

陈也说不下去了。他忽然觉得很累,身上没一点力气,连骂人的力气也没有了。他看了她一会儿,道:"你喝醉了——快洗洗睡了吧。我走了。"说完,开门出去。

陈也走在路上,半夜里,周围一个人也没有。他抬头看天,一轮明月挂在树梢。陈也想:幸好还有月亮陪我。他踢着脚下的一块石头,满脑子翻来覆去地便是:"这算什么名堂!"

苏娜带着醉意的脸庞在他眼前一遍一遍地晃过。他想起她的眼神,似是有些凄凉,尤其他走的那一刻,眼里像有什么东西一闪而过,亮晶晶的。

陈也不愿再想下去。飞快地朝前走去。

毛头到底还是还来了五万块钱。他对陈也说:"抽筋扒皮也只有这点了。你先拿着,余下十五万,容我慢慢还,好吗?"几个星期不见,毛头瘦了一圈,脸像是被人用刀削去了两块肉,颧骨凸了出来,脸色不大好,黑里带青的。讲话也无精打采的。

"不是我讲话下作——你要是现在说一句'马上还钱',那我只有去卖血,或者是借高利贷,"毛头道,"没办法了,只好去死了。"

陈也皱着眉:"我又没说一定让你马上还——总不见得真的让你去死,你也晓得我这个人心肠软,做不出的。不过毛头,这次你真是让我蛮为难的。"

"我晓得,"毛头黯然道,"我晓得的。"

陈也嘴巴动了动,却没说话,犹豫了半响,在他肩上拍了拍。

"自己保重吧。"

陈也回到家,告诉李招娣:股票全部割肉了。

李招娣一听,眼睛瞪得老大:"什么?你不是说股票还会涨的吗?——现在股票跌成这样,你全割肉了,你脑子是不是有毛病?"

陈也说:"不割肉,说不定套得更深。"

李招娣朝他看:"亏了多少?"

陈也嘿的一声,道:"还是不说了吧,说出来你肯定饭都吃不下了。"

李招娣眼睛突然间睁得老大,又一下子眯了回去。她有气无力地道:"你说吧,我有心理准备。"

陈也说:"这几年都白赚了。"

李招娣怔怔的,忽的拍了拍胸口。"哦,刚刚看你的脸色,我还以为老本都赔掉了呢,还好——算了,就当我们没做过股票,反正我也想通了,什么样的人有什么样的命,我们两个人天生是没有发财的命,就算赚了钱,还是会被老天爷收走的——你说,我现在是不是豁达多了,越来越想得开了,是吧?"

陈也瞥见妻子的神情,心里有些难过,差点想把毛头的事说出来。

"嗯,这个,你说的对,就当没做过股票——这个,没做过股票。"

这天晚上,陈也又接到苏娜的电话。

"陈也,我生病了。"电话里,苏娜的声音有些虚弱。

"什么病?"陈也问她。

"不晓得,上吐下泻,又发高烧,大概是吃坏了。"苏娜道,"陈也,我很难受,你能来看看我吗?"

陈也犹豫了一会儿。"这么晚了,"他道,"你自己吃点药吧,睡一觉应该就会好的。"说完挂掉电话。

李招娣问:"谁啊?"

陈也说:"一个车间的同事。身体不舒服。"

"怎么打电话给你?"

"嗯,刚工作没多久,父母都在外地,上海也没什么亲人。"

"倒是蛮可怜的——要不要紧?"李招娣问。

"大概是吃坏东西了,应该没什么事。"陈也躺了下来,关掉灯。过了一会儿,又把灯打开了,一骨碌爬起来。

"我还是去看看,"陈也边穿衣服边道,"总归不大放心。"

"我觉得——"李招娣看着他,咬着嘴唇,"我老公虽然运气不大好,但良心还是蛮好的——好心会有好报的。"她很认真地道。

陈也笑了笑,在她额头上亲了一下:"是啊。"

陈也走到楼下,一阵风刮过,有些冷,他不由自主地披紧了外套。他叫了出租,赶到苏娜家。走上去,敲了敲门。

很快的,门开了。苏娜倚着门,见到他,先是一愣,随即道:"你还是来了?"

陈也嗯了一声,说:"不放心,所以就来了。"

苏娜不说话了,怔怔地望着他。好一会儿,轻轻地道:"其实,我没有病,就是想你了——我又骗了你,你是不是恨死我了?"

陈也看着她,似是早知道是这个结果。半晌,缓缓地摇了摇头。

"我没这么恶毒——我宁可你骗我,也不希望你真的生病。"

苏娜听了,整个人似是定住了,一句话也说不出来。"你——"她眼泪不由自主地落了下来,"你这个人——真是的——"

陈也苦笑说:"我晓得我是个傻子,可我就是忍不住——我也不晓得怎么回事——我刚才一路上都在想,你一定是在骗我,但我又想,万一你真的生病了,怎么办?不是有个故事叫《狼来了》吗,那个小孩老是骗人家说'狼来了',结果真的狼来了,别人都不相信他,他就给狼吃掉了。我想,不管是真是假,我都相信你算了,身体要紧,万一你真有个什么闪失,那真是后悔也来不及了——不好意思,我不是存心触你霉头——"

"我喜欢你!"苏娜忽道。

陈也怔住了。

"我很喜欢你,你看不出来吗?"苏娜望着他,"如果你看不出来,那你就真的是个傻子——你真的看不出来吗?"

陈也嘴巴动了两动,却一个字却吐不出来。

"我喜欢你!"苏娜又说了一遍。

苏娜说着,一把抱住陈也。陈也猝不及防,被她抱得紧紧的。苏娜的头发丝有几根钻进了陈也的鼻孔,痒痒的,陈也忍不住打了个喷嚏。陈也脸红了,说:"你不要这个样子。"

苏娜搂住陈也的脖子,在他的嘴上亲了一下。陈也的脸更红了,去拉她的手臂,然而她的力气似是大得很,竟然没拉掉。陈也感觉到她的胸紧紧贴着他,她身上有一股淡淡的香气。陈也浑身打个激灵。她在他耳边哈了口气,暖暖的,陈也半边身子立刻麻了。陈也翻来覆去地想:不能这样,不能这样——大脑也似是跟着麻了,有些不听使唤了。

"我、我晓得,你是把我当成陈昆了。"陈也语无伦次地道,"你有没有喝酒?你眼睛是不是花了?你看看清楚——我脸上的痣虽然开掉了,可我是陈也,我、我可以拿身份证出来给你看——"陈也说着,真的去掏皮夹子。

苏娜扳住他身子,不让他动弹。"我晓得你是陈也,我喜欢的就是你——陈也。"她说完,抓住陈也的手,按在自己胸上。陈也触到她温软坚实的胸脯,全身的血液一下子全涌到脸上。苏娜身子软软的,斜倚着他。

有那么几分钟,陈也整个人迷糊了。苏娜像只灵活无比的猫咪,缠绕着他。陈也的思路完全跟不上,下意识地,揽住她的腰。她的腰,很柔软纤细,一点也不像个已经生过小孩的女人。她的眼睛,迷离得很,眼梢那儿微微扬起,陈也晓得这是老人常说的"桃花眼",很媚。

也不知过了多久,陈也忽的清醒过来。一把推开她。

"我是有老婆的——"陈也道。

"你老婆不会晓得的——"苏娜轻声道,又去搂他。

陈也再一次推开她。使劲地摇了摇头。

"就算我老婆不晓得,我也不能这么做。我要是这么做了,我心里就会很难受,会没脸见我老婆。苏娜,我承认我也有一点喜欢你——可我更加喜欢我老婆。我老婆是个好女人,虽然她脾气不大好,文化水平也不高,而且还不会生小孩,可她真的是个蛮好的女人。我一生一世都不会做对不起她的事情——"

苏娜看着他。

"所以只好对不起你了——"陈也低着头,"嗯,这个,其实也不是对不起,就是、就是有点不好意思——你别怪我,好吧?"

苏娜看着他,不说话。半晌,笑了笑。整了整衣服。

"我不会怪你的。"她道,"——我怎么会怪你呢?"

陈也看她一眼:"哦,那我走了。"

苏娜点点头,说:"再见。"

陈也走到门边,正要出去,苏娜叫住他:"陈也。"

陈也回过头:"嗯?"

苏娜看了他足足有两分钟。像是要把他看个够。半晌,说道:"你放心,我以后再也不会找你了。"她对着他笑,"祝你幸福,真的。祝你幸福。"

陈也给李招娣买了个提包。李招娣一看包上的牌子,立刻便从沙发上跳起来,叫道:"香奈尔!"

陈也对她做了个"嘘"的手势。"轻点,轻点——"陈也说,"别叫得那么大声,让人家听见了,还以为我们家多有钱呢——其实,我是想,你嫁给我这么多年,也没买过什么名牌,你看大街上那么多女人都背名牌包——"

李招娣说:"她们都是在襄阳路买的,大兴的。一百块钱就能买一个。"

陈也说:"她们买大兴的,我不买。我给我老婆买正宗的。"

李招娣咬着嘴唇,问他:"多少钱?"

陈也说:"四千九百九。"

李招娣嘴里咝着气:"你股票的钱都亏了,干吗还买这个? 给你爸妈晓得了,又要骂你浪费钱了。其实啊,买个大兴的就可以了,这么贵的包,一个够我平常买几十个了。再说了,我背这个出去,那些不识货的人还以为我背的也是个大兴包——"

陈也说:"你管人家怎么想干吗? 反正你自己晓得,你背的是个正宗的,法国货。我老婆本来就这么漂亮,再加上这个包,真是灵光的没话说了——"

李招娣眼珠一看,朝他看:"你是不是外面有女人了?"

陈也心里一跳:"胡说!"

李招娣说:"我晓得你们男人,在外面有了女人,就要买香奈尔给老婆。赵强买了个香奈尔给我妹妹,你现在也买了个香奈尔。

你老实说,是不是这样?"

陈也嘿了一声:"真是天晓得,赵强外面真的有女人,买个包,夫妻俩倒是和好了。我老老实实的一个人,咬牙给老婆买个贵得吓死人的包,我老婆反倒怀疑我外面有女人——你说,做男人还有什么意思?还不如买块豆腐撞撞死拉倒。"

李招娣嘿的一笑,伸手勾住他的头颈。

"算了,看在这个包的分上,就算你外面真的有女人,我也就不计较了。嘿嘿,我现在倒是希望你多找几个女人,这样你再给我买几个香奈尔,嘿,也蛮好。"

陈也点头,说:"好,那我明天就去找。"说着,一把将李招娣搂紧了。

第 三 十 章

一九九五年的夏天,王晓溪来到上海。

陈娟在电话里详细说明了女儿的火车班次和衣着打扮。陈娟说:"我们晓溪长这么大,是第一次出远门,我和她爸爸本来想送她的,可一来没时间,二来你晓得,火车票也贵,这么一来一去的,又是几百块钱——"陈也说:"阿姐,晓溪是来上海又不是山沟沟,你就放心吧,绝对丢不了。"

火车预计早上八点半到,陈也请了半天假,早早地到了火车站。一看表,才八点不到。陈也赶着出门没吃早饭,便到旁边小摊上买了一副大饼油条,两块钱,比外面贵一倍。没办法,火车站附近就是斩人。陈也三口两口吃完,便来到大自鸣钟下等着。南边一共两个出口,陈也怕走失,说好在火车站中央的大自鸣钟等着,目标清晰,也容易找。

陈也看表,已经八点半了。他睁大眼睛,盯着来来往往的人,尤其是年轻小姑娘。王晓溪今年十六岁了,该是大姑娘模样了。陈也上次见到她还是六年前,扎两个小辫子,脸颊红红胖胖,鼻梁边几颗淡淡的雀斑。陈也忽然有些激动,倒不是为了外甥女,而是——姐姐的女儿回来了。姐姐离开上海二十年了,现在,她的女儿回来了,和她走的时候差不多年纪。

陈也等了一会儿,没见到人,便有些心焦,怕走失了。又不敢走开,正踌躇间,听见身后一个细细巧巧的声音:"舅舅!"

陈也回过头,一个竹竿般高瘦的女孩子站在面前,皮肤偏黑,扎个马尾,额头梳得光光的,肩上背个大包,手里还提个灰蓝色的旧旅行包。陈也一愣,停顿几秒钟,才从女孩脸上找到一丝相像。"晓溪!"

　　王晓溪嗯了一声。陈也取下她身上的包自己背着,又拿了她手里的提包。王晓溪说:"舅舅,我自己可以提。"

　　陈也笑了笑,说:"要是都让你自己提,那我来火车站干吗?"王晓溪也笑了笑。

　　两人朝车站走去。车站上排了长队。陈也和王晓溪站着,随着队伍慢慢地朝前挪。陈也朝王晓溪看看,说:"呵,长这么高了。"王晓溪嗯了一声。陈也又道:"累不累?"王晓溪说:"还可以。"她的上海话不是那么标准,夹了些杂音。

　　陈也点点头,脸朝前站着。一会儿,又问她:"早饭吃了吧?"

　　王晓溪说:"吃了。"

　　陈也问:"吃了什么?"

　　王晓溪答道:"茶叶蛋和面包。"

　　陈也哦了一声,又没话了,便又笑了笑。王晓溪见他笑,还当是笑自己的早饭,便问道:"上海人早饭吃什么?"

　　陈也说:"什么都吃。泡饭、小笼、生煎、蛋饼、粢饭。"

　　队伍排到了。过来一辆空车,人群不由自主地朝前挤去,王晓溪被挤得撞在陈也身上。陈也小声嘱咐一句:"当心钱包。"

　　王晓溪一愣,随即想到自己的钱临行前被妈妈缝在内裤上,怎么样也偷不掉。便心一宽。跟着陈也上了车,找了个一前一后的单人座。陈也坐前面,王晓溪坐后面。

　　车开了。王晓溪看窗外,高楼耸立,商店鳞次栉比,车水马龙,还有来来往往的人。王晓溪目不转睛地看,她看到一些和自己年纪相仿的女孩,穿着很乖巧的泡泡袖衬衫,碎花的长裙,或是红底黑格的格子裙,辫子扎得高高的,走路胸挺得很直,辫子跟着左右摆动。王晓溪有些奇怪了,她只晓得将辫子上下摆动,怎么能够左右摆动呢?而且也没见那女孩晃头。王晓溪下意识地将辫子摆了摆。粗笨的辫子立刻打在她额头上。毛毛糙糙的,还有股淡淡的桐油的味道。

车子驶进一条隧道。陈也回头告诉她："这是延安路隧道，通到浦东——这条隧道是造在江里的，不用摆渡就能过江。"

王晓溪暗暗惊奇，嘴上却只说了声："嗯。"

陈也继续道："现在上海大变样了吧，跟你上次来的时候完全不同了吧？"王晓溪又嗯了一声。

过了江，很快的，便下车了。陈也一一给王晓溪介绍："这是浦东大道——这条是文登路，现在改叫东方路了——这个是证交所，证交所你晓得是什么吗？喏，就是买卖股票的，今天是星期六，休市，放到平常，那些老头老太全体出动，挤得里面就像菜市场一样——看见那幢楼了吗？那就是舅舅的家。你外公家离这儿也不远，坐公交车才两站路——"

王晓溪一边走，一边看，见到那几排青灰色外墙的楼房。阳光好，许多人家都把被子拿到阳台上来晒，用根竹竿挑着，两头再拿绳子一绑，沉甸甸地垂下来，一家家的，看着像给大楼贴上了许多伤筋膏药。

陈也妈妈在阳台上张望着，老远便叫起来："来啦，来啦，晓溪——"手不停地挥动。

陈也见了，对王晓溪笑道："你外婆在叫你呢。"

王晓溪朝上看了看，因为是近视眼，所以看不甚清，嘴角一咧，挤出笑容，算是回答。陈也带着她，上了楼。

陈也爸妈都在门外迎着。笑眯眯地，脸上抑制不住的激动。王晓溪叫了声："外公，外婆！"

两个老人答应着，忙不迭地把王晓溪迎进屋去。李招娣从厨房出来，手里还拿着一根黄瓜。陈也说："晓溪，这是你舅妈。"王晓溪依言叫了声"舅妈"。

李招娣朝她打量一番，笑道："跟照片上不大一样了嘛，个子这么高，成大姑娘了。"

陈也妈妈说："老早是大姑娘了。"

王晓溪有些不自然地站着。

陈也说:"坐呀——别拘束,这里就是你的家了。"

李招娣从电视柜下面掏出零食罐,拿了些巧克力、话梅什么的:"吃呀,坐着吃。"

王晓溪在沙发上坐了下来。陈也妈妈也坐下来,笑眯眯地看了她一会儿,问她:"眼圈有点黑——火车上睡了没有?"王晓溪说:"睡了两三个小时。"陈也妈妈点头说:"那待会儿吃完饭再睡一会儿。"

李招娣倒了半杯雪碧,又从冰箱里挖了两勺"加仑",放在雪碧里。端到王晓溪面前,说:"天气热,吃点冷饮。"

王晓溪说了声"谢谢",看着杯里那两块白白的东西渐渐向下沉去,又有无数气泡浮了上来。李招娣说:"上海都流行这么吃法,加仑配雪碧——你们云南没有吧?"

王晓溪轻轻嗯了一声,舀了一勺放进嘴里。陈也妈妈在一旁看着她吃,看着看着,眼泪就掉了下来,落到王晓溪腿上。王晓溪抬头看她,有些错愕的。

陈也说:"妈你也真是的,今天这么开心——"

陈也妈妈忙擦了泪,说:"就是就是,我这个人就是——年纪大了,变傻了。"

吃饭时,陈也不停地往王晓溪碗里搛菜。红烧鸭块、河鳗、糖醋排骨、炸鸡翅,堆得她碗里像小山一样高。王晓溪轻声说:"我自己来。"

陈也爸爸说:"晓溪啊,从今天开始,你就和我们住在一起了。刚刚上来肯定有点不习惯,不过没关系,都是一家人,外公外婆,还有娘舅舅妈,都是亲得不能再亲的人了,对吧?你要是有什么要求,或者有什么想法,都可以跟我们说。"

王晓溪在啃一块糖醋排骨,抬起头,嘴边一圈都是酱汁。

"知道了。"她道。排骨有点老,一块肉放在嘴里怎么也嚼不烂。她想吐掉,朝旁边的陈也和李招娣瞥了一眼,迟疑着,硬生生吞了下去。囫囵吞枣一般。喉咙那儿顿时便有些不舒服,呛得咳嗽起来。"咳——咳——"

"慢点吃、慢点吃,"陈也妈妈拍着她的后背,"招娣,去倒杯水来,哦不,倒杯饮料来——乖囡,喝什么饮料,外婆这里有可乐、雪碧、粒粒橙、芬达——"

王晓溪瞥见外婆那张嘴不停地张合着,声音是那么陌生,再望向旁边——陈也、李招娣,还有陈也爸爸,都是一张张陌生的脸,虽然是关切的,却好像离自己那么远。王晓溪在那一瞬想到了爸爸妈妈,不知怎的,被一种莫名的情绪充斥着,突然间,眼泪夺眶而出。无声无息,流满了整张脸。

不待众人说话,王晓溪站起来,飞快地冲向卫生间,关上门。

九月,王晓溪在就近的高中办了入学手续。这所学校的教导主任是三宝的表哥的连襟,陈也托了这层关系,送了点礼物,拜托他多多照顾。教导主任说:"云南那边的课程可能跟上海有点区别,同样是高一,进度就不一样了。尤其是英语,你晓得的,外地的英语水平跟上海根本不能比——"

陈也连连点头:"我晓得,我晓得。"

教导主任问:"小姑娘的基础怎么样?"

陈也忙道:"蛮好,在以前的学校里,每次都是年级前几名,连续几年都评上了三好学生。"

教导主任说:"那就好——你们做家长的要多配合学校,关键也要看小姑娘自身的素质,你晓得的,许多转校生一时间会不适应——"

陈也打了个电话给三宝,谢谢他帮忙。三宝最近不大顺,锅炉厂效益一年不如一年,隔几个月就有人下岗,三宝文凭低,脾气又倔,不大讨领导喜欢,属于高危人群。他一直在愁这个,头上都长出白头发了。陈也在电话里劝他想开点。

"你操什么心呀?是福不是祸,是祸躲不过。真轮到你头上,你再操心也没用,白白多长几根白头发。我跟你讲,我头上也有白头发了。像我们这种年纪的,一定要当心,没事弄点黑芝麻核桃什么来吃,补一补——"

三宝打断他道："去你的,都是废话。"

陈也说："不是废话,是实在话。我跟你讲,我要是江泽民,肯定把你提拔当厂长,谁都不敢欺负你。可我呢,屁都不是,做兄弟的无权无势,除了说几句话安慰你,还能干什么？想开点,车到山前必有路。"

三宝叹了口气,说："我不像你,还晓得炒炒股票赚几个钱,我是傻人一个,什么都不懂。我老婆也是个小工人。要是真的下了岗,这个家就完蛋了。算了,不说不开心的事了——你外甥女真的住在你家里？你老婆不会有意见？"

陈也说："她敢？她要是敢作怪,我就休了她！"

三宝嘿嘿笑起来："嘴硬骨头酥。你这种人啊,我老早看穿了,在我面前撑强,到老婆面前,就抢着去倒洗脚水。嘿！"

陈也笑骂："放你的狗臭屁。"

陈也下了中班,在路上买了半只电烤鸡,兴冲冲地回到家。门一开,便叫："老婆,我回来了。"

却无人应声。陈也在客厅里灯关着,便走进房间,见李招娣倚在床上看报纸,一张脸气呼呼的。陈也问："叫你怎么不回答——晓溪呢？"

李招娣啪的一下把报纸扔了,随即瞪着陈也："去你爸妈家了。"

陈也吃了一惊："怎么了,为什么去我爸妈家？你惹她了？"

"我就晓得你会这么说！"李招娣一咕噜坐了起来,"我惹她什么了？她放学回来,我问她课上得怎么样,她说还行。我又问她老师讲的东西懂不懂,她就白我一眼,反问我,怎么会不懂呢——你也晓得你外甥女那副死样活气的腔调,让人看了就不舒服。后来我在厨房烧菜,她在客厅写作业,本来好好的,吃饭的时候她盛了两碗饭,我随口说了句你胃口倒蛮好的,她就脸色变了。过了一会儿,她说想到你爸妈那儿去。我问她这么晚了去干什么,她说她想外婆了。我觉得好笑,就说你这个时候回去,你外婆还当我欺负你了呢。她硬是要走,我拦也拦不住她——你说,这小姑娘是不是有点怪?"

陈也沉吟了一会儿,拿起钥匙放进裤袋,说:"我到我妈那儿去一趟,你先睡吧。"

李招娣恨恨地躺下来,把被子蒙住头,大声说:"你要去就快去,见了你妈千万要告诉她,我可没招惹你外甥女。"

陈也说:"你别这么快撇清——你讲话的腔调我会不知道?恶声恶气的,好话也被你说成歹话了——睡吧睡吧,我走了。"

陈也骑着自行车,很快便到爸妈家。陈也爸妈还没睡。王晓溪也没睡,趴在案头写东西。陈也瞥了瞥父母的脸色,笑着对王晓溪道:"晓溪,这么晚了跑到外婆家干什么呀,明天还要上学呢。"

陈也爸爸瓮声瓮气地说:"晓溪在给她爸妈写信。"

陈也一惊,嘴上道:"哦,写信啊,写了什么,能给舅舅看看吗?"说着凑过头去看。王晓溪把纸一抽,说:"舅舅,不好随便看人家的信的。"

陈也笑着说:"是啊是啊,舅舅是跟你闹着玩儿呢。"

陈也妈妈说:"晓溪跟我说,她想搬到这里来住。"陈也哦了一声,问王晓溪:"为什么要搬过来啊,住得好好的——"陈也爸爸说:"晓溪说她住不惯。"

陈也又哦了一声,笑了笑,说:"一开始肯定会不习惯,时间长了就惯了呀——晓溪,走,跟舅舅回去,明天还要上课呢。以后到外婆这里玩,要早一点,晓得吗?这个,太晚了女孩子走在路上不安全。"

王晓溪望了外公外婆一眼。陈也妈妈拍拍她的肩膀,说:"乖囡,回去吧,下次再来玩。"陈也爸爸也说:"跟舅舅回去,好好读书。"王晓溪便站了起来,收拾好东西,背起书包,走到门口。陈也妈妈推了陈也一下,在他耳朵轻声道:"让招娣讲话注意点,到底不是自己的女儿,不能想什么就说什么。"

陈也瞥见王晓溪眼角的泪痕,嗯了一声,出门了。

陈也骑着自行车,王晓溪坐在书包架上。舅甥俩一路上都不说话。过了好一会儿,眼看着快到家了。陈也忽道:"晓溪。"

王晓溪说:"嗯?"

陈也一边骑,一边缓缓地道:"你舅妈那个人,你不大熟悉,样子长得有点凶相,这个,怎么说呢——其实她心地还是很好的,一根肠子通到底,讲话不会拐弯抹角,时间长了你就习惯了。你不要放在心上——"

王晓溪嘴一撇,轻声道:"我又没有生舅妈的气。"

陈也点头道:"我晓得我晓得,我只是随便说说,怕你误会——晓溪啊,你外公外婆身体不好,所以就让你和我们一起住。既然住在一起了,就是一家人了。我和你舅妈呢,把你当成自己女儿一样,该说的时候说,该骂的时候骂,你呢,也要把我们当成亲生爸妈一样,有什么想法,开心的也好,不开心的也好,要及时沟通,千万不要存在心里头。晓得吗?"

王晓溪说:"我晓得。"

陈也说:"这样就对了——舅舅家里还买了半只电烤鸡呢,回去热一热就能吃了。舅舅晓得你最喜欢吃烤鸡,专门绕了个圈去买的。"

王晓溪说:"舅舅,下次别买了,浪费钱。"

陈也嘿的一声:"有什么浪费不浪费的——我刚刚说了,一家人就别客气,有好吃的多吃一点,如果哪天不想烧菜了,吃泡饭萝卜干你也不要有意见,这样才是一家人嘛,对吧?"

王晓溪嗯了一声。

一会儿,到了家。刚打开门,李招娣立即便从房间里噔噔噔跑出来,见到王晓溪,道:"回来啦?"

王晓溪叫了声"舅妈"。

李招娣说:"热不热?快点先去洗个澡,已经十一点多了。"

王晓溪应了一声,拿好换洗衣服到卫生间去。李招娣对着陈也,朝他瞪了一眼。陈也等王晓溪进了卫生间,轻声对妻子道:

"你还好意思朝我瞪眼,我没对你瞪眼算好的了——我跟你讲,以后讲话当心点,晓溪要是你亲生女儿,你怎么说都没关系,可她不是。你不要十三点兮兮的,想到什么就说什么——

李招娣斜眼问他:"这话是你妈说的?"

"不是我妈——是我说的,"陈也道,"你记住了没有?"

李招娣又瞪了他一眼:"记住了——真是的,话都不能讲,请了个祖宗回来。"

陈也皱眉道:"你又来了。你自己想一想,要是你妹妹的儿子到我们家来,吃了一碗饭,再添一碗,我对他说,哎哟,你胃口倒是蛮好的——你听了舒服吗?"

李招娣说:"我不在乎。我外甥也不会在乎的。"

陈也说:"你是马大哈,你外甥也是马大哈。再说,男孩和女孩能一样吗?晓溪这个年纪,是最敏感的年纪,讲话一定要当心——"

"所以呀,"李招娣叫起来,"我没说错——真的是请了个祖宗回来。"

"嘘——"陈也急得朝她做手势,"轻点轻点,你这个人真是的——"

"你说老实话,"李招娣咬着嘴唇看他,"我是不是个不错的人?换了别的女人,听见老公的外甥要住在自己家里,一住就是好几年,十个有九个都是不会同意的——你说,像我这种舅妈是不是很难得?"

"难得,难得,"陈也使劲地点头,"你最好了,好的没话说。"

李招娣朝他看:"我怎么觉得你在讽刺我?"

陈也说:"没有,是真的,我没有讽刺你。你真的蛮好,真的——不好我能找你当老婆?"

李招娣轻轻哼了一声,瞟着他,说:"你晓得就好。"

第 三 十 一 章

三宝的厂连续几个月发不出工资。三宝找小陶帮忙,小陶说街道工厂需要一个货车司机。三宝很早就考过 B 照,小陶把他调了过来。工资不高,但有保障,空闲时还可以干干私活,赚点外快。三宝很高兴。

小陶仕途顺利。街道主任当了不到一年,便调到区政府,当了区长助理。单位给他分了套房子,在区政府旁边,地段偏了点,但三室一厅,面积够大。加上现在已逐渐取消福利分房,都是货币分房。像小陶这样的房子,再不济也要八九百块钱一个平方,等于白白送了他十几万。

周末,三宝、毛头、陈也和小陶在张生记吃饭。小陶是开车来的,单位配的桑塔纳。吃饭也是他埋单,能报销。四个老同学好久没碰头了。小陶比以前胖了,脸色也红润了许多,讲起话来字正腔圆,中气十足的。陈也说:"小陶现在很像领导啊。"

小陶还没开口,三宝便在一旁说:"什么叫像?——人家本来就是如假包换的领导。我们这几个人啊,就属小陶最有本事了。前途不可限量。"

小陶笑笑,谦虚道:"捣捣糨糊,捣捣糨糊。"

毛头的老婆得了子宫肌瘤,几个月里开了三次刀,肚皮上像装了拉链,他一直陪夜,脸色很差,眼窝那里黑了一块。三宝开货车,被太阳晒得黑了一圈,精神倒还好。

小陶给毛头介绍了一个妇科医生,是红房子医院的主治医师。

"是我同事的姐夫,圈子里挺有名,你带你老婆去看看。"

毛头说了声"谢谢"。正要从口袋里掏烟,小陶已经拿出"红中华",散了一圈。毛头便不好意思把自己的红双喜拿出来了。小陶说:"张生记的老鸭汤好吃是好吃,就是腻了些,上面漂的全是油。"

三宝说:"现在和以前不一样了,以前是喜欢吃肥肉,现在看到肥的油的就怕,就想吃点清淡的。"

小陶说:"现在生活条件好了,吃的东西多了,选择也多了。以前是怕吃不饱,现在是怕吃得太多,对健康不好。报纸上不是一天到晚让市民少吃酸性食物,多吃碱性食物嘛,什么是酸性食物,就是那些猪肉牛肉,碱性食物就是蔬菜水果。我老婆现在每天让我吃一个苹果。你们晓得我是不喜欢吃水果的,可没办法,要想身体好就得多吃水果——咦,陈也,你怎么不吃菜?就你吃得最少。"

陈也说:"大概是老了,胃口一年比一年差。"

三宝嘿的一声:"帮帮忙,四十岁都不到,老个屁啊——哦,我晓得了,是不是你老婆觉得你某些部位老了,啊?"说着,嘿嘿坏笑起来。

陈也摇了摇头,说:"你这个人啊,嘴里总是吐不出象牙来。"

吃完饭,桌上还剩下一些菜,小陶让服务员打包。朝毛头看了一眼。三宝立刻便叫起来:"毛头,这些菜你拿回去吧。"

毛头说不要。三宝大声道:"现在打包没什么丢脸的,你小子别死要面子。"

毛头还是不要,脸色有些尴尬。陈也忙把打包的菜拿了下来,说:"我老婆最近懒得很,不高兴烧菜。正好让我拿回去。"

三宝说:"还是你实惠。"

临走时,小陶给了每人几张东方明珠的参观票。

毛头说:"讲起来是上海人,东方明珠建成那么久,还没上去看过呢。"

三宝说:"一张票好几十块钱,没啥意思,要不是白送的票,才不高兴上去呢,上头又没有金子。"

小陶说要送三人回去。陈也说不用了:"你和三宝顺路,我和毛头走回去就可以了,反正天气好。"小陶和三宝便先走了。

陈也和毛头朝前走去。陈也把手里的饭盒交给毛头。

"你老婆住院,家里没人给你烧饭,拿回去吧,凑合几顿也好。"

毛头犹豫了一下,没动。陈也硬塞在他手上。

"别这副死样活气的表情,"陈也咳嗽一声,笑笑,"我又没催你还钱。"

毛头说:"就算你不催我还钱,我心里也不好受。你晓得不晓得,我现在每次看到你都怕得要死。"

陈也说:"你以为就你怕啊?其实我看到你也怕。"

毛头奇怪道:"你怕什么?欠钱的又不是你。"

陈也摇头,说:"你要是个陌生人,那我就一点儿也不怕,非但不怕,喉咙还会叫得比谁都响。可你是毛头,是我最要好的朋友,所以我就怕,怕得要命。"

毛头朝他看了一会儿,低下头,叹了口气。

星期天,陈也带李招娣和王晓溪去东方明珠。王晓溪还有两个月就高考了,陈也特意带她出来散散心。王晓溪成绩很不错,有保送到同济的机会,可她不愿意,硬是要考复旦。陈也给姐姐写信,说"这个小囡争气得很,你们就放心吧,将来可以享女儿的福了"。

三人站在东方明珠往下看,下面的人一个个像蚂蚁似的,不远处,黄浦江蜿蜿蜒蜒,阳光下,水面泛着一层粼光,一点一点的。眯着眼,天和江似是连在了一起。江上的船只来来往往,汽笛声不绝于耳。

陈也指着近处的几幢高楼,说:"浦东现在热闹多了,粗看就和浦西没啥区别。好多人都愿意住到浦东来,为什么——浦东空气好,绿化好,房子新,价钱又便宜,再说了,现在交通方便了,又是隧道,又是南浦大桥、杨浦大桥,车开过去一会儿就到了。所以说,浦东是好地方了啊!"

李招娣斜他一眼,说:"听口气,你倒像是浦东新区区长。"

陈也对王晓溪说:"等你爸妈下次回上海,我们就一块儿再来东方明珠。"

李招娣撇嘴说:"来这里不实惠。还不如买点吃吃。"

陈也说她:"你这个人啊,小市民味道太足,只晓得吃,一点文化素质都没有。东方明珠是什么?是我们浦东的象征啊。上来看一看,整个浦东就一览无遗了,还有浦西,也看得清清楚楚——"

李招娣说:"帮帮忙,还'一览无遗'呢,少在我面前文绉绉的——看得见浦东浦西又怎么样,又不会多块肉!"

陈也摇头:"跟你这个人说不通。晓溪,我们不要理她。"

王晓溪微微一笑。她比初来上海时白了许多,剪了短发,看着很有精神。她和陈娟年轻时像极了,都是那种棱角分明的长相,大眼睛,高鼻梁,颧骨微凸。初来上海时那副黑框眼镜扔掉了,换了副无框眼镜。王晓溪现在很像个上海姑娘了,李招娣给自己买衣服时,总不忘给她带上几件,有时也把自己穿不下的衣服给她。王晓溪的身材高瘦,李招娣常常对陈也说:这小姑娘是天生的衣服架子,不去当模特倒蛮可惜。陈也说:我们晓溪是博士生的料,你不要瞎三话四。

回去的车上,人很多,好不容易有了个位子,王晓溪让给李招娣,"舅妈你坐",李招娣要帮王晓溪拿包,王晓溪说:"没关系,又不重——咦,舅妈你脸上有点脏,我帮你擦掉。"拿纸巾帮她擦拭干净。

回到家,王晓溪洗了个澡,马上便开始复习功课。陈也到菜场买菜,李招娣陪他一起去。路上,陈也说:"晓溪现在跟你倒是蛮亲。"

李招娣撇嘴说:"快三年了,就是养条狗也养得家了。"

陈也白她一眼:"你这个女人啊,讲话永远是十三点兮兮的。"

走了一会儿,李招娣又道:"那天我听她跟她爸妈通电话,说了一大堆菜名,什么冬瓜小排汤、糟毛豆、苦瓜炒肉片,肯定是她爸妈问她吃得好不好,她就把这里的菜报给他们听——嘿,你姐姐姐夫就生怕我们虐待她。"

陈也说:"他们不是这个意思。女儿快高考了,他们也紧张啊。要是换了你,也是一样的。"

李招娣说:"他们女儿成绩那么好,有什么好紧张的?倒是我外甥啊,才小学三年级,就开红灯了。我妹妹是不懂教小孩的,赵强那家伙整天就晓得野在外面,我看这个小赤佬将来大灵总归不灵了。"

陈也说:"你听你的口气,就像在讲外头人一样。你这个做姨妈的,也不晓得想想办法。"

李招娣嘿的一声:"我有什么办法?我又没养过小孩,更加不懂得教小孩了——要是让你们晓溪帮帮教教我们赵亮,倒是还有点希望。"

陈也说:"你讲话也不动动脑子,现在是什么时候?晓溪哪有这个闲工夫?"

李招娣说:"那就等她考上大学再说。"

陈也愣了一下,说:"这倒也不是不可以——再商量吧。"

第三十二章

　　一九九八年的八月,复旦的录取通知书来了,王晓溪填的是新闻系,复旦最热门的专业。她的考分比分数线整整高了五十多分,是她所在那个高中的第一名,浦东新区第三名。那个教导主任,也就是三宝的表哥的连襟,专门到陈也家来了一次,紧紧握住陈也的手,激动地说:"没想到啊,没想到啊——"

　　陈也倒是很平静,说:"我倒是老早就想到了。"

　　教导主任不住点头,说:"就是就是,素质摆在那里,其实也是意料中的事——我们学校还从来没人考进全区五十名呢,这一下子名气就出来了,明年生源质量肯定也会提高——老兄,真是谢谢你了,找了个宝给我们。"

　　陈也说:"哪里哪里,过奖过奖。"

　　教导主任走后,李招娣说陈也:"你这个人啊,明明心里高兴得要命,脸上还非要装得若无其事,傻不傻?"

　　陈也摇摇头,说:"你懂什么,越是得意的时候,越是要低调,让人家觉得你很有修养,很有素质。"

　　李招娣嘿了一声:"你自己看看你那副样子,想笑又拼命忍住,真辛苦啊,一张脸就跟抽筋似的,这叫有修养啊?这叫脑子搭错,做作!哈哈——"李招娣说到这里,忍不住笑了起来。

　　陈也白了她一眼。

　　"跟你说了也是白说,你这个人什么也不懂。"

　　陈娟和王有康从云南回到上海。李招娣陪陈娟去南京路给王晓溪买礼物。逛了一上午,买了双耐克的球鞋。本来是要买双新款的,可是新款只打九折,老款能打对折,三百多块。陈娟说:"新款老款反正都是穿在脚上,没啥不一样。"

陈娟一边付钱,一边对李招娣说:"我这辈子都没穿过这么贵的鞋。"

李招娣说:"时代不一样了嘛,现在条件好了,当然要穿的好些。只要小姑娘争气,买的再贵心里也舒服,对吧?"

陈娟笑着点头,说:"这倒是的。我和老王在云南吃苦受累为了什么?还不是就为了这个小囡。她现在这个样子,就是让我把老命抵上我也高兴。"

李招娣说:"阿姐你不要这么说。晓溪会让你们将来过上好日子的。陈也老是对我说,你们是有晚福的,将来就要享女儿的福了。快了,你们快要苦出头了。"

陈娟欣慰地笑笑:"小姑娘是蛮争气的。"

两人一边走,一边看路边橱窗里的摆设。陈娟说:"几年不回来,上海又是大变样了。"

李招娣说:"就是说呀,上海真是很漂亮的——我们店里有个人上个月去香港,回来讲给我们听,说香港也不见得比上海好,香港乱,不像上海干干净净的,特别是浦东,陆家嘴那块弄得多漂亮,马路、绿化,都是崭新的。陈也说,美国大概也好不到哪里去,亏得没考出托福,要不然去美国就亏了。我说他这是胡诌、吃不着葡萄说葡萄酸——再怎么样,美国总归更加灵光,你说是吧?"

李招娣又道:"阿姐,我跟你讲,现在上海人都不流行逛南京路了,买东西就去淮海路,那里的东西更加正宗。现在逛南京路的都是外地人,上海人逛南京路要被人家笑成是巴子的。"

陈娟说:"我本来就是外地人,是巴子,我也不怕人家笑。"

李招娣一愣,说:"阿姐,我可没有说你是巴子,我、我不是存心的——我怎么会说你是巴子呢,就算我这么想也不会说出来的呀——这个,陈也老说我讲话不经过大脑,十三点兮兮的,阿姐,你千万不要放在心上,我——"

陈也在饭店摆了一桌,庆祝王晓溪考上复旦。陈也父母、陈娟夫妇、陈也夫妇,再加上王晓溪,一共是七个人。陈也爸爸的头顶秃了一块,亮亮的。他自己说这是因为现在营养太好,油都浸到头皮里去了,所以长不出头发来。陈也妈妈上个月新烫的头,短短的,很精神。

陈也带了瓶五粮液,店里说要收一百块钱开瓶费,他跟经理交涉了半天,才答应只收三十块钱。陈也妈妈很想不通,说:"我们去买个扳头好了,又用不了多少钱,干吗让他们开瓶,还要收钱?"

陈也说:"饭店都靠酒水赚钱,你晓得他们一瓶五粮液卖多少钱?差不多要翻倍了。我们带酒进来,他们只收三十块已经很够意思了。"说着,让服务员把酒打开,每人面前都倒了一点。王晓溪说:"我不会喝酒。"

陈也说:"不会喝也要喝一点。你舅妈也不会喝酒,可今天也要喝一点。今天是为你庆祝,不管会喝不会喝,都要喝一点意思意思。"

一家人举起酒杯,干了杯,发出清脆的声音。

陈也放下酒杯,说:"真高兴啊,晓溪考上了复旦,将来大学毕业,找个上海的工作,再找个上海的男朋友——姐姐姐夫,你们开心吧?"

陈娟望着女儿,说:"开心,怎么不开心?天天盼夜夜盼,盼的就是这么一天,感觉像是做梦一样。"

陈也笑道:"不是做梦,是真的。美梦成真了。"

王有康叹道:"想想这小姑娘也真是不容易,我和她妈妈都读书不多,就靠她自己。我们厂里那些人常常问我是怎么教的孩子,我说我哪里懂教孩子啊,都是孩子自己争气。我把晓溪小学时候贴在墙上的那些纸条给他们看,什么'我要回上海'、'我要让爸爸妈妈过上好日子'、'我要努力',他们看了,都说这个小姑娘不得了,又聪明又孝顺。"

王晓溪拉拉他的衣角,轻声说:"爸,以前的事就别提了。"

王有康一愣,笑起来:"小姑娘还不好意思了。"

陈也爸爸喝了几杯酒,脸立刻便有些泛红了,话也多了起来。他说:"好啊,陈娟当年到云南去的时候,我就想,糟了,少了个女儿了,将来可怎么办呢。现在多好,晓溪成了上海的大学生,等再过几年,你们退休了,再回上海,到时候一家人又在一起了。开心啊,好事啊!"陈也爸爸边说,边把杯中的酒一饮而尽。"还有没有酒,再给我倒一杯。"他问陈也。

陈也说:"爸,喝得太快了。这是五粮液,你当是二锅头啊。"

陈也爸爸脾气上来了,从口袋里掏出几张一百元的钞票。"再去买一瓶,"他道,"儿子小气,那就老头子请客,今天喝到尽兴为止。"

陈也摇摇头,又从包里变戏法似的拿出一瓶五粮液。"小姐,"他把服务员叫来,在她手里塞了张十块钱,"这瓶酒就别收开瓶费了,啊?"

服务员把钱揣起来,佯装什么也没看到,走开了。

陈也给爸爸倒了满满一杯:"喝吧,今天高兴,就算你喝醉了,我做儿子的背你回去——放心喝吧。"

陈也爸爸咧嘴一笑:"这才像句话。"说着,又把酒喝干。

陈也妈妈摸摸王晓溪的头,说:"晓溪是天生读书的料。现在上海的孩子都时兴请家教,一小时好几十块钱,每星期要请个几趟,我的退休工资都不够请家教的。我们晓溪请过家教没有?一次也没有,照样考上复旦,全校第一。所以说啊,读书好不好其实还是天生的,要看孩子是不是这块料,有些小孩再怎么请家教,再怎么花钱,也是没用,天生就不是读书人——"

李招娣听了,在陈也耳边轻声嘀咕:"我总觉得你妈像是在说我外甥。"

第三十三章

李招娣为王晓溪买了副隐形眼镜,算是考上大学的礼物。报到那天,王晓溪戴着隐形眼镜,穿上一身新衣服。在镜子前晃了一圈,李招娣在一旁看,说:"真像个上海姑娘。"

王晓溪没吭声。陈也说:"我们晓溪本来就是个上海姑娘。"

李招娣一拍脑袋,说:"就是——我这个人老是别不过筋来。晓溪老早就是上海姑娘了。"

王晓溪撇了撇嘴:"其实上海姑娘也没什么了不起的。上海人老觉得自己很了不起,其实现在上海最成功的一批人没几个是土生土长的上海人。"

陈也说:"上海人也没觉得自己有多了不起。至少我就没觉得自己了不起,穷工人一个,能吃饱饭就不错了。晓溪你要努力,将来为上海人争光。"

陈也和李招娣送王晓溪去学校报到。路上,李招娣轻声对陈也说:"你外甥女还没上大学,就已经开始看不起上海人了。"

陈也说:"现在的年轻人都这样,这叫'叛逆',懂吧?你以为是我们那个时候啊,大人讲什么就是什么。"

李招娣说:"她爸妈也都是上海人,她凭什么看不起上海人?她要是看不起上海,又何必回来?"

陈也夫妇送王晓溪到教务处报了到,便去宿舍放行李。宿舍是六个人一间,三楼朝南,光线不错。王晓溪睡上铺。陈也爬上去,替她把褥子被单铺好。李招娣把包里的东西一样样拿出来,衣服、鞋子、洗漱用品、饼干桶,统统摆到柜子里。宿舍里还有两个学生在,照例也是家长爬上爬下地收拾东西。

收拾完,已经是吃饭时间,陈也和李招娣陪王晓溪到食堂吃饭。买了一百块钱饭票。食堂的伙食还不错,三人买了一份糖醋排骨,一份煎带鱼,一份番茄炒蛋,一份鸡毛菜,总共是九块钱。陈也说:"还是上学好,吃饭便宜。我们单位食堂这点东西最起码要十二块。"

李招娣说:"学生又没工资,当然要便宜点。我以前读书的时候,伙食还要便宜呢,一顿饭一块钱都不要。"

陈也说:"帮帮忙,你那是什么朝代,现在都快二十一世纪了。浦东开发都有八九年了。你读书的时候工资是多少,现在又是多少,翻了不晓得有几个跟头!"

吃完饭,陈也和李招娣便离开了。临走时,陈也关照了王晓溪几句"好好读书,当心身体,有事就给我们打电话",王晓溪哦了一声,说"舅舅舅妈再见"。

陈也从学校出来,直接去上班了。李招娣便到妹妹家去。赵强不在家,李来娣在翻赵亮的作业。赵亮手里拿个苹果啃着,坐在沙发上看电视,一副惬意的模样。李来娣倒是辛辛苦苦地一本本地翻着。李招娣问她:"你看得懂吗?"

李来娣说:"就算内容看不懂,打勾打叉总归看得懂的——你看看,这叫什么作业,七八道应用题没一道对的,这小赤佬真是没药救了!"

李招娣说:"你急也没用,赵亮现在还小,慢慢教总归教的会的。"

李来娣叹了口气,说:"我现在真是羡慕你没小孩,没包袱没心事,哪里像我,恨不得把一颗心吐出来给他,他还是这么不争气。"

李招娣说:"你也不要这么讲——你倒是试试看没小孩的日子!你这是说轻巧话,要不你把赵亮过继给我,你肯不肯?"

李来娣说:"我是无所谓,就怕赵强不肯。"

李招娣哼了一声,说:"你管他肯不肯呢,这种男人只晓得野在外面,家里的事死人不管,儿子就算考鸭蛋好像也跟他没关系。你真应该好好管管他。"

"我哪里管得动他呀,他那个人你也不是不晓得,像团棉花一样,骂他他就笑嘻嘻的,打他他也没反应。我是弄不过他的。"

李招娣说:"所以说呀,你老公比你厉害多了,你只晓得对自己人凶,碰到事情一点用也没有。"

李来娣撇嘴道:"是呀是呀,我是窝里凶,那你呢,你要是有本事,就把亮亮带到你家里,让你老公的外甥女帮忙教教他。"

李招娣说:"我是有这个想法,可她现在住在学校里,怎么教啊?"

"她星期六星期天总归要回来的呀,我让亮亮每个星期五到你家去,住两天,星期天晚上我再把他接回来。这样总可以吧?"

李招娣沉吟了一下。

"好,就这么办,"李招娣说,"这点忙她要是不肯帮,我以后也不要她叫我舅妈了。"

星期五吃过晚饭,李来娣带着赵亮,来到陈也家。

王晓溪看见李来娣,叫了声"阿姨"。李来娣眉开眼笑:"哎哟,个子这么高呀,样子老好的,眼睛也漂亮——你怎么这么厉害呀,听你舅妈说,你考了全校第一对吧?啧啧,你爸妈真是好福气呀——"

李来娣让赵亮叫"姐姐",赵亮圆鼓鼓的脑袋,手胖脚胖,五官倒是异常的清秀,像个小姑娘。"姐姐!"他依言叫了,声音还有点奶声奶气。

陈也把赵亮的书包拿下来,"这么重,现在小学生的书包怎么都跟炸药包似的,天天背着要长不高的,"说着拍了拍赵亮的头,"咦,你好像又胖了点,你妈妈天天给你吃什么好东西呀,怎么日长夜大?"陈也笑眯眯地问他。

"人胖有什么用,又不是养猪!"李来娣气呼呼地道。

李招娣说:"你少在孩子面前说这种话,你这个人啊,讲话总是傻乎乎的。"

李来娣说:"是呀是呀,我是傻——只要这个小赤佬别傻就行了。"

李来娣走后,陈也把赵亮带进书房,王晓溪坐在那里。"听姐姐的话,用功一点,晓得吗?"赵亮点了点头,说:"晓得了。"陈也随即出去了,带上门。

王晓溪翻了翻赵亮的作业本,看到上面横七竖八的大叉。她不动声色地朝他看了一眼,继续翻其他的作业本,还有考卷。赵亮揉了揉鼻子,两只肉乎乎的小手摆在大腿上,眼睛眨巴眨巴的。王晓溪很快翻完了,停了停,随即问他:"你平常上课都认真听讲吗?"

赵亮说:"嗯。"

王晓溪又朝他看了一眼。把作业本合上。

"你要是认真听讲,作业都做成这样,那你就回家去算了。我估计没这个本事教你。"

陈也和李招娣在客厅里看电视,听到赵亮"哇"的一声大哭,吓得立刻冲进去。见赵亮眼泪鼻涕齐流,嘴巴张得老大。王晓溪在一旁若无其事。

"怎么了?"李招娣急道。

"姐姐骂——骂我笨——"赵亮哇哇哭道。

李招娣一愣,朝王晓溪看去。王晓溪脸上神情不改,缓缓地说:"我没有骂他笨,我只是说——如果他已经很认真了,还学成这样,那就干脆别学了。学了也是浪费时间,倒不如回家打游戏、睡觉。"

李招娣眉头一皱。"你怎么——"

陈也忙把赵亮拉到一边,哄道:"姐姐是跟你开玩笑的,姐姐是希望你认真学习,为你好——"

赵亮两只眼睛哭得红通通的,说:"姐姐骂——我笨——我要回家。"

王晓溪嘿了一声,道:"我刚才那几句话,连一个'笨'字都没提过,你能听出我在骂你笨,说明你根本就不笨。你自己看看你的作业,连续三天错的都是同一个地方,老师都帮你圈出来了,可你还是错。为什么呢——说明你根本就没认真看过!你在为谁读书?为你妈妈?为你爸爸?我告诉你,你是在为自己读书。读书好,将来开心的是你自己。你要是再继续这样捣糨糊下去,别说是我了,就是神仙也救不了你。"

李招娣要说话,被陈也使个眼色,制止了。赵亮朝李招娣看看,再朝陈也看看,见他们都不理会,便又哭着要回家。陈也说了句"乖一点",便拉着李招娣出来,关上门。

门内的哭声一阵高过一阵。李招娣急了,问陈也:"哎,你外甥女不会打他吧?"

陈也道:"你管她呢,打就打,只要别打死就行,说不定这样反而对你外甥好——我问你,你到底希不希望你外甥成绩有进步?"

"废话,"李招娣朝他白了一眼,"不希望他成绩有进步,我又何必让他过来?"

"那就是了,"陈也伸伸懒腰,打了个哈欠,"反正这小子也没救了,你就随便晓溪怎么弄吧,这叫死马当活马医。嘿!"

"放你的狗臭屁!"李招娣骂道。

第三十四章

王晓溪在纸上写了三道应用题。

"做完才能吃饭。错一点点都不行。如果做不出来,就别吃饭了。"

赵亮朝她看看,嘴巴动了动,不敢吭声。

"好好做,"王晓溪说,"从昨天晚上到现在,这种类型的题目我已经讲了不少了。你应该会做的。要是实在做不出也没什么,反正少吃一顿也不会死。"

赵亮嘴巴抿了抿,很委屈的样子。低下头开始做题。

王晓溪走出书房,故意把门开着,让厨房里的饭菜香飘进去。李招娣系着围裙,手里拿着几个碗,嘴里叫道:"亮亮,出来吃饭啦!"

王晓溪说:"我让他做完题再吃饭。"

李招娣愣了愣,说:"吃完再做也可以的呀。"

王晓溪说:"我跟他讲了,做不出来就不要吃饭。"

李招娣朝陈也看去。陈也咳嗽一声,说:"这个,现在时间还早嘛,我们过会儿再吃,这个,过半小时好了。"

李招娣狠狠地朝他瞪了一眼。王晓溪说:"舅妈你烧了半天菜,累了,快坐下来休息一下,待会吃完饭我来洗碗。"

李招娣说:"怎么好让你洗呢,你是大学生,谁洗碗也轮不到你洗呀。"说着便别过脸去。陈也看了她一眼,没说话。

三个人坐在沙发上看电视。过了一会儿,赵亮从书房里走出来,战战兢兢地把本子交给王晓溪:"姐姐,我做完了。"

王晓溪飞快地看了一遍,又把本子还给他:"可以吃饭了——去洗手。"

李招娣有些吃惊。陈也得意地朝她瞟了一眼。赵亮像获了大赦,蹦蹦跳跳的到卫生间洗手去了。陈也在李招娣耳边轻轻说了句:"你外甥早该有人这么治他了。"

吃饭时,陈也问赵亮:"姐姐教得好不好?"

赵亮偷偷看了王晓溪一眼,说:"好。"

陈也又问:"那你明天回家,如果你妈妈问你姐姐教得好不好,你怎么说?"

赵亮说:"好——"

陈也问:"什么好?"

赵亮的声音像是快要哭出来了:"姐姐——姐姐教得好。"

洗碗时,李招娣说陈也:"你们舅甥两个联合起来,欺负我外甥。"

陈也说:"我们怎么欺负他了?"

李招娣哼道:"一个逼着我外甥不让他吃饭,另一个花言巧语让我外甥打落牙齿往肚里吞。"

陈也先是一愣,随即笑起来:"李招娣啊李招娣,你真是越来越可爱了。"

李招娣气呼呼地瞪了他一眼。

"我现在算是看出来了,你们陈家都不是什么老实人,满脑子鬼主意。我们李家人都傻乎乎的,没有你们门槛精——"

赵亮期中考试成绩出来了,三门主课的成绩大有进步,本来班上倒数十名之内的,这次居然考进了前二十名。李来娣兴冲冲地带着赵亮来到陈也家,还提着两盒西洋参,一盒鸡精,说:"小姑娘教我们亮亮辛苦了,让她补补脑。"

赵亮躲在妈妈后面,李来娣把他拉出来,说:"躲什么,快点谢谢姐姐呀。"

赵亮说:"谢谢姐姐。"

王晓溪伸出手,在他头上摸了一下。赵亮下意识地头一缩,抖抖的。

李招娣见了,在陈也耳边轻声说:"我外甥见到你外甥女,就像老鼠见了猫似的。真作孽。"

陈也回答道:"这是威信。"

李来娣喜滋滋地说:"我们亮亮就拜托给晓溪了,真是不好意思,每个星期都要过来麻烦——这个,我们赵强说了,亮亮要是考上重点中学,就请晓溪到香港去玩一趟,反正香港已经回归了,去玩一趟也蛮方便的。"

陈也说:"都是亲戚,干吗这么见外?亮亮成绩进步,我们也很开心的。"

李来娣啧啧夸道:"晓溪真是不简单,自己读书读得好,小老师也当得好。我们亮亮一开始还不适应,每次回来都跟我说,姐姐很凶,不做完题目就不给吃饭,哭着闹着说下次不去了——"

陈也有点尴尬地看了王晓溪一眼。

李来娣继续说下去:"我睬都不睬他——我跟他说,对付你这个小赤佬就应该凶一点,不凶不行,什么是蜡烛?你就是蜡烛,不点不亮!你看,现在读书不是上去了?蜡烛,标标准准的蜡烛!所以说晓溪啊,我把我儿子交给你了,不听话,别说骂了,就是打也没关系,只要别打死,怎么样都行——"

王晓溪笑笑。赵亮撅着嘴,眼睛看着地上。李来娣又道:"你小子别撅嘴,这副死样活气的腔调,跟你爸爸一模一样,我看着就来气!你给我用点心,读书好了,你怎么样都行,读书不好,将来就只能去捡垃圾,弄堂里那个捡垃圾的老头子看见没有?头发胡子留得老长,一双手乌漆墨黑,一天三顿都在垃圾桶里找吃的,离开老远都闻到一股臭味——你是不是想跟他一样?嘿,到那时候我可风光了,人家问我,你儿子做什么工作呀,我手一指,喏,弄堂口捡垃圾那个就是我儿子,不错吧?谁要是笑话我,我就跟他说,你这个人真是拎不清,捡垃圾也好,掏大粪也好,都是为人民服务嘛,对吧——"

陈也对李招娣说:"我本来以为你已经够十三点了,想不到你妹妹比你还要十三点。你妈养了你们两个十三点女儿,真是要命。"

李招娣横了他一眼:"你讲话就是这么颠三倒四。我承认,我妹妹是有点十三点,可我哪里有?——话说回来,我妹妹也不是十三点,性情中人晓得吗?我妹妹就是性情中人。看上去有些十三点兮兮,其实是性情中人。你这个人啊,什么也不懂——"

第三十五章

陈也对李招娣说：

"现在已经是二十一世纪了。工资越来越高，可房子也越来越贵，工资涨得没有房子快。我们的房子已经涨到四五千块钱一个平方了，这还是老房子，同样地段的新房子，最起码也要六千块一平方。我爸妈那边的房子也是差不多价钱。啧啧，我一个月的工资连一平方也买不到。人家都说，房子还会再涨，要是有钱就再买一套房子备着。可我们哪来那么多钱啊，除非把现在的房子卖掉，可把旧房子卖掉买新房子，那不等于还是一套房子吗。"

陈也对李招娣说：

"我们厂里已经陆陆续续有人下岗了。老赵、老王，还有陆大海，上个月都下岗了，拿两三百块钱下岗工资，等到了退休年龄再拿退休工资。厂里说要精兵简政，可是兵减了不少，领导倒是越弄越多，管事的人多，做事的人少，你说好笑不好笑？老乐下个月就退休了，他要请我吃饭，你说我去还是不去？听说他的傻儿子在马路上摸了一个小姑娘的屁股，弄不好要进看守所。唉，春天还没到就发花痴，老乐这辈子算是栽在这个傻儿子身上了，也作孽。"

陈也对李招娣说：

"晓溪有男朋友了，你晓得吗？我在八佰伴碰到他们了，小男孩长得倒是白白净净，就是矮了点，看上去还没我们晓溪高。两个人手拉手要好得不得了，我躲在旁边，他们没看见我——晓溪已经大三了,这个年纪谈朋友也没什么,就是不晓得这男孩是不是配得上我们晓溪,人品好不好,老实不老实。现在小年轻谈朋友不像我们那个时候了,今天还搂搂抱抱,明天说分手就分手,一点也不拖泥带水,他们叫这种是时尚,可小姑娘毕竟是小姑娘,万一出了什么事,吃亏的总归是小姑娘。李招娣你不要朝我白眼,也不要嫌我多管闲事,嘿,现在是什么年代了,别说我们晓溪了,弄不好连你们赵亮在学校里女朋友都找好了——"

陈也对李招娣说:

"我大姨妈的表弟的女儿上个星期到澳大利亚去度蜜月了,是在浦东机场乘的飞机。浦东机场是国际机场,以前的虹桥机场现在变成国内机场了。我们厂里组织浦东机场一日游,我去看了,真是漂亮啊,机场前面有一个很大很大的人造湖,车子就在湖上开过,候机楼的天花板是镂空的,上面许多根柱子穿下来,导游讲这是自然采光,能节能,可小朱那家伙偏说是万箭穿心,嘿,还蛮像的。我们倒是无所谓,坐飞机的人听到这四个字肯定吓咝咝的。唉,坐飞机还是不牢靠,我这辈子是不坐飞机了,宁可坐火车——"

……

陈也对李招娣说:

"老婆,我下岗了——我也不晓得怎么会轮到我下岗,我实足还不到三十九岁,又有技术,怎么就轮到我下岗了呢?今年车间里有两个下岗指标,一个是老梅,这点大家心里都有数的,他最喜欢偷懒,群众基础也差,他下岗天经地义。可我为什么会下岗呢?车间主任对我说,前几年我贩黄带,档案上记了一笔,所以这次只有我下岗了。主任说这也是没办法的事。看到他那副样子,我也不好意思说什么了。想想人家当年也帮过我的忙,要不是他,我老早就丢饭碗了。现在总算是晚了七八年,人家也算对得起我了——老婆,我现在下岗了,以后就要靠你了。你不要急,也不要发火,你老公也是没法子。你有骂我的工夫,还不如好好想想,我们将来该怎么办?好在我们没有小孩,要是有小孩那就更糟了——老婆,我的头为什么这么疼?还有我的眼睛,为什么一阵阵的发涩?我全身发冷。我、我大概是病了,我、我身上一点力气也没有了——老婆,我好像要昏过去了——我——"

第三十六章

陈也下岗的第三天,就去毛头家了。

毛头的老婆前几年动了手术,把子宫切掉了。今年卵巢又出了毛病,长了个橘子大小的肿瘤,目前还不确定是良性还是恶性。医生刚给她做了检查,结果要几天才能出来。陈也到毛头家的时候,毛头刚从医院回来,整个人都恹恹的。

陈也不晓得怎么跟毛头说,想了半天,还是直奔主题:"毛头,你把钱还给我吧。"

毛头没说话,给陈也倒了杯茶。陈也继续说:"我下岗了,没钱了,日子过不下去了。"

毛头听了,说:"我的日子也过不下去了。"

陈也朝他看。

毛头说:"我哪里还有钱?我老婆的病,把家里的钱都折腾光了。你又不是不知道——我不是赖皮,你那笔钱我早晚会还的,可你让我现在还,我是无论如何也还不出的。"

陈也不说话,把茶一饮而尽,放下,站了起来。毛头看他一眼,说:"你干什么?"

"回家。"陈也嘿了一声,"我还能干什么,我又不是香港电视里那些放高利贷的流氓,还不出钱就在你家门口拿红漆写'欠债还钱'要么再卸胳膊卸腿——我拿你没办法,所以只好回家。"

毛头犹豫了一下,眉头那块蹙得紧紧的。

"你不要这么讲——你这么讲,我心里很难受。"他道。

陈也摇摇头，说："你不要难受——其实我问你要钱，心里比你还难受。我晓得你老婆住院了，也晓得你不是存心赖我的钱。你是什么样的人，这么多年兄弟了，我还不清楚？可我实在是没办法，我要是有办法，也不会过来。"

毛头眉头那块蹙得更紧了。

"我晓得，我晓得的，我、我也是没办法。"毛头一遍遍地搔头。

"所以呀，"陈也叹了口气，"我只好回家了。"

李招娣从信箱里把水、电、煤气的账单，还有电话费，物业费单，一张张的摆在陈也面前。李招娣买了菜，去厨房烧菜了。是小黄鱼，油煎一下味道蛮好。小黄鱼便宜，但弄起来太麻烦，要一条条地剖开，洗净，再一条条地煎。李招娣以前最讨厌弄小黄鱼，最近倒是隔三岔五地买。

陈也对着那些账单发了一会呆，便慢慢踱到厨房，帮李招娣择菜。李招娣一声不吭，眼睛定定地，看那些小黄鱼。陈也也不说话。两口子默默地干活。过了一会儿，李招娣轻声说："我已经好几个月没买新衣服了。"

陈也哦了一声。

李招娣说："我的化妆品都用完了，可我舍不得买。你看我最近都不大出门，因为出门就要化妆，不化妆我就不想出门。"

陈也又哦了一声。

李招娣又道："我们几个同事本来说好这个夏天去海南岛玩的，我跟她们说，我家里有事，不去了。她们回来跟我讲，海南岛很漂亮，海水湛蓝湛蓝，像颗宝石一样。不去真是可惜。我说是蛮可惜，不过没关系，下次我们陈也会带我去的。"

李招娣说到这里，叹了口气。

"我这些话是随便说说，你别往心里去，"她道，"就当我放了个屁——我晓得我不该说，说出来让你难受，可我就是忍不住。你不要以为我在怪你，我连一丁点怪你的意思都没有，真的——我只是随便说说，你要是不让我说，我会变成神经病的。"

陈也柔声道:"你说好了,没关系的。"

陈也觉得鼻子酸酸的,连忙把头别开。他瞥见李招娣两只手上都是小黄鱼的内脏,她灵活无比地拿剪刀一剪,再一掏,一扔,一冲。一条小黄鱼就弄干净了。陈也忍不住说:"你现在做家务比以前利索多了。"

李招娣嗯了一声,说:"我妈也这么说。她上次看到我杀鸡,都愣住了。她说我比李来娣聪明,李来娣到现在洗碗还不晓得要擦灶台——她说两个女儿都给她宠坏了,什么也不懂。她还说,我们结婚的时候,你跟我爸妈说,不会让我做一点家务,现在还不是做了?男人讲话都不好相信的,女人都傻乎乎的,女人终究是弄不过男人的,男人比女人门槛精得多。"

陈也苦笑道:"你妈是不是说'陈也这家伙讲话像放屁'?"

李招娣朝他看了一眼,摇头说:"你这个人啊,不要把我妈说得这么粗鲁——我妈不是这么说的,我妈说'陈也这种男人要是讲话算数,母猪都会上树了',是不是比你说的要文雅一点?"

陈也点头:"嗯,是文雅多了。"

李招娣又叹了口气,忽道:"陈也,我想问你个问题。"

陈也说:"你问吧。"

李招娣犹豫了一下,问道:"我们以后是不是天天都要吃小黄鱼了?"

陈也到医院去看望毛头的老婆。毛头老婆又瘦了一圈,整个人像是被削去一块,精神却还好。检查结果出来了,确诊为癌。毛头瞒着她,说是良性肿瘤。陈也买了一袋苹果,一听麦乳精。

陈也对毛头老婆说:"胃口好不好?只要吃得下睡得着,问题就不大了。我看你精神蛮好,等开完刀再休息一阵,应该就没什么了。谁没有个三病六痛的,只要发现得早,治好就没事了。毛头跟我说,等你好了,就带你到杭州去玩一趟——"

毛头到厕所抽烟,陈也也跟了出去,瞥见他在抽"牡丹",问他:"怎么抽这个了?"

毛头点上烟,吸了一口:"省一点是一点吧。"

陈也看他,说:"那就干脆戒掉。"

毛头摇头,道:"戒不掉的。晚上陪夜,要是不抽上几根,心里就堵得慌,手脚都发抖。抽两口就好了。"

陈也没说话。半晌,说:"也给我一支。"

毛头朝他看了一眼,道:"你也抽了?"说着,给他一支。

陈也接过,点上。

两人在厕所里吞云吐雾。都不说话。过了一会儿,毛头说:"你晓得吗——我现在看到你心就怦怦穷跳。"

陈也说:"你别紧张。我拿你没办法,又不能宰了你。"说着,竟笑了笑。

毛头也笑了笑:"我倒宁可你现在宰了我——我都有点不想活了。"他说着,拿手去搔头。头屑雪花似的掉下来,他不停地搔,搔着搔着,眼圈就有些红了。"真的,不大想活了,死了干净。"他说着,狠狠地抽了口烟。

陈也看看他,犹豫了一下,说:"你别这样讲。人活着谁没个烦心事呢?老古话说得好,人生不如意十之八九,要是一帆风顺,那就不是人生了——"

毛头嘿的一声:"你倒是想得开。"

陈也叹道:"想不开也要想啊,总不见得真的去死。毛头我跟你说,我难过的事情不比你少,我老婆不会生小孩,双胞胎弟弟飞机失事,现在又下岗了,家里水电煤都快付不出了,你以为我不难过?我们这些小老百姓,没权没势的,有几个活得顺顺当当没一点烦恼的?——毛头你放心,那笔钱我不催你——"

毛头急道:"我不是指这个——"

陈也道:"我晓得,我只是跟你说,让你放心。"

毛头看他一眼,说:"你不要再讲了,你再讲下去,我就更难过了——我觉得我像个骗子,骗兄弟的钱。"

陈也摇了摇头,在他肩上拍了两拍。

"进去吧,别让你老婆一个人待着,"陈也道,"多陪陪她。"

两人重又走进病房,邻床一个女人正拿着个随身听,听音乐。却不用耳塞,歌声径直放了出来。很抒情。病房里的女人们都静静听着。毛头老婆见老公过来,朝他做了个嘘的手势,似是怕吵了这气氛。毛头倚着她坐下,女人把头靠在他身上,微闭着眼,脸上竟带着年轻时撒娇的神情。

　　陈也依稀记得这首歌叫《城里的月光》,是个新加坡女歌手唱的。

　　"——城里的月光把梦照亮,请温暖她心房,看透了人间聚与散,能不能多些快乐片断？城里的月光把梦照亮,请守护她身旁,若有一天能重逢,让幸福洒满整个夜晚——"

第三十七章

陈也又去看望周老师。

周老师更衰老了,而且瘦,皮包骨头,看着有些怖人。但精神还不错,说话中气也蛮足。他看到陈也很高兴,脸上溢着光。

周老师问:"怎么样,最近过得还可以吧?"

陈也说:"有一阵还行,做生意、炒股,赚了点小钱。但最近越来越难过。下岗了,炒股也亏得出血。本来还以为日子会一天比一天好,没想到好日子像阵头雨,很快就过去了。不晓得以后会怎么样,心里空落落的,没底。"

周老师说:"我晓得你小子肯定是又遇到难题了。要不然也不会来看我。"

陈也有些讪讪的:"这个,也不好这么说——"

周老师摆摆手,道:"没关系没关系,跟你开玩笑的。你来看我,我很开心。待会儿我们找个小饭店,咪点小酒,吃点小菜。"

陈也说:"好啊,待会儿我做东,请周老师。"

周老师摇头:"不用不用,你刚才跟我诉了半天苦,我怎么好意思再让你做东呢?还是我来吧,老头子虽然退休金没多少,但还算稳定,一个人吃吃用用也足够了。改革开放的福气没沾到,不过好在也没吃啥大亏。"

小饭馆里,陈也点了猪头肉,还有几个小菜。要了一瓶黄酒。

周老师说:"还是离不开猪头肉。"

陈也笑了笑:"我这个人没出息,吃来吃去,还是觉得猪头肉最好吃。改不掉了。"

周老师也笑了笑,说:"你是个念旧的人。陈也,你是个老实人啊。"

陈也说:"老实人现在不吃香了。这个时代,老实人吃亏。有时候想想,觉得活了半辈子,也不晓得在忙些什么。乱七八糟的。连自己都看不起自己了。"

他说到这里,笑了笑,随即低下头,喝了口酒。

周老师朝他看:"年轻人,不要稍微遇到点挫折,就自暴自弃。你再怎么吃亏,能亏得过我?你才几岁啊,有的是机会。我跟你讲,不要急,搞改革又不是顺风船,人人都想赚钱不亏钱,那是不可能的。你听我跟你讲点理论知识——以前,领导人不懂经济,瞎指挥,'大跃进'、'文化大革命',把中国经济弄得一塌糊涂。这个时候,任何改变,只要不是成心捣乱,经济情况都会好起来。这就是改革开放初期的形势,人人得益,人人叫好。"

周老师讲下去:"过了那段好日子,困难就来了。搞经济是门大学问,摸着石头不见得能过河。我们现在就处在这样的环境中。其实啊,不管什么时候,最苦的都是小老百姓,没钱没势,只有任人摆布。"

陈也问:"那怎么办啊?也不晓得以后会怎么样。尝过了甜头,真要回到以前的苦日子,想想就害怕。"

周老师说:"怕也不用怕。'青山遮不住,毕竟东流去。'回到以前是不可能的,最多有点曲折。谁都不希望乱。我们这个民族多灾多难,好容易有了现在的发展,谁都会珍惜的。"

陈也说:"周老师,你真有学问。听你分析,比听中央台的财经新闻还要清楚。"

周老师笑了笑。

陈也又问:"那,股市还会涨吗?房价会跌吗?"

周老师在陈也肩上拍了拍,说:"会好的。一切都会好的。"

他说着,把目光移向窗外。

李招娣有个要好的姐妹想买新房子,到处看楼盘,硬拖着李招娣一块儿去。李招娣本来不想去,但拗不过她,只得一起去了。

一个礼拜里看了四五处楼盘,都不满意,李招娣跑得脚都酸了。这天,看的是徐家汇附近一个新楼盘。售楼处装潢得很漂亮,像五星级宾馆。两人走进去,售楼小姐朝她们看一眼,并不十分热情。

李招娣对小姐妹轻声说:"你看看门口停的那些车,就应该晓得这里的价格了——你买不起这里的房子的。"

小姐妹撇嘴道:"买不起,看看总可以吧。"

正说话间,旁边走过一个穿西装的男人,李招娣朝他看了一眼,似是有些面熟。还没反应过来,男人已看见了她,立刻便叫起来:"李小姐!"

李招娣听到这声带广东口音的称呼,顿时便想起来了——这男人是贾方舟。

贾方舟比前几年胖了些,头发也少了,顶上有些微秃。他显得很是惊喜,邀请李招娣去他办公室坐坐,并递上名片。李招娣看了名片,一愣,原来他就是这个楼盘的开发商总经理。

"好久没见啦,李小姐。"贾方舟笑着说。

旁边的售楼小姐见状,连忙倒了两杯咖啡过来。贾方舟让她把咖啡端到办公室。李招娣忙道:"不了不了,我们还有事,要走了。"

贾方舟显得有些惋惜,说:"这么快就要走了——好吧,我送你们出去。"

走到门口,贾方舟问李招娣要名片,李招娣忍不住笑道:"我哪有什么名片啊?"贾方舟便问她的手机号码。李招娣犹豫了一下,告诉他了。

回去的路上,小姐妹很是兴奋:"原来你认识这里的经理啊,啧啧,真是没想到——你帮我问问他,买房子可不可以打折?"

李招娣说:"你别想得美,我跟他一点儿也不熟,只是见过一次面。"

小姐妹瞟她一眼:"是吗,我看他对你的态度倒是蛮熟的嘛——哎,这男的不错哟,壮壮实实的,又有钞票——"

李招娣打断她道:"你不要瞎七搭八的。"

小姐妹说:"我可没有瞎七搭八,你看着吧,这个男人一定会给你打电话的。我是谁啊,这种男男女女的事情我看的多了,准错不了——"

过了两天,贾方舟真的给李招娣打了个手机。李招娣正在上班,看上面的号码,不晓得是谁,接起来,道:"喂?"

"李小姐,是我。"贾方舟在电话那头道。

李招娣愣了一下:"哦,你好。"

"今天晚上有没有空啊,我想约你吃个饭。"贾方舟道。

李招娣又愣了一下:"这个——空倒是有的,可吃饭就不用了。"

贾方舟说:"我们好久没见面了,一起吃顿饭,聊聊天。"

李招娣说:"不用了——好久没见面就没见面,其实除了我老公,我和我妈都有几个星期没见面了。还有我的大舅妈、三叔公,都几年没碰头了,也从没想过要在一起吃饭聊天。再说了,我也不大会说话,聊也聊不出什么名堂——"

贾方舟在电话那头笑起来。

"李小姐,几年不见,你还是一样这么可爱。"

李招娣被他笑得有些尴尬。

"就在你们浦东吧,小南国,怎么样?"贾方舟说,"你下班时,我来接你。"

李招娣想这个人怎么有点自说自话,犹豫着,说:"好吧——哎,你又不晓得我上班的地方,怎么来接我?"

贾方舟又笑起来。"你现在把地址告诉我,我不就晓得了嘛。"

贾方舟让李招娣点菜。李招娣说:"我随便,吃什么都可以。"

贾方舟点了条鲫鱼,一个虾仁,一个甲鱼饭。又专门为李招娣点了个雪蛤燕窝。"女人吃燕窝对皮肤好。"他道。

贾方舟举起杯,道:"谢谢你赏脸陪我一起吃饭,来,干杯!"

李招娣拿酒杯与他一碰。"是我谢谢你才对,"她道,"我白吃你一顿饭,又没出什么力,有什么好谢的。"

贾方舟一笑,把酒杯放下,问她:"这几年过得好吗?"

李招娣说:"还可以。"

贾方舟问:"有孩子了吗?"

李招娣一怔,说:"没有。"

贾方舟哦了一声,笑道:"这样也蛮好,两个人自自在在的。现在上海也流行丁克族,对吧?"

李招娣不晓得"丁克族"是什么意思,胡乱应了一声。

贾方舟不断地为她攦菜。李招娣说:"我自己来。"贾方舟说:"这里的鲫鱼味道不错,还有甲鱼饭,是这里的特色——多吃点。"

李招娣闻到他身上淡淡的香气,想:男人也涂香水,倒是蛮奇怪。

贾方舟叹道:"这几年上海的变化真大啊。我是九四年回的香港,去年再过来,感觉就像换了个城市似的。啧啧,车子开在高架上,往旁边看,就跟香港没什么区别。"

李招娣说:"那还是香港好。上海终归是比不过香港的。"

贾方舟摇头说:"差不多,真的差不多——李小姐,身为上海人,是不是觉得很开心?"

李招娣嘿了一声:"有什么好开心的,上海又不是我一个人的。再说,上海人也不是人人都有钱。现在不像过去,贫富差距大了,有的人天天鲍参翅肚,出入轿车,有的人买一斤鸡毛菜都要讨价还价,一分钱恨不得掰作两爿用——贾先生,我说这些话,你大概不会了解。"

贾方舟说:"我了解的。我以前也没什么钱的,大学毕业在工厂里做了十几年的普通职员,后来跟几个朋友出来做生意,情况才渐渐好了。这个社会就是这样——李小姐喜欢钱吗?"

"傻瓜才不喜欢,"李招娣说到这里,忽然愣了一下,"咦,这个问题你以前好像问过我的——喏,就是我们第一次见面那次。"

贾方舟笑了笑。

"你记性真好——你知道吗,我一直很怀念当年那次见面,常常会想起你。"贾方舟说完看着她。

李招娣又愣了一下,随即笑笑,把头别开。

"我还记得,我们第一次见面时,你穿了一条黄裙子,白皮鞋。很漂亮。"

李招娣嘿的一声:"还说我记性好,你记性不是更好?都七八年了,连我穿的衣服都记得这么清楚,我自己倒忘了——你是不是对别人的穿着都很留意?"

贾方舟笑着摇了摇头。

"我才没有这么八卦——我只留意我所关心的人。"他微笑地看着她。

李招娣不自然地笑了笑。

"李小姐——我能经常约你出来吗?"贾方舟忽道。

三宝告诉陈也,小陶在外面有了个情人。陈也听了,吓了一跳,说:"不可能。"

三宝说:"我都亲眼见过了,个子不高,脸型有点宽,眼睛细细长长的,反正没什么好看——这女的好像是区政府里一个处长。"

陈也愣了好一会儿,半晌才道:"世道变了,真是世道变了。"

三宝推了他一把,坏笑道:"你呢,你有没有?"

陈也嘿了一声:"我都下岗了,谁看得上我?"

三宝说:"那你老婆呢,弄不好你老婆外面有花头了。"

陈也摇了摇头:"你这张臭嘴啊,早晚被人打。"

三宝跟着笑笑,又道:"听说毛头问你借钱了?"

陈也一愣:"你怎么晓得?"

三宝道:"当然是毛头告诉我的——你小子,是不是问人家讨债了？人家老婆都快不行了，你还好意思去讨债——"

陈也皱眉道："别胡说八道，什么快不行了，在毛头面前千万别提这个！"

三宝脸色也有些黯然："不是我胡说八道，毛头自己也晓得，得了这种毛病，拖不了多久的，早晚的事。"

陈也闻言叹了口气。

"拖一天是一天吧，这也是没办法的事。"

陈也到街道职业介绍所去了一次，把资料登记了。负责的那位姓秦的阿姨戴着副老花眼镜，问陈也："小伙子，你想找个什么样的工作？"

陈也说："什么工作都可以，只要可以快点上班。"

秦阿姨抬了抬眼镜，说："工作是有，就怕你做不了。"

陈也说："不会的，什么工作我都做。"

秦阿姨又看了他一眼，问："环卫局通阴沟的——你做不做？"

陈也愣住了，半响道："这个，让我考虑考虑。"

陈也到自家楼下时，抬头看，见李招娣在阳台上收衣服。现在李招娣收衣服的动作已经相当熟练了，一抖，一收，衣服就在手里了。李招娣近来脸色有点黄，也许是不化妆的关系，五官就显得淡了很多，有些憔悴。头发也有些凌乱。

李招娣发现了陈也，便招招手，朝他笑了笑。陈也也笑了笑。

陈也走上楼，门已经开了。李招娣在厨房里炸小黄鱼，香气一阵阵地飘出来。陈也把外衣脱了，到卫生间洗了把脸。走出来，李招娣在找火柴，原来煤气灶的自动点火装置坏了，只能用火柴点。李招娣划了两下，火柴很久没用了，有些受潮，点不上。陈也到抽屉里摸出一只打火机，打开煤气灶开关，点上火。

李招娣把油锅摆上去，忽然想到一件事，问陈也："你怎么会随身放打火机？"

陈也一愣，没说话。

"你抽烟了是不是？"李招娣看着他。

陈也还是不说话。

"你肯定是抽烟了,要不然不会随身带打火机。"李招娣走到客厅,从他的外衣内袋里摸出一包"牡丹"。李招娣怔了一下,又回到厨房。陈也一直看着她。李招娣没再说什么,在锅里倒了些油,把青菜放进去,"呲"的一声,烟冒上来。

陈也犹豫了一下,说道:"是毛头。我去医院陪他抽,谁晓得抽着抽着,自己也上瘾了——你放心,我马上就戒掉。"

李招娣还是不说话,半晌,抬头看他:"也别戒了,戒烟很辛苦的,我爸爸每次戒烟都要死要活的。抽就抽吧,也没什么。既然抽了就抽好一点的——人家说,便宜的香烟对身体不好。"

陈也嗯了一声。李招娣转过身,翻动着锅里的青菜。

"我这个月奖金多了五百块,"她朝陈也看,笑了笑,"不错吧?"

陈也说:"挺好。"

李招娣一边炒菜,一边道:"我晓得你心情不好,别急,慢慢来。反正我们又不是过不下去。钞票多就多用点,少就少用点,没什么了不起的。"

陈也又嗯了一声。

李招娣把青菜盛到盘子里,交给陈也:"端出去,可以吃饭了。"

吃饭时,陈也对李招娣说:"你老公大概是找不到工作了,干脆去扫大街算了。"说着还笑了笑。

李招娣道:"谁说的?我老公是有技术的,只不过运气不好,才下了岗。陈也,我对你有信心,你一定能找到合适的工作的。真的,我敢打包票。"

陈也苦笑了一下。

"我老婆真是越来越贴心了——你说奇怪不奇怪,以前我处境还可以的时候,你总是说我这不行那不行,现在真的不行了,你反倒给我戴高帽子。"

李招娣撇嘴说:"所以这才是夫妻啊。越是倒霉的时候越要给你戴高帽子,你才能撑下去。哦,日子都过不下去了,还对你不好,那不成痛打落水狗了?——陈也啊陈也,你要是连这个道理都不懂,那你就真的是个傻子了。"

第三十八章

贾方舟又打电话约李招娣吃饭。李招娣犹豫着,答应了。

贾方舟说要去接她下班,李招娣说不用了,自己过去就可以了。贾方舟问她:"你想吃什么?"李招娣说:"我无所谓的,什么都可以。"

贾方舟想了想,说:"那我们去吃泰国菜吧。"

李招娣说:"好的。"

放下电话,李招娣又给陈也打了个电话,说晚饭不回家吃了,有个小姐妹过生日。陈也说,好啊,玩得开心点吧。

下班时,贾方舟还是来了,车停在门口。笑吟吟地朝她招手。李招娣看到周围人的目光,脸上有点发烧,过去上了车。李招娣说:"不是让你别来吗,我又不是不认得路。"

贾方舟说:"接你是我的荣幸。"

李招娣愣了一下,说:"你讲话跟香港电视里那些男人差不多——这个,很有风度的。"

贾方舟笑了笑:"我本来就是香港人嘛。"

两人来到淮海路一家泰国餐厅。贾方舟已经订好了位置,靠窗。服务员把菜单拿来,贾方舟照例还是让李招娣先点。李招娣本想拒绝的,想想还是拿了过来。挑菜单上比较便宜的点了几个。服务员在一旁看了,问:"不来个咖喱皇炒蟹吗?"

李招娣说:"不用了。"

服务生又道:"我们这里的泰式砂锅翅也不错。"

李招娣还没说话，贾方舟已经开口了："两个都要。"

服务员退下去了，李招娣说："何必点这么贵的菜？随便吃吃就好了。"

贾方舟微笑："很贵吗？还可以啊。"

李招娣朝他看看，忍不住叹了口气。

贾方舟问她："为什么要叹气？"

李招娣摇头："没什么——贾先生，我可不可以麻烦你一件事？"

贾方舟道："你说。"

李招娣犹豫着，道："你，这个，能不能帮我老公找个工作？"

贾方舟一怔。

李招娣道："我老公有夜大学文凭，人也蛮聪明，学东西挺快的，手也很巧——贾先生，你有没有合适的工作？"

贾方舟笑笑。李招娣接着道："我老公以前在汽车厂上班的时候，口碑很好的，车间里就数他能干，人又老实，任劳任怨的那种——"

贾方舟考虑了一下，道："好的，我会帮忙留心。"

李招娣高兴地拍了一下桌子："那太好了！贾先生你本事大，只要你肯帮忙就一定行。我老公的工作就拜托你了。你也晓得，现在上海找工作很难的，别说我老公了，就是大学生刚毕业都找不到什么好工作——"

贾方舟又笑了笑。

吃完饭，贾方舟要送李招娣回去，李招娣说："不用了，反正也不远，过个隧道就到了。"

贾方舟说："那怎么可以，让女士一个人回家是很失礼的。"

李招娣连连摇手："不失礼不失礼，贾先生你千万别这么讲。你又请我吃饭，又答应帮我老公找工作，我谢你还来不及呢，你要是这么说，我会不好意思的。"

贾方舟手一摊，说："那好吧——我们下次什么时候能见面？"

李招娣愣了愣，道："这个，贾先生，我还有件事想请你帮忙。"

贾方舟说:"什么事,你说。"

李招娣有些尴尬地笑笑:"就是——我们下次别见面了,好吧?"

贾方舟朝她看去。李招娣更加局促了,脸也有些红了。

"我没有别的意思——你晓得的,我是结过婚的人,老是这样跟你出来吃饭,不大好,给人家看见要讲闲话的。这个,不大好。"

贾方舟沉默了一会儿,说:"我明白了。"

李招娣摸了摸头,道:"那我走了。再见。"

贾方舟点点头,道:"再见。"

李招娣走出老远了,一回头,见贾方舟还站在那里看着自己,心里微微一动,脸又是一红,便朝他挥了挥手。

李来娣骂姐姐是傻子。

"什么是傻子,你这种人就是傻子,标标准准的傻子——老天送了个金元宝给你,你还在那里推啊推的。"

李招娣朝李来娣狠狠白了一眼。

"什么是没良心,你这种人就是没良心——那时候你和你老公吵架闹离婚,你在我家住了几个星期,陈也有没有多过一句话?你儿子书念得像狗屎一样,陈也让他外甥女教你儿子,有没有问你要过一份家教费?你现在讲这种话,给他听见,真的是要吐血的!"

李来娣撇了撇嘴。

"我是为你考虑,李招娣,你是我姐姐,我就算有点自私,也是为你好。你不要狗咬吕洞宾不识好人心——陈也都下岗多久了?照这副情形下去,将来最多也就找个看门的工作,你甘心一辈子这样吗?因为是自己人,所以才讲实惠话,听得进就听,听不进就当我放屁好了。"

李招娣不说话了。她跑到厨房,见妈妈把新买的肉放进冰箱,塞得满满的,抽屉都关不上。李招娣看了一会儿,道:"姆妈,塞不进就不要硬塞了,冰箱会坏掉。给我拿一点回去,就当帮你解决困难。"

李招娣妈妈嘿的一声,拿了一块包起来。

"作孽啊,啥年代了,连肉都吃不起。"李招娣妈妈一边说,一边摇头。

吃完饭,李招娣拿着一块肉、一桶油、两挂香蕉回去了。李招娣爸爸骑自行车送她到车站。等车的时候,李招娣爸爸说:"有空就回来。"

李招娣哦了一声,随即又自我解嘲地道:"人家回娘家是送东西,我是又吃又拿——不好意思啊。"

李招娣爸爸说:"自家女儿有啥不好意思?你爸妈退休工资不算少,贴补你一点绰绰有余。不要担心。"

李招娣鼻子酸了一下。车子来了,她道:"爸,我走了。"说着,拎着东西上车了。李招娣爸爸在车下朝她挥手。

李招娣回到家,陈也坐在沙发上看电视。

"老婆你回来啦?哟,这么多东西,"陈也帮她把东西拿下来,"正好,冰箱里空荡荡的,油也吃完了。"

李招娣没说话。去上了个厕所,洗完手出来,见陈也还在看电视,前面的烟灰缸里满是烟头。李招娣犹豫了一下,问:"今天去找过工作吗?"

陈也说:"没。"

李招娣朝他看了一会儿,想说什么,忍住了。

陈也眼睛不离电视机,道:"其实找不找都一样,那些工作我都能背出来了——扫垃圾、掏大粪、看车棚、通阴沟——秦阿姨跟我讲过,这阵子天天下大雨,我们小区门口的下水道排水不畅,要大修。这个工作没人做。问我做不做。她说,我要是想做,马上就能上班。"

李招娣还是没说话。

陈也盯着电视机看了一会儿,忽的,拿遥控器"啪"地关了。站起来,走到卫生间,门关上。李招娣在原地没动。很快的,陈也出来了,看也不看她,径直到卧室,上床了。

李招娣洗完澡,走进卧室。陈也朝着另一头,似是睡着了,李招娣躺上去的时候,他一动不动。床头柜的闹钟指着九点十分。李招娣和衣靠了一会儿,听见陈也的呼吸声,忽长忽短的,还带着些许鼻音,像是伤风了。李招娣凑近了,贴着他的头发,轻轻吹了口气。

　　陈也动了动。只是头微微一侧,又很快翻了过去。

　　只这么一下,李招娣看到他的眼睛红红的,鼻子也红红的。

　　李招娣呆了呆,迟疑了几秒钟,把灯关了。

　　"好困啊——"李招娣在黑暗中打了个哈欠,躺下睡了。

第三十九章

不出一周,贾方舟便给陈也找了个工作。一家私营汽车修理公司的技术员。这家公司的老板是贾方舟的朋友的朋友。他听了陈也的大致情况,几乎没怎么考虑,便说:"好啊,那就过来看看吧,试用期一个月,转正后两千五一个月,交四金,生意好年终还有分红。"

贾方舟把这个消息告诉李招娣。电话里,李招娣高兴地叫了起来:"真的啊?"

贾方舟笑道:"当然是真的。"

"谢谢你谢谢你,"李招娣喜出望外,"这真是太好了,我该怎么谢谢你呢——这样,我请你吃饭,地方你挑。"

贾方舟道:"不用了。"

"怎么不用?要的要的,"李招娣道,"你说嘛,不说我要不开心的。"

贾方舟想了想,说:"那就去必胜客吃比萨吧。"

李招娣道:"好的呀,晚上六点钟,八佰伴那个必胜客可以吧?我现在就给我老公打电话。"

贾方舟说:"好啊。"

挂掉电话,李招娣给家里打了个电话,没有人。她又打陈也的手机,没人接。李招娣愣了一下,只好又给贾方舟打过去。

"这个,贾先生,"李招娣吞吞吐吐地道,"这个,我联系不上我老公,他大概出去了,忘了带手机。这样,放在明天晚上,好吗?"

贾方舟道:"哦,明天我要回香港办点事,要一个月才回来——没关系的,下次有机会再说吧。"

"不好,"李招娣忙道,"多难为情啊,说都说了——要么还是今天吧,我再打我老公电话试试,实在不行就我一个人来。就是有点失礼,很不好意思了。"

贾方舟微笑了一下,说:"都这么熟了,客气什么?"

李招娣打了一下午的手机,始终是没人接。五点半下班,贾方舟照例是等在门口。李招娣上了车,说:"不好意思啊,我联系不到我老公。"

贾方舟耸耸肩:"没关系。"

两人到了八佰伴必胜客。座位已满了。排队的人很多。李招娣道:"早晓得我就订位了,不好意思啊,贾先生。"

贾方舟看了看四周,指着旁边的"肯德基",说:"那就吃这个好了。"

李招娣一愣,说:"吃这个也太说不过去了吧。你千万别给我省钱。"

贾方舟道:"不是给你省钱,我很久没吃汉堡了,倒有点想吃呢。"

李招娣看了看,道:"肯德基也没座位的,你看那么多人都是站着吃。"

贾方舟说:"我们也站着吃好了,帮助消化。走,我们过去吧。"说完,便拉着李招娣朝"肯德基"走去。李招娣怔了怔,也只得跟着去了。

到了肯德基,李招娣问他:"你吃什么?"

"两个辣汉堡,一杯可乐,再一包薯条。"贾方舟道。

李招娣买好了,两人拿着汉堡可乐走到角落,倚着墙开始吃。贾方舟三口两口便把一个汉堡吃完了,又开始啃另一个。李招娣见他嘴角吃的都是酱汁,便拿餐巾纸给他擦拭了。贾方舟说:"谢谢。"

李招娣道:"谢什么,应该我谢你。"

贾方舟微笑道:"你请我吃东西,我还不该谢你吗?"

李招娣嘿了一声,道:"又不是什么好东西。"

贾方舟看着她,道:"只要能跟你一起吃,不管吃什么,我都很开心。"

李招娣瞥见他的目光,脸不由自主地红了一下。

"嗯——你结婚了吗?"话一出口,李招娣便有些后悔了。

贾方舟也愣了一下,随即道:"结过,前两年离了。"

李招娣"哦"了一声,有些不好意思。

"对不起,我也不晓得哪根筋搭错了,居然问你这个,"李招娣有些尴尬地笑了笑,"你们香港人都很忌讳问这种私人问题对吧?我们上海人,尤其是弄堂里那些阿姨妈妈,最喜欢问东问西。其实我这人嘴巴不是很快,平常也不大多嘴的,今天不晓得怎么回事,大概是汉堡吃坏了。嘿!"李招娣又笑了笑。

贾方舟摇头:"没关系,其实我倒挺喜欢你问我这个呢。"

李招娣一怔:"为什么?"

"你问我这个问题,就说明你在意我是不是结婚了。"贾方舟说完朝她看。

李招娣一时没明白他这句话的意思。她也朝他看,她从他的眼睛里看到自己。他在笑,笑得有些暧昧,还有些得意。李招娣忽然明白了。

"不、不是的,这个,不是的。"她竟有些结巴了。

贾方舟问她:"不是什么?"

李招娣脸又红了一下。"没什么——哎,你这个人想得真多,我这种大老粗跟你在一起真是累死了。烦不烦啊?"她说完,顿时发现自己还是第一次拿这种语气跟他说话。话说出来,倒好像豁然了些。与此同时,心里有什么地方似乎起了变化,像是放松了些,又像是更紧了,自己也说不清的。

贾方舟似乎很满意她这么说,饶有趣味地朝她看去,笑了笑。

"你是大老粗吗?"他道,"我看不像。哪有这么漂亮的大老粗?"

李招娣没再说什么,咬了一口汉堡。

吃完饭,贾方舟送李招娣回家。下着雨。到了楼下,李招娣说:"上来喝杯茶再走吧,也让我老公跟你说声谢谢。"

贾方舟说:"不用了。"

"要的要的,"李招娣一边说,一边开了铁门,两人走上去,到了家,拿钥匙开门,进去才发现灯是关着的——家里没有人。

李招娣愣了愣,连忙开了灯。

"我老公也不晓得去哪儿了,这个鬼——"李招娣边说边拿出自己的手机,这才发现上面竟有条短消息:老婆,三宝他们吵着要打通宵麻将,你先睡吧。

"这个鬼,现在连通宵麻将都打了——"李招娣忍不住骂道,瞥见贾方舟还站在门口,忙道,"贾先生,我老公不在。"

贾方舟哦了一声,微笑着问她:"那我是不是应该走了?"

李招娣一怔,忙道:"不是,不是,进来喝杯茶吧。"

贾方舟说:"谢谢,我正好有些渴了。"

李招娣把贾方舟让进来,"请坐",随即到厨房去倒了杯茶。贾方舟接过,朝四周看了看,忽道:"这里感觉很温馨啊。"

李招娣愣了愣:"温馨吗?——房子小,想不温馨都难啊。"

她说着,自嘲地笑笑。

贾方舟摇了摇头。

"不是的,不是这个意思。我也说不清,就像现在这个样子,我们坐在一起,我喝茶,你看着我喝,光线不暗也不亮,空气里有一点香香的——很舒服,很温馨。"

李招娣看了他一会儿。低头笑了笑。

"贾先生你蛮有意思——"

"别叫我贾先生,"他看着她,"叫先生就感觉不对了。"

李招娣瞥到他的眼光,心里不自觉地跳了跳。

"那——叫你什么?"

贾方舟一动不动地看着她,忽的,把手按到了她的手上。

"叫我方舟。"他道。

李招娣感觉到他的手心很热。

"这个,不好叫的——这个,不大礼貌,有点怪。"她勉强笑了笑。

"不怪啊,你叫叫看。"贾方舟道。

"方——舟——"

李招娣叫了一遍,舌头不听使唤,都走音了,像外国人在说话。她觉得有点滑稽,咧嘴笑了笑。她知道这个时候不该笑,可她还是忍不住笑了。叫人家名字的时候笑,是很没礼貌的事。她的脸又红了一下。

"很好,"贾方舟道,"你再叫一遍看看。"

李招娣想这个人有点怪,喜欢听别人叫他的名字。

"方——"

李招娣还没有说完,贾方舟的嘴便上前堵住了她的嘴。与此同时,他的一只手包抄过来,揽住了她的腰。

李招娣锁上门,默默地转过身,对贾方舟道:"走,我送送你。"

夜已经深了。四周静悄悄的。只有雨淅淅沥沥地下着。

两人走下楼,贾方舟的车就停在路边。贾方舟上了车,朝李招娣看看,又笑了笑。李招娣迟疑了一下,也上了车。

"我有话说。"她道。

贾方舟点点头,朝她看。李招娣捋了捋头发。

"也不晓得该怎么说——"她沉吟着。

"没关系,想怎么说就怎么说,慢慢说。"贾方舟似是在逗她,一只手放在方向盘,另一只手将她的刘海朝耳后捋去。

李招娣微微一侧,让开了。佯装看了看表,一点。

"已经是半夜了。"她道。

"是呀,"他道,"跟你在一起,总觉得时间过得很快。一眨眼就过去了。"

李招娣嗯了一声。

贾方舟拿出一张银行卡,给她:"喏。"

李招娣一怔:"什么?"

贾方舟说:"里面有十万块钱。你拿着。"

贾方舟要把卡塞在她手里。李招娣像见了毒蛇似的,忙不迭地摆手:"不要,我不要。"

贾方舟问她:"为什么不要?你跟我客气什么?"

李招娣使劲地摇头。

"我不要,你拿走。我怎么可能拿你的钱?这个,我要是拿了这钱,就不对了、不对了——"她忽然有些语无伦次起来。心也有些乱了。都有些不敢看他了。

雨越下越大了,雨刮器不停地刮,窗外的情景模模糊糊的。这时,李招娣瞥见前面有个人趴在路边,不知在干什么。她觉得那个身影有些熟悉。心里一动,便把窗摇下,探出头去——

她看得很清楚了——是陈也。

陈也穿了一件黑色的雨衣,手拿一把钳子似的长长的东西,趴在地上通阴沟。他的动作有些笨拙,像头熊。很艰难地。

李招娣先是愣住了,随即想起前两天陈也说的话——"这阵子天天下大雨,我们小区门口的下水道排水不畅,要大修。这个工作没人做。"

李招娣看了一会儿,把车窗重新摇上。

贾方舟问她:"怎么了?"

李招娣摇了摇头,靠在座位上。半晌,她转向他,道:

"贾先生,对不起。"

贾方舟不明白,朝她看。

李招娣叹了口气,接着道:"我不光要和你说对不起,我还要和我老公说对不起——贾先生,你不晓得,我的老公是个多么好的人。真的,我这么说好像有点肉麻,但真的,一点也不夸张。我的老公,是天底下最好最好的老公。"

李招娣说着,眼泪便掉了下来。

"真的,你真的不晓得我老公有多好。要是讲起来,可以讲一天一夜。"

贾方舟静静地看着她。

李招娣擦了擦眼泪。

"贾先生,我们真的不要再见面了。我要是再和你见面,我就没脸见我老公了。其实我现在已经没脸见他了,放在古代,我应该一头撞死才对。可我实在是舍不得我老公,我想和他一起过日子。就算他一辈子都下岗找不到工作,我也不在乎——贾先生,你介绍的那个工作,麻烦你跟你朋友说一声,再请别人吧。"

贾方舟看着她。许久,他点了点头。

"我明白了,"他道,"李小姐你放心,我知道该怎么做了。说句真心话,我很羡慕你先生,羡慕得不得了。这份工作,就当做我送你的礼物吧。李小姐,"他注视着她,笑了笑,"我希望你过得开心。"

李招娣定定地看着他。

"我也不晓得说什么好——谢谢你,贾先生。"她道。

"祝你们幸福。"贾方舟道。

李招娣下了车。贾方舟在车里朝她挥了挥手。

李招娣撑着伞,一步步向马路对面走去。陈也还趴在那里。她走近了。

"哎!"她叫道。

陈也抬头,看见她,先是一怔,眼睛眨了两眨。

"是我呀,不认识啦?"李招娣道。

陈也又愣了几秒钟,随即一骨碌爬了起来。

"你怎么来了?"他道。

李招娣道:"我来陪你啊。你一个人肯定很闷的。两个人会好一点。"

陈也摸了摸头。

"这个,"他道,"白天有点不好意思,所以就晚上,这个,人少一点。"

"干吗不告诉我,还骗我打通宵麻将?"李招娣白了他一眼。

陈也嘿了一声:"又不是什么光荣的事,你这张嘴巴,就跟大喇叭差不多,不出一天,全世界都晓得我陈也在通阴沟了——"

"通阴沟怎么了,又不偷又不抢,正大光明。我老公是为了这个家,才来通阴沟的,换了别人肯吗?就算家里穷死,也不会过来通阴沟——"

陈也看着她。忽的笑了笑。

"老婆,"他道,"我发现你越来越可爱了,刚和你结婚的时候,我还没觉得你这么可爱。你到底是我老婆,还是仙女变的?"

李招娣哧的一声:"省省吧,别跟我来这套——你还要干多久?"

陈也道:"还有一会儿。你先回家吧,这儿脏。"

"我在这里陪你,"李招娣说着,在路沿边坐了下来,"我陪着你,你什么时候弄完,我们就什么时候回家。"

陈也看了她一会儿,忽的,在她脸上亲了一下。

"老婆,我喜欢你。"

李招娣眼圈不自禁地红了一下。

"我也喜欢你,老公。"

第 四 十 章

毛头老婆去世了。追悼会结束后几天,毛头把一张存折交给陈也。

"二十万,"他道,"还给你。"

陈也吓了一跳。

"你怎么一下子会有这么多钱?毛头我跟你讲,我没催你还钱,你别急吼吼地去做什么不好的事情——"

毛头嘿了一声:"你担心我去抢银行啊?"

陈也道:"那钱是怎么来的?总不见得是天上掉下来的咯!"

"就是天上掉下来的,"毛头道,"你还记得追悼会上作悼词的那个人吧,我爸的表哥,也就是我表伯伯,台湾来的,开了家玩具厂,七十来岁没小孩,说江家就我一个男丁,将来要把厂留给我,还立了遗嘱——你说这老头子是不是吃错药了,从来没见过面的,莫名其妙说给就给,那么大一个厂啊。我这下是走了狗屎运了。老头子大方得很,一出手就是二十万。正好还给你。"

陈也怔怔地朝他看。

"你没在编故事骗我吧?"陈也道。

"畜生骗你——你就拿着吧,"毛头道,"人生如梦,我现在总算晓得什么'人生如梦'了,眼睛一眨,就变了个样,真像做梦一样。"

毛头说到这里,叹了口气。

"可怜的是我老婆,临死还在为我担心,也没过过几天好日子。"

陈也在他肩上拍了拍:"别想了,都已经过去了。"

陈也把存折收起来,感慨道:"说句老实话,我已经做好准备这笔钱拿不回来了。"

毛头说:"早知道就不还给你了。反正你也有思想准备。"

陈也说:"我晓得你不是这种人。"

毛头对他道:"别把钱交给你老婆,留着当私房钱。"

陈也嘿嘿笑了笑。

小陶离婚了,很快又结婚了。喜宴没有铺张,只请了亲戚和几个要好的朋友。

陈也觉得新娘子有些面熟,一时却想不起来哪里见过。直到新郎新娘过来敬酒时,他才一下子想起来——新娘子是王小娟,就是当初给他介绍过的那个姑娘。十几年过去了,她模样变得不多,只是稍胖了些,眼睛倒似更小了些。

"恭喜恭喜啊。"陈也一边说着吉利话,一边想,这世界实在是太小了。王小娟当初应该也见过他照片的,不晓得她是没认出来,还是装着不认识。

"这个女人厉害啊,"旁边的三宝已有了几分醉意,"年纪轻轻就已经是处长了,好像今年还能再升一升。其实小陶能爬得这么快,全靠这个女人。唉,就是可惜了祝芳,蛮好的一个女人,服侍小陶奶奶那么多年,现在说离就离了。小陶这个人啊,以前不觉得,现在才发现蛮狠的。这个,人一当官,心就变狠了。"

毛头朝三宝使了个眼色。

"人家办喜事,少说两句吧。"

小陶的奶奶已经快九十岁了,精神比前几年差了许多,坐在座位上都不怎么动。陈也、三宝和毛头上前跟她打招呼。

"奶奶!"

小陶奶奶抬眼朝他们看。

"哦,是你们啊,你们来了——"

小陶奶奶吃力地指着不远处的小陶和王小娟:"孩子大啦,管不了啦——"

　　三人只好赔笑道:"喜事,喜事——"

　　闹新房的人不多,陈也本来想走的,被小陶硬留下来说撑撑场面。

　　三宝还是老花样,说让新郎和新娘表演一段脱衣舞。王小娟不像当年的李招娣那么搁塞,很大方地说:"跳就跳!"说完,就把旗袍外面那件小背心脱了,又让小陶也脱了衬衫,光着膀子。两人一边扭动,一边脱衣服。陈也倒有些吃惊了。

　　陈也让新郎和新娘同时咬住一个葡萄,再一点一点吃下去。

　　小陶笑骂:"他妈的,这是当年我想出来的节目,搬石头砸自己的脚。"

　　陈也也跟着笑。他看着闹哄哄的新房,忽然想起当年自己新结婚的情景,已经过了十几年,现在一想,竟似发生在昨天——李招娣穿着鲜红的旗袍坐在床边,两个脸颊红扑扑的,睫毛忽闪忽闪。他走过去,在她身边坐下。揽住她的肩。他看到她脸上的皮肤嫩得像是能掐出水来,还有嘴边的淡淡的茸毛。那时她是多么年轻啊,还有他自己,也是多么年轻啊。

　　只是一眨眼的工夫啊,陈也想,就十几年过去了。都是岁月像一本书,还真是没错,没察觉地,便轻轻巧巧地翻了过去。

第四十一章

二〇〇〇年,陈也经历了两件大事。

腊月初八,陈也和李招娣在家里烧腊八粥。两人到超市买了赤豆、绿豆、红枣、桂圆、花生、莲子,还狠狠心买了一包泰国香米,五斤装,四十二元,一斤可以买五斤普通大米。李招娣听人家说,烧腊八粥,顶顶要紧是米好。

粥在火上焖了三个多小时,香气四溢,满面都是香味。陈也正要尝尝莲子、花生酥了没有,这时电话铃响了。是毛头打来的,告诉他,周老师去世了,心肌衰竭,凌晨五点死在医院里。

陈也去参加周老师的追悼会。人不多,厅里显得松松落落。周老师的儿子、媳妇在门口招呼客人。亲戚来得很少。周老师当"右派"时,亲戚们怕惹事,都断了,后来也不大来往。同事也不多。周老师为人落落寡合,别人对他也敬而远之。小厅里撑门面的大半是周老师的学生,像陈也这样的,敬重周老师的为人,钦佩周老师的学问。

追悼会由周老师任教的中学党支部书记主持,校长致悼词。悼词写得热情洋溢,说周老师教书育人,为人师表,学问渊博,教学效果出众,深得同事的敬重和学生的爱戴。关于周老师二十多年的"右派"经历,悼词只简单地说了两句话:五七年被错划成"右派",七八年平反。

陈也想,苦难,自己感到椎心泣血,但在别人看来,却只是匆匆带过的几笔。谁也不会去理会。

陈也又想,这样也好,周老师在天之灵也未必喜欢别人多提那些旧事。

向遗体告别时,陈也最后一次看到了周老师。遗体化妆得不错,比生前倒似还好看些,两颊红润润的,也有了些光彩。陈也停下脚步,仔细地看周老师。耳边忽然响起他苍老的声音:"会好起来的,一切都会好起来的。"

李招娣两个月没来例假了。她担心地对陈也说:"这下要命了,年纪轻轻就绝经,我要变成老太婆了。"

陈也说:"你怎么晓得是绝经,你是医生啊?"

李招娣朝他白眼:"不是绝经,总不见得是怀孕咯?"

话音刚落,两人都是一怔,互望了一眼。

李招娣抢着说:"你别抱希望。不大可能的。"

陈也咽了口唾沫,说:"我又没抱希望。这个,明天去医院看了再说。"

这天晚上,两人都没有睡好。第二天,两人早早地去了医院。检查结果是:怀孕七周。

那一瞬,陈也觉得自己的脑袋被什么东西狠狠敲了一下,有些蒙了。他一屁股跌坐在凳子上。一动不动地。

李招娣在一旁推他:"喂,你怎么这副表情?傻啦?"

陈也依然是一动不动。

医生笑着对李招娣说:"正常的正常的。他是太激动了。我还看到过当场昏过去的呢。"

陈也一点点清醒了。他朝李招娣看,忽的,一把抱起她,转了个圈。李招娣使劲挣脱了,在他身上打了一下。

"你脑子坏掉啦?"她笑道。

陈也张大了嘴巴,像个孩子那样哈哈地笑起来。

他说:"我大概脑子真是坏掉了。"

陈也爸妈念叨着,要是生个孙子就好了。

陈也说:"我不喜欢儿子。我喜欢女儿。"

陈也爸爸说:"放屁!我和你妈生了两个儿子,现在只剩你一个,陈家传宗接代就指望你了,一定要生个男孩。"

陈也说:"爸,现在不流行生儿子了。女儿都比儿子有出息。你看我们家晓溪,复旦大学高材生,叫出去多响亮?再看那个赵亮——"

李招娣在一旁嗔道:"喂,不许说我外甥坏话!"

陈也说:"好好好,不说不说,你外甥最有出息,行了吧?不过话说回来,现在的男孩子也不晓得怎么了,一个个都傻乎乎的,还是小姑娘聪明伶俐,讨人喜欢。"

陈也妈妈说:"就是考不上大学,我也要孙子。"

陈也笑道:"帮帮忙,妈,你孙子考不上大学,就找不到好工作,将来你养他?到时候你两脚一伸,走了,没事了。一畚箕垃圾都倒在你儿子头上,最后吃苦受罪的是我。"

陈也妈妈说:"反正不管怎样,我就是要孙子。你也不看看你自己,傻头傻脑的,再傻能傻得过你?"

陈也嘿的一笑,问李招娣:"老婆,你喜欢儿子还是女儿?"

李招娣说:"我无所谓,只要是自己的,都喜欢。"

陈也嗯了一声,在她肚子上摸了一把:"还是我老婆实在。"

李招娣忽的叹了口气,说:"我儿子女儿倒也无所谓,就怕孩子长得像你,那就糟了。你自己看看你那副样子,我都不好意思说你,小眼睛、翘嘴巴、塌鼻头——要是孩子生出来像你,那真是要命了。"

这一年的十月,孩子呱呱落地了——是个女儿。长得像李招娣,皮肤雪白,眼睛又黑又大,黑珍珠似的转来转去,很漂亮。只是嘴巴长得不好,上唇翘起,像受了委屈似的。

李招娣愤愤地对陈也说:"你看你看,嘴巴长得跟你一模一样,本来是个美人胚子,现在差了口气。不灵光了。"

陈也笑嘻嘻地说:"你不懂。现在最流行这种嘴巴了。樱桃小嘴老早不吃香了。你看外国那些美女,嘴唇都是往上翻的,又大又翘,这叫性感。你懂吗?"

李招娣白他一眼,说:"胡说八道!快点给女儿起个名字吧。"

陈也想了一会儿,说:"就叫'陈会好',怎么样?"

李招娣皱眉:"什么怪名字,难听死了。"

陈也说:"怎么难听了?名字最要紧是意思好,'会好'、'会好',一切都会好起来的。多有意义啊!"

李招娣说:"那还不如叫'旺财'、'来福'呢,意思不是更好?"

陈也笑起来:"你这个女人啊,真是亏你想得出来,'旺财'、'来福',你在给狗给名字啊?干脆叫'阿黄'算了,倒也清清爽爽。哈哈!"

第四十二章

王晓溪大学毕业的那个夏天,陈也、李招娣抱着陈会好,又一次来到东方明珠。加上陈娟、王有康、陈也的爸爸妈妈,一共是八个人。

陈也爸爸有些恐高症,站在顶上往下看,便觉得头晕。

"哎哟妈呀,这么高啊。"

陈也笑道:"这还不算高呢,你看旁边的金茂大厦,不是更高?听说现在还要造一座全世界最高的大楼,到时候,金茂大厦也只能算是小弟弟了。"

陈也妈妈感慨道:"现在浦东真是不得了啊,像是变戏法,一下子就变出个新的浦东。比浦西还漂亮了呀,是吧?"

陈也爸爸在一旁说:"浦东本来就比浦西漂亮。"

陈也妈妈白了他一眼:"帮帮忙,以前的浦东哪比得上浦西啊。"

陈也爸爸说:"怎么比不上,我可是一直都觉得浦东比浦西好。你还记不记得,八六年那次,隔壁张跷脚的儿子结婚,想把新房间做得近一点,跟我商量换一套虹口的房子,面积还大两个平米呢,我都没答应。"

陈也妈妈说:"你那是嫌人家朝向不好。"

"谁说的?"陈也爸爸眼一翻,"我是舍不得浦东。住得久了,有感情了,浦东的空气都跟浦西不一样,浦东的空气有股花草的甜香,浦西只有汽油味。不一样的,还是浦东好。"

"是呀是呀，"陈也笑道，"还是浦东好。你说的没错。"

陈也高高举起陈会好，说："宝贝，你也看看，浦东多漂亮，等你长大了，浦东一定会更漂亮的。"

陈会好蹬着胖乎乎的小腿，嘴里咿咿呀呀。

回去的车上，陈也坐在靠窗的位置。红灯时，旁边一辆公共汽车停了下来。陈也一下子便看到了苏娜，愣了愣。

苏娜闭着眼睛，似是睡着了，头倚着窗，长发耷拉下来，遮住了小半个脸。阳光落在她的身上，一个小小的亮亮的光圈。

陈也看着她。很快跳成绿灯了。两辆车并排驶了一段，那辆车便转弯了。陈也怔怔地朝着那辆车，直到完全看不见了，才转过头来。

王晓溪在听 MP3，陈也问她在听什么，她回答："是首老歌，不过蛮好听。"

陈也把 MP3 拿了过来，塞上耳机。

"——城里的月光把梦照亮，请温暖她心房。看透了人间聚与散，能不能多些快乐片断？城里的月光把梦照亮，请守护她身旁，若有一天能重逢，让幸福洒满整个夜晚——"

这么听着，不知不觉，陈也便睡着了。

后　　记

《城里的月光》是我的第一部长篇小说,出版于2008年,距今正好10年。前几日与一位作家朋友聊天,说起早些年的写作,技巧方面或可商榷,情感却最是真切,一笔一画直逼内心,真正是跟自己较劲,贴着血肉,分毫余地也不留的。

我出生在浦东,童年是在外婆家长大。花园石桥路1号,那时的地址便是这个。实际位置,依稀便是现在世纪大道与东泰路交汇的那段,靠近金茂大厦。那时只是几排矮房,小小弄堂。幼时的记忆,已经不甚清晰,蒙眬间只留些扼要。比如,一个天井,每户出来时都要经过,邻居间闲话日常,大多在那里。洗晒、倒马桶、晾腌制的香肠腊肉——那时的一天一天,现在想来,似是一幅幅素描,细淡质朴。因为年纪小,记忆本就是一个个片断。像话剧,一个人上场,下场,又若干人上场,下场。说些对白,做些动作。留在我脑海里,便成了童年挥之不去的印象,上海的印象,浦东的印象。

那时的浦东,正如小说里写的,"还是个冷僻的地方。讲起来也算是上海,却更像是续弦进门时身后跟着的小拖油瓶,羞羞答答可怜巴巴,也不甚起眼……比起对岸的喧闹和张扬,浦东又像是个懂事的小媳妇,乖巧而安静地待着,伺立着。看似波澜不兴,却又是蓄势待发的。"有些黯然、素净的意思。也是低调。却又透着些倔强。浦东人去浦西,叫"去上海"。好像隔了一条江,这边就不算上海了。自成一体。这里头的微妙情绪,其实是很有趣的。有一天,我忽然产生了这样的想法——把那段生活写下来,写浦东,写浦东人。

《城里的月光》从1980年代末，一直写到21世纪，跨度差不多为15年。主人公陈也与李招娣，是一对普通人夫妻。就像这世界上大多数的夫妻那样，他们吵吵闹闹，却又不离不弃。他们绝不比我们周围接触到的人更高尚，甚至，他们是那样的市侩、琐碎，满是缺点。我一直希望笔下的人物，能够代表这座城市大多数百姓的状态，自给自足，有苦有乐，又始终怀着希望。小说中，我尤其偏爱那一段——李招娣确诊不会生育，陈也万分矛盾，父母朋友都有意让他离婚，他自己也在犹豫，准备回家跟李招娣摊牌。路上，他每经过一处，都勾起无限回忆。经过浦东公园，想起这是他们初遇的场所；经过小菜场，想到李招娣原先一点也不会做菜，煎鱼都会把手给烫伤，现在却越来越熟练了；经过小饭店，想过他们常常坐在靠窗的位置，一盘猪头肉，再咪一点黄酒——其实是一路想，一路舍不得。回到家，李招娣在收拾东西，说"等人家赶就没意思了"。想哭，却硬撑着，故意装作打呵欠，掩饰红了的眼圈。陈也拦住她，用一些看着很"实惠"的理由，说明不能跟她离婚。"现在和你离婚，别人都会说我陈也不是东西，股票赚了点钱，就把老婆甩了"，"别人有别人的福气，我有我的福气。老天爷怎么安排，我就怎么过。"夫妻俩你一句，我一句，深情隐藏在再简单不过的话里。那瞬忽然发现谁都离不开谁。普通百姓的日常生活，其实是再动人不过的，值得一品再品。

这部小说我采取了"白描"的写法，大部分由人物对话组成，几乎没有主观描述和评价。我希望我的故事，不加修饰，便是一幅幅百姓起居图，自然而然地呈现在读者面前，尽可能地保持原汁原味。用简洁的笔触，去捕捉生活中每一个不起眼的惊喜和感动。而故事的背后，是浦东开发开放、变化巨大的十数年，人物命运与时代变迁相连，以人写事，以小写大——这是小说贯穿始终的主旨。

我始终觉得，上海是个大宝藏。她是中国内地最兼具东西文化色彩的一座城市，她的多元性、兼容性，衍生出许许多多不同的点面,排列组合般无穷无尽、耐人寻味。上海值得写的地方,实在太多了。没有一座城市可以像上海这样,有过去,有现在,也有将来。身为上海作者,这无疑是一种幸福。

滕肖澜
2018 年 2 月

图书在版编目（CIP）数据

城里的月光/滕肖澜著.-上海：上海文艺出版社.2008.8(2018.2重印)
(上海新锐作家文库)
ISBN 978-7-5321-3367-3
Ⅰ.①城… Ⅱ.①滕… Ⅲ.①长篇小说-中国-当代
Ⅳ.①I247.5
中国版本图书馆CIP数据核字(2008)第112659号

发 行 人：陈　征
责任编辑：李　霞　陈　蕾
封面设计：钱　祯　魏哲彧
海报提供：北京华录百纳影视股份有限公司

书　　名：城里的月光
作　　者：滕肖澜
出　　版：上海世纪出版集团　上海文艺出版社
地　　址：上海绍兴路7号　200020
发　　行：上海文艺出版社发行中心
　　　　　上海市绍兴路50号　200020　www.ewen.co
印　　刷：常熟市华顺印刷有限公司
开　　本：890×1240　1/32
印　　张：8
插　　页：2
字　　数：212,000
印　　次：2008年8月第1版　2018年2月第2版　2018年2月第2次印刷
ＩＳＢＮ：978-7-5321-3367-3/I・2555
定　　价：35.00元
告 读 者：如发现本书有质量问题请与印刷厂质量科联系　T:0512-52605406